Mon double maudit

Daniel Veaux

ISBN : 978 - 2 - 492598 - 22 - 7
Collection ULTRA VIOLET- ISSN 3076-2960

140 chemin de Champvert
07140 Les Vans
04 75 94 95 61
leseditionsaupluriel@gmail.com
www.leseditionsaupluriel.com

Mon double maudit

Roman

Daniel Veaux

LES ÉDITIONS au Pluriel

On dit bien souvent que toute ressemblance avec des personnages existants ou ayant existé ne saurait être due qu'au pur hasard. Détrompez-vous, le hasard n'est jamais fortuit... surtout au sein d'une intrigue policière.

Première Partie

Castro

Sans faire de bruit, la nuit vient de tomber, tout doucement, presque secrètement, s'infiltrant partout où le ciel avait donné le jour depuis l'aube brumeuse du matin.

La pénombre d'abord, puis cette noirceur ténébreuse, celle qui fait peur aux enfants au moment de s'endormir. Nuit noire, nuit sombre, nuit froide, nuit d'hiver.

À travers cette opacité, une ombre s'avance. Un individu erre dans l'air glacé. À cette heure tardive, les passants se font rares. Seuls les noctambules osent encore affronter la bise et l'obscurité. Une femme court, ses hauts talons résonnant sur le trottoir bitumé, son sac à main serré contre elle. Personne ne la suit. Juste une femme pressée de rejoindre son domicile.

Ce passant attardé, ne la remarque même pas. Sous son col relevé et son chapeau de feutre, son visage énigmatique se dessine à peine. Son allure antipathique n'incite personne à l'accoster. Il semble hermétique, impénétrable, profondément secret.

– Bonsoir everybody tout le monde, lance-t-il à la cantonade en pénétrant dans le café. Lui qui ne parle presque pas, il se surprend d'avoir été aussi avenant.

Il est là. Il héla en entrant. Elle, Ella, à demi assise sur un haut tabouret, une jambe sur le repose-pied, l'autre touchant le sol, défie le temps en suivant des yeux la progression de la grosse aiguille de la pendule murale. Sa jupe remontée découvrant sa cuisse nue ne semble pas la gêner. Métissée, de peau claire, la quarantaine, elle sait qu'elle est jolie et les quelques paires d'yeux qui s'attardent volontiers sur ses courbes généreuses ne sont pas pour lui déplaire.

Ce mystérieux inconnu, c'est Castro, ce maudit double.

Tournant le dos aux quelques consommateurs attablés, il s'installe au bar et commande un demi.

– « Sans mousse », précise-t-il au garçon qui s'empresse de le servir.

Il tourne légèrement la tête vers elle, sans oser l'aborder. Elle est charmante, se dit-il. J'aimerais bien la border…

Derrière sa fierté légendaire trône une timidité presque maladive. *« Que faire, qu'y puis-je ? »*

Ses mains sont moites. Il boit une gorgée de bière pour se donner du courage, de l'assurance. Il lorgne discrètement sur sa peau nue, mais ne s'attarde pas, il est tard.

– Je… vous…

Il retrempe ses lèvres dans sa bière, comme si cela allait fortifier son audace.

Ella se tourne vers lui, interrogative, un léger sourire condescendant sur ses lèvres pulpeuses.

– Bonjour madame, mademoiselle… ?

– Madame, répondit-elle froidement, Ella pour les intimes.

Aller Ella, hop, c'est parti. Une décharge électrique le pénètre. Ce côté presque méprisant lui impose de réagir. Une pute ? Il ne connaît pas bien le quartier, il ne sait pas. Et puis qu'importe, pute ou pas, il s'en fout. Cela ne va pas changer la longueur du jour ni la durée de la nuit.

– Enchanté. Permettez-moi de vous offrir un verre.

– Un café suffira.

Et paf le chien ! Décontenancé, il espérait mieux en matière d'introduction. « Que faire ? Je fais appel à un ami ou je demande au public ? ».

– Un café pour mademois… madame, s'il vous plaît.

Elle ne bronche pas, ne semble pas vouloir engager la conversation. « Elle ne m'aide pas beaucoup », se prit-il à penser.

Pour se donner du courage, il met la main sous son manteau et caresse la crosse de son Taurus G2 24/7 9 mm. Sa présence le rassure. Son plus fidèle compagnon depuis que le démon l'a envahi. Il ne le quitte jamais, c'est un peu comme une seconde peau.

Il tarde à entrer en contact. La pendule affiche vingt-trois heures dix. Décidément ce soir, il sent qu'il finira la nuit seul comme il a pris l'habitude de le faire depuis tellement longtemps.

Il ne se souvient d'ailleurs plus vraiment à quel moment tout cela a débuté…

Franck

Déjà, dans sa plus tendre enfance, il recherchait la solitude. Une bêtise, une mauvaise note, une parole déplacée, à chaque nouvelle incartade, il subissait les foudres de son père.

Ce n'est que couché, le soir venu, qu'il retrouvait enfin sa tour d'ivoire tellement protectrice.

La présence d'autres gamins avait vite fait de le saouler. Principalement les fils à papa, les trésors de leur maman, les enfants chéris, les gâtés, ceux qui, leurs jeux terminés, rentraient chez eux bien sagement pour retrouver un univers feutré, un nid douillet, un cocon protecteur. Ceux-là, il les détestait.

Personne ne savait d'où il venait, il ne se confiait jamais et d'ailleurs il n'avait pas de copains. Tout au plus une ou deux connaissances, côtoyées parce qu'habitant le même quartier. À peine un bonjour esquissé lorsqu'ils se croisaient.

Il préférait s'isoler et bâtir des plans sur la comète. Les rares fois où, plus jeune, il s'était laissé aller à une union enfantine, pour entamer une partie de gendarmes et de voleurs, il préférait endosser le rôle du méchant.

Voleur, assassin, criminel ou tout simplement escroc. Cette panoplie lui allait si bien. Il avait découvert ces qualificatifs dans les titres des journaux où, généralement employés, ces mots chocs faisaient la une de la presse. Il n'en connaissait pas vraiment leur signification, mais ces termes le fascinaient. Parfois il se prenait à rêver que l'individu en question n'était autre que lui-même et, qu'à travers ces délits, il devenait la vedette incontestée et détestée du grand public.

Une enfance difficile lui faisait quitter le domicile familial aussi souvent qu'il le pouvait. Un père alcoolique et violent, une mère dépourvue de tout sentiment et affection, avaient bâti son univers. Le profil type du gosse méprisé et méprisable.

Sa misère, il la traînait dans les rues à la recherche d'animosité. Il s'échappait de l'enfer pour plonger dans l'abîme. Il fuyait les regards attendrissants, les mots gentils, les gestes affectueux. Il rêvait de s'endurcir au point de ne craindre personne. Il voulait leur faire payer toutes ces années de souffrance endurées. Et peu importe si les innocents persécutés ne méritaient pas de vivre, ils paieraient comme les autres.

Peu à peu, mois après mois, année après année, il sombra dans la véhémence, jusqu'à ce que celle-ci devienne une drogue. Il se vengeait de tout ce qu'il avait subi. Il n'avait pas demandé à venir au monde, à affronter les indésirables, les malfaisants. Ce sont pourtant ceux-là qui l'attiraient et qu'il avait baptisés « les mâles faisant… le mal ».

À quinze ans, il commit son premier larcin. Une bêtise qui, pour d'autres, n'aurait peut-être pas eu de conséquence fâcheuse et que l'on aurait baptisée de maladresse, mais qui, pour lui, devint synonyme de calamité.

* * *

Il n'aimait pas ce commerçant chez qui sa mère l'envoyait faire les achats. Cet homme, âgé d'une soixantaine d'années, ce « vieux », comme il l'appelait, affichait la perfidie sur son visage. Dès que Franck franchissait la porte de sa boutique, il le surveillait, l'épiait, l'espionnait. Chacun de ses pas était scruté, chaque fait et geste était guetté. Franck le savait et si les premiers temps, il s'en faisait un jeu, fier de le provoquer, de le narguer, arborant cette insolence de jeune blanc-bec, plus les jours passaient plus ce comportement l'irritait. Quand il passait à la caisse, leurs regards s'affrontaient, jusqu'à devenir provocateurs.

– C'est tout ? demanda l'épicier, retirant du panier, un à un, les produits achetés pour taper les prix sur sa caisse enregistreuse. Tu n'as rien dans tes poches j'espère ?...

Franck ne daigna même pas répondre, haussant les épaules, mais conservant son sourire narquois. Ce tutoiement était l'ultime provocation.

Madame Martin, habituée de la boutique et du quartier, vivait seule depuis le décès de son mari. Dix ans qu'elle fréquentait l'épicerie. Elle le connaissait bien monsieur Dupain, le petit jeune aussi, pour l'avoir vu plusieurs fois faire ses courses en même temps qu'elle. Oh, pour sûr, il n'était ni avenant ni souriant. Même pas un bonjour, alors qu'elle lui avait quelques fois adressé la parole. Il l'avait écoutée d'une oreille discrète, sans formuler un seul mot.

Elle aimait les jeunes, surtout les enfants en bas âge, accompagnés de leur maman. Elle les comprenait, les conseillait parfois et, la plupart du temps, ils étaient reconnaissants envers elle, lui adressant ne serait-ce qu'un sourire. Elle n'avait pas eu d'enfant et c'était un peu sa façon de compenser un manque profond. Lui, il échappait à la règle, elle n'arrivait pas à le cerner.

Elle s'était aperçue, à maintes reprises, que monsieur Dupain, qui n'était pas des plus sociables, en voulait particulièrement à ce gamin. Ce jour-là, elle trouva qu'il dépassait les bornes et ne put s'empêcher de le lui faire remarquer.

– Allons, monsieur Dupain, vous voyez bien qu'il n'a rien volé ce gamin.

– Oh détrompez-vous madame Martin, je les connais bien ces jeunes, ils vous font des sourires par devant et dès que vous avez le dos tourné, ils en profitent pour vous dévaliser. C'est dès le début qu'il faut les mater. C'est des durs à cuire. Pas vrai sale gosse ?

– Non, c'est pas vrai, j'suis pas un voleur, j'vous ai jamais rien pris et vous êtes toujours là à me surveiller. Un jour, je vous l'ferai payer !

Madame Martin se crut obligée de le reprendre.

– Allons, mon garçon, il ne faut pas parler comme ça. Il n'est pas méchant monsieur Dupain, un peu bourru certes, mais il ne te veut pas de mal. N'est-ce pas monsieur Dupain ?

– Mouais... Je dis pas comme vous. Moi j'ai pas confiance. Allez, prends ta marchandise et fiche le camp !

* * *

Cette situation hostile ne durerait pas ainsi indéfiniment. Il savait qu'il ne pouvait compter que sur lui-même. Ce n'est ni sa mère et encore moins son père qui prendrait sa défense. Aucun des deux ne se déplacerait jusque chez l'épicier pour lui demander de s'expliquer. Et surtout pas de s'excuser.

Alors un soir, lassé de ces agressions verbales, il vola. Ça le démangeait depuis trop longtemps. Il fallait qu'il lui montre à ce vieil imbécile ce dont il était capable. Cette fois-ci, cela se traduisit plus par vengeance que par provocation.

Il patienta jusqu'à ce que le magasin soit vide de toute présence et traîna un long moment dans les allées avant de s'arrêter devant les étagères dédiées aux canettes. Il savait que le vieux avait les yeux rivés sur lui. Il savait qu'il savait !

Alors saisissant une des boîtes cylindriques, il la glissa dans sa poche, s'arrangeant pour que le commerçant s'en aperçoive. Ce n'était pas bien difficile, il passait son temps à le surveiller. La canette, il n'en avait pas besoin, la bière, il n'en avait pas envie, il lui fallait un argument pour déclencher les hostilités.

Parvenu à la caisse, il attendit que le vieux schnock l'interpelle :

– Ah cette fois je te tiens, je t'ai vu voler cette canette.

– Ah oui ?...

– Bon maintenant ça suffit, tu vas retirer de ta poche ce que tu m'as volé ou alors je t'empêche de sortir et j'appelle la police.

– Ah oui ! Je voudrais bien voir ça ! Monsieur l'espionneur, monsieur le marchand de quat'saisons qui se prend pour le vengeur masqué. Y va faire quoi le Zorro de super marché, hein ?

Franck sortit de sa poche la canette de bière, la décapsula et en versa le contenu sur le tapis devant le regard médusé de l'épicier. La bière se répandit, moitié liquide, moitié mousse, fuyant de chaque côté du rouleau en caoutchouc, s'égouttant sur le sol carrelé et éclaboussant les chaussures du marchand.

– C'est ça que tu veux, vieux schnock ?

Une fois vide, il la posa avec violence sur le comptoir, faisant jaillir les dernières gouttes encore présentes.

– Satisfait monsieur l'épicier ?

– Petit salopard, tu vas la payer ta canette !

– Vous savez où vous pouvez vous la mettre la canette…

L'homme voulut réagir, levant la main sur l'adolescent, mais celui-ci l'en dissuada :

– Si tu me touches, je porte plainte. Lequel des deux aura gain de cause ? Toi pour une simple canette ou moi pour coups et blessures ?

Il quitta la boutique tranquillement, laissant l'épicier médusé et hors de lui.

L'affaire aurait pu en rester là, mais c'était sans compter sur la hargne du commerçant. Il attendit patiemment que sa mère se rende chez lui et l'interpella à la caisse, la faisant rougir de honte devant les autres clients. Employant un ton suffisamment fort afin que tout le monde puisse entendre, il lui fit part de la malfaisance de son fils. Celle-ci se plia en excuse et régla le prix de la canette. Mais cela ne suffit pas à calmer la colère du vieil homme.

– Je ne veux plus jamais voir votre fils dans mon magasin, c'est bien compris ?

– Vous savez monsieur, je rentre parfois tard du travail et, certains soirs, je n'ai pas le temps de faire des commissions. Je peux vous promettre qu'il ne recommencera pas.

– Je ne veux rien entendre de vos propos, je ne veux plus le voir ici ! C'est clair ?

– Oui monsieur.

Franck se souviendrait longtemps de la rouste que son père lui administra lorsqu'il apprit ce qui s'était passé, allant même jusqu'à le frapper à coup de ceinturon.

Sa mère ne tenait pas particulièrement à ce qu'il reçoive des corrections, mais n'ayant pas d'autorité sur son fils, elle redoutait qu'il devienne un mauvais garçon. Cette crainte la hantait, tourmentée de voir un jour la police débarquer chez elle parce qu'il aurait commis un larcin, être convoquée au poste de police ou au tribunal ou encore devoir s'acquitter d'une lourde amende qu'elle ne pourrait payer, ne possédant pas l'argent nécessaire.

Alors, dès que Franck sortait du droit chemin, elle s'empressait d'informer Roger, sachant pertinemment de quelle manière il allait réagir. Ces dénonciations lui faisaient du mal, mais pas assez, au point de lui cacher la vérité.

* * *

Bien entendu, Franck retourna dans la boutique, non sans un certain plaisir d'ailleurs. Le commerçant ne pouvait lui fermer la porte au nez. Une autre supérette, plus spacieuse, plus belle, mieux achalandée, venait d'ouvrir ses portes. Hélas, la distance à parcourir s'affichait en kilomètres. Un trajet à pied d'une heure aller-retour, c'était inenvisageable. Alors il n'avait guère le choix. Et puis il ne voyait pas pourquoi ce serait à lui de se plier aux exigences de ce monsieur.

La première fois qu'il remit les pieds dans le magasin, depuis cette altercation orageuse, monsieur Dupain le vit entrer, abandonna sa caisse et se dirigea vers lui, presque en courant.

– Je croyais avoir dit à ta mère que je ne voulais plus te voir ici !

– Vous ne devriez pas vous absenter de la caisse, les gens attendent.

L'arrogance du gamin le décontenançait et il ne pouvait délaisser les clients ainsi très longtemps. C'est avec rage qu'il retourna vers son comptoir.

Il tenta bien de refuser de le servir, mais, profitant d'un moment d'inattention de sa part, il se glissa dans la file d'attente, derrière deux autres personnes et déposa ses achats sur le tapis roulant. Derrière lui, la queue s'allongeait. Alors, à contrecœur, au risque de provoquer des histoires qui allaient s'éterniser, il encaissa les produits. Franck sifflotait discrètement, un sourire en coin sur les lèvres.

– Au revoir, monsieur Dupain, à bientôt…

Monsieur Dupain

Bien que satisfait d'avoir puni son souffre-douleur, Franck n'était que partiellement comblé. La rancune tenace, bien décidé à frapper un grand coup, il lui fallait juste le temps nécessaire pour préparer minutieusement sa prochaine attaque envers sa bête noire.

À l'école, son attitude, sa conduite, ses agissements, se détérioraient au point de perturber gravement, non seulement sa vie d'adolescent, mais également sa scolarité. Ses rancœurs devenaient de plus en plus présentes et durables. Quand Franck n'était plus Franck, Castro (le surnom qu'il s'était attribué) prenait sa place avec véhémence.

Ce fut un soir du mois de mai que l'irréparable se produisit. Présent dans la supérette, provocateur comme à l'accoutumée, guetté par l'homme suspicieux, il errait depuis suffisamment longtemps, pour que l'épicier soit au bord de la crise de nerfs.

Le moment venu, le magasin vide de tout client, il se précipita à la caisse, posa le panier sur le tapis, puis saisissant une bouteille d'eau minérale en verre, la frappa si violemment sur le comptoir qu'elle se brisa. Avant que l'homme n'ait pu prononcer la moindre parole, Franck, tenant le tesson par le goulot, le menaça :

– Tu vas t'excuser tout de suite et me demander pardon gentiment, pour tout le mal que tu m'as fait depuis que je viens chez toi.

Il n'y avait personne d'autre qu'eux deux. Pas d'aide possible et si, quand bien même, un autre client eut été présent, aurait-il osé se porter au secours du commerçant ?

Le voyant hésiter, il se fit plus menaçant et intima à son bras des mouvements de balancier. À chaque passage, le verre brisé frôlait le ventre du marchand. Terrorisé, coincé entre sa caisse et le mur, l'épicier s'adressa au jeune garçon, entamant sa supplique.

– Je m'excuse…

– Mieux que ça !

– Je suis désolé pour…

– Tu fais moins le mariole, hein ? Alors tu vas répéter après moi « je m'excuse jeune homme de vous avoir surveillé, d'avoir été désagréable avec vous et de vous avoir menacé ». Vas-y, à toi.

– Je m'excuse jeune homme de…

– Vous avoir surveillé.

– … Vous avoir surveillé, d'avoir été désagréable…

– Avec vous et de vous avoir menacé.

– … Avec vous et de vous avoir menacé.

– C'est bien, tu vois quand tu veux, tu sais être agréable. Sache bien que si tu appelles la police, si tu viens chez moi, si tu menaces ma mère, si tu essayes de faire quoi que ce soit pour te venger, je te tue ! Je sais où tu habites, je connais ta femme. Je n'hésiterai pas, je n'ai pas peur de toi !

Il venait de franchir le pas. Il n'y avait pas de retour en arrière possible, ni d'arrêt sur image, ni de bouton pause. Il regrettait presque de ne pas pouvoir accélérer pour savoir ce que l'avenir lui réserverait.

Il était monté du mauvais côté de cette balance qui pesait le pour et le contre. Contre, c'était bien le mot qui lui convenait. Contre lui, contre les autres. Il se sentait tellement différent. Tout allait à l'encontre, comme si tout ce qui l'entourait devait l'éloigner encore plus « du bien ». Il faisait tout à contrecœur, il marchait à contre-courant, à contresens.

« Je me sens tout contre et contre tout ! ».

Il pensait souvent à ce que lui avait dit un de ses professeurs, un des rares à faire encore la morale lorsque cela devenait nécessaire : *« le bien, dans la vie, c'est d'avoir une famille, d'être heureux, d'avoir de bons amis, qui sont prêts à t'aider. Le mal, c'est d'avoir des amis hypocrites, nuisibles, qui ne veulent pas t'aider. ».* Même des amis comme ça, il n'en avait pas.

« Quand t'es plus faible qu'eux, ils en profitent ». Mais il n'était pas faible ou plutôt il ne l'était plus.

La rue, ça t'endurcit. *« Le mal, c'est faire pleurer quelqu'un. Le bien, c'est le faire sourire ».*

Lui, il était heureux quand son père, imbibé d'alcool s'en prenait à sa mère et qu'il osait lever la main sur elle… Heureux n'est peut-être pas le mot exact, mais un certain plaisir sadique, une jouissance barbare comme pouvait le ressentir le bourreau au moment où il décapitait ses victimes.

Monique et Roger

Parfois le soir, couché dans son lit, dans l'incapacité de trouver le sommeil, il pensait à sa pauvre vie, à son environnement, à son école, à ses parents. Ce n'était pas la réussite, loin de là.

Sa mère, elle n'était pas méchante, elle subissait. Elle n'avait plus vraiment d'affection pour l'un et n'en avait jamais eu pour l'autre. Son fils, elle l'avait eu par hasard. Elle n'était pas prête, elle se demandait même si, à un moment de sa vie, elle en avait vraiment eu envie. Elle était bien avec son Roger. Oh ! Il n'était pas le mari idéal, mais ça lui convenait.

Leur vie n'était pas reluisante. Ils travaillaient pourtant tous les deux, elle à l'usine en tant que conditionneuse et lui comme homme à tout faire. Il remplissait son quotidien grâce à des petits boulots effectués chez les uns et les autres. Du bricolage qui ne lui rapportait pas grand-chose. Un peu de papier peint, de la peinture, quelques réparations. Bref, un ordinaire quelconque, presque insignifiant.

Leur maison, plantée au cœur d'un ensemble pavillonnaire de Bobigny, c'était celle de ses parents, reçue en héritage à leur décès. La laissant en plein désarroi, ils étaient partis l'un après l'autre, à un an d'intervalle, lui d'un cancer, elle de chagrin.

Cette bicoque, vieillotte, datait des années quarante. Composée de petites pièces, d'une cuisine sans grand confort et d'un étage, elle leur suffisait. Au moins, ils possédaient un toit, leur évitant ainsi d'avoir à régler chaque mois un loyer onéreux. C'est ainsi que Monique parvenait à économiser quelques sous. Elle n'aimait pas la banque. Bien sûr, elle avait un compte, c'était indispensable pour pouvoir recevoir sa paye. Mais ses économies, elle préférait les dissimuler chez elle, à l'intérieur d'une vieille boîte en fer blanc, posée sur la dernière étagère de son placard mural, coincée entre des paquets de farine et des boîtes de conserve. Pas de quoi pavoiser, mais cet ordinaire leur permettait de joindre les deux bouts.

Le jour où elle déclara à Roger qu'elle était enceinte, cette annonce déclencha leur première dispute.

– Tu ne pouvais pas faire attention, prendre tes précautions ! Je te faisais confiance moi… Tu t'es bien foutue de ma gueule !

– Non, ce n'est pas vrai, je ne me suis pas moquée de toi… Toi aussi tu aurais pu faire attention ! C'est un accident !

– Un accident, tu appelles ça un accident !… Qu'est-ce qu'on va faire maintenant avec cette bouche de plus à nourrir ? Le mieux c'est que tu t'en débarrasses !

– Jamais de la vie !

Elle venait de crier son refus sans même avoir réfléchi, elle qui n'avait jamais envisagé une grossesse, elle s'accrochait maintenant à ce qui n'était encore qu'un embryon.

– Je n'en veux pas de ce môme et je ne veux pas qu'il entre dans cette maison ! Si tu veux rester avec moi, tu dois t'en débarrasser.

– Que tu le veuilles ou non, il est déjà là !

Il avait claqué la porte pour fuir la réalité. Tard dans la nuit, il était revenu, rond comme une queue de pelle, mettant un terme à sa beuverie en vomissant sur le sol avant de s'effondrer sur le carrelage de la cuisine.

Il n'avait fallu qu'une seule scène, qu'une seule querelle, pour que leur vie change du tout au tout. Ils ne se parlaient plus guère, juste le minimum. Elle avait bien tenté à plusieurs reprises de renouer le dialogue, mais elle obtenait toujours la même réponse.

– Tant que tu le garderas, ce sera comme ça !

Le dilemme dura longtemps dans sa tête. Peut-être aurait-elle dû lui céder finalement et le faire passer.

Chaque jour, chaque soir, chaque nuit, cette pensée la tenaillait, l'obsédait. Elle s'endormait, se réveillait avec, cauchemardait. Elle vomissait souvent. Son indécision la rendait malade, à moins que ce ne soit sa grossesse. Elle n'avait encore vu personne et son bébé se développait en secret, ou presque.

Si certains matins, elle se réveillait avec l'envie de s'en séparer, persuadée d'avoir pris sa décision, sa détermination ne durait pas longtemps. Elle ne se sentait pas capable d'aller au bout. Se faire avorter n'était pas dans ses convictions. Catholique non pratiquante, elle croyait en Dieu et se disait que ne pas le garder c'était une injure envers lui, une offense.

Mais en contrepartie, Roger la poussait à le faire. C'est avec Roger qu'elle vivait, pas avec Dieu. Ce dilemme cornélien la faisait se précipiter vers les toilettes, son petit déjeuner à peine pris, pour le rendre.

Et puis un matin, elle se regarda dans le miroir, elle vit cet enfant qui prenait forme, son ventre qui s'arrondissait. Elle imagina qu'elle allait devenir grosse, que ces seins allaient doubler de volume, qu'elle prendrait dix, vingt kilos, qu'elle deviendrait difforme… Elle ne voulait pas de tout ça, elle n'en voulait pas de cet enfant. Elle balaya d'un revers de main tout ce qui pouvait se trouver sur le lavabo et se mit à hurler. Un cri presque inhumain. Elle se laissa tomber sur le sol et resta prostrée de longues minutes.

Alors, sans plus réfléchir, elle se précipita chez son médecin. Elle ne prit même pas le temps de prévenir l'usine. Il fallait que ce soit maintenant… ou jamais !

La secrétaire ne put lui proposer de place, aucun rendez-vous de vacant. Elle lui expliqua qu'elle ne pouvait plus attendre, la supplia, fondit en larmes, manqua de s'évanouir, envahie par le stress. Dérangé par son attitude à la limite de l'hystérie, le médecin, en consultation, sortit de son cabinet. La secrétaire lui expliqua à mots couverts ce qui justifiait le comportement de cette patiente.

Il avait prêté serment auprès d'Hippocrate. Son éthique ne pouvait laisser une patiente dans un tel état. Il la reçut entre deux rendez-vous.

Elle lui expliqua tout. Son mariage, la mort de ses parents, sa vie amoureuse avec son Roger, son boulot à l'usine et puis sa grossesse qui avait tout bouleversé. Ce bébé qu'elle ne voulait pas et que Robert refusait catégoriquement.

Mais il était déjà trop tard. Après avoir fait un rapide calcul, le médecin dut la mettre devant l'évidence, elle avait dépassé les douze semaines et c'est un bébé qui vivait désormais dans son ventre. Il n'était plus question d'avortement, mais d'acceptation.

Elle aurait voulu qu'il lui dise que tout allait s'arranger, que cet enfant qui dévorait son ventre allait disparaître, qu'elle allait retrouver une vie comme avant, un Roger aimant et aux petits soins… Elle avait espéré, en son médecin, trouver une bouée de sauvetage, une roue de secours. Et sa roue de secours venait d'éclater, la laissant seule et désemparée au bord de la route.

Ce soir-là, elle mit plus longtemps que d'habitude pour regagner son domicile. Elle aurait tant voulu annoncer à Roger que sa décision était prise. Bien sûr, il restait encore l'ultime solution, se rendre en Belgique pour subir un avortement, mais elle n'avait pas les moyens financiers nécessaires pour entreprendre cette intervention. Et les risques étaient grands. Et Dieu…

Alors à quoi bon espérer là où il n'y avait plus d'espoir, elle se résigna à lui annoncer la nouvelle, espérant que cela le ferait réfléchir.

– Je suis allée chez le médecin ce matin. Je ne peux plus le faire passer, c'est trop tard, il faut le garder.

– C'est de ta faute, tu as trop attendu ! Je te l'avais dit depuis le début, mais tu n'as pas voulu m'écouter. Démerde-toi avec ton chiard !

Son chiard, il lui avait jeté à la figure.

Les six mois de grossesse qu'il lui resta à subir avant le terme, elle les vécut toute seule, dans la peine et la solitude. Tantôt espérant que la situation allait s'améliorer, tantôt prise de désarroi. Elle avait perdu Roger depuis longtemps, depuis ce jour où elle lui avait annoncé être en cloque. Même s'ils continuaient à vivre sous le même toit, ils ressemblaient maintenant à deux étrangers. Ses petits boulots devenaient inversement proportionnels à ses ivresses, plus fréquentes chaque jour.

Comment avait-il pu changer à ce point ? Elle ne le comprenait plus et, par moment, finissait par se demander pourquoi elle restait avec lui. Mais que faire ?... Partir ? Pour aller où ? Ce n'était pas son maigre salaire qui pouvait lui permettre de redémarrer une nouvelle vie avec un nouveau chez elle. Mais chez elle, c'était ici, dans cette maison qui l'avait vue grandir auprès de ceux qui l'avaient élevée. Si quelqu'un devait partir, c'était bien lui.

Qu'était-il devenu cet amour passionné ? Où était-il cet être tendre et aimant qu'elle avait connu ? Plus que de la tristesse, c'était la colère qui l'envahissait. Elle finissait par le détester, mais pas suffisamment au point de le jeter dehors.

Si l'accouchement fut une délivrance, ce fut également le début de l'asservissement.

Elle accoucha seule, sans visite, sans personne à qui se confier. Après de longues heures de souffrance, comme s'il avait refusé de naître, lorsqu'elle l'entendit crier, elle comprit qu'il était là et que désormais plus rien ne pourrait la faire revenir en arrière. Elle avait quitté son domicile seule, elle rentrerait chez elle avec lui, même si elle n'en avait pas envie.

Il lui restait encore la solution de l'abandonner, mais quelque chose la retenait, lui interdisait d'en arriver là. Peut-être qu'avec le temps, elle s'habituerait à lui, peut-être que Roger finirait par l'accepter, peut-être que tout reviendrait comme avant… Les larmes envahirent ses yeux. Pourquoi tout ça, pourquoi ? Pourquoi ?

Le retour à la maison fut un calvaire. Les couches, les biberons, les nuits sans sommeil et… les beuveries de Roger !

Bien vite, cet enfant qu'elle avait fini par admettre, par la force des choses, lui causa tant de tracas qu'elle se mit presque à le détester, à le haïr. Elle avait bien essayé de faire des efforts, mais elle s'était vite rendu compte qu'elle en était incapable. Il était devenu la cause de tout ce malheur et plus les jours passaient, plus elle lui en voulait. Comment vivre avec un être que l'on n'accepte pas ?

Lorsque Roger prit enfin conscience que cette vie dissolue ne pouvait continuer, il essaya de se rapprocher de sa femme. Mais le temps s'était écoulé, l'érosion avait fait son œuvre et l'amour n'était plus.

Alors ce fut comme une sorte de cohabitation qui s'installa entre eux deux. Il fallait réapprendre à vivre ensemble ou bien se séparer à jamais. Il tenta bien de se résoudre à moins boire, mais la tentation était trop forte et le manque d'amour, de tendresse, d'affection l'incitait à trouver une compensation dans l'alcool. Monique en avait pris son parti et les soirs où, enivré, il titubait dans la maison en proférant des injures et des paroles incohérentes, elle préférait l'ignorer.

Tout semblait sans issue. Chacun comblait sa peine comme il le pouvait. Roger s'enivrait, Monique rejetait sa haine sur Franck et Franck, délaissé, se forgeait une force de caractère sans s'en rendre compte.

Petit à petit, sa capacité à s'exprimer, à défendre ses points de vue, ses idées, ses choix, à affirmer son autorité s'installait en lui. Son fort caractère allait lui permettre de ne pas se laisser faire, de ne pas devenir influençable. Il fallait bien qu'il compense d'une manière ou d'une autre son manque d'amour.

Mais à l'inverse, le manque de dialogue, d'échange, de compagnie, la solitude le firent également se renfermer sur lui-même. Sa force était sous-jacente. Elle ne se voyait pas, cachée au plus profond de lui-même.

Les années collège

Les premières années de sa vie, Franck les vécut renfermé sur lui-même. Il ne sut jamais ce qu'était un baiser, une caresse, un mot tendre, une parole bienfaisante. Si la maltraitance faisait partie de son quotidien, les sévices étaient surtout moraux. Plongé dans un univers où la violence verbale prédominait, il ne pouvait grandir sereinement.

Sa petite enfance ne fut pas celle d'un enfant gâté. Loin de là. Dès qu'il fut en âge d'affronter l'école, d'apprendre à vivre avec d'autres enfants, de partager, d'écouter, d'obéir, sa mère s'en débarrassa, lui imposant des heures de garderie le matin comme le soir.

Ce ne fut pas les premières années les plus difficiles. Contrairement à ce que l'on pourrait penser, il était plutôt solitaire, réservé, discret. Il ne brillait pas par son érudition. Travaillant modestement, sans chercher à faire mieux que les autres, il avait trouvé en l'école un lieu de paix.

L'enseignement aurait pu l'aider. Confronté à un univers pédagogique, il aurait pu découvrir ce qui lui manquait. Mais son côté asocial prenait le dessus. Il ne s'entendait pas avec ses camarades, refusait de se joindre à eux. Même les plus gentils, les plus agréables, les plus affables devaient se résigner devant son entêtement. Alors ils finissaient par l'abandonner à son triste sort. Les enfants ont la réputation d'être cruels entre eux. Ils ne se font pas de cadeaux. Si Franck dissimulait beaucoup de choses en lui, il refusait d'être leur souffre-douleur.

Quant à ceux qui insistaient, qui refusaient de comprendre le message qu'il essayait de faire passer, qui voulaient jouer les durs avec lui, il avait vite fait de les remettre à leur place. La plupart du temps, quelques paroles suffisaient. Mais parfois, l'un d'eux sortait du rang, un acharné se croyant plus malin que les autres, qui prenait plaisir à l'agacer au point de faire surgir en lui le démon qui somnolait. Alors, il frappait. Un seul coup suffisait.

À chaque récréation, il arpentait la cour, occupant son temps à marcher de long en large, propriétaire de sa solitude, enfermé dans son isolement, dans ce délaissement volontaire.

Ce qui le sauva et lui permit de conserver sa scolarité, c'est cette formidable envie d'étudier. Ses instituteurs avaient appris à le cerner et surtout à le laisser à part. Ces notes n'étaient ni bonnes ni mauvaises, juste dans le milieu. Alors, le temps passa presque sans faire de bruit.

* * *

Hélas, ce silence ne correspondait plus avec la réalité. Ce qui fut vrai au début se transforma tout doucement, presque imperceptiblement. Le temps ne put continuer de s'écouler sans faire de bruit.

Ce fut pendant les années collège que son environnement commença à se dégrader. Tant qu'il se trouvait avec ceux qu'il fréquentait depuis le CP, tout se passa bien. Ses camarades avaient compris, certains à leurs dépens, qu'il ne fallait plus s'intéresser à lui. Il n'en demandait pas plus, il suffisait juste de respecter son choix.

L'entrée en classe de sixième, le regroupement avec d'autres enfants venus d'autres localités, d'autres écoles, d'autres milieux, ne lui fut pas favorable, bien au contraire. Car si certains, parmi les nouveaux, comprirent très vite qu'il valait mieux ne pas le provoquer, d'autres, les féroces, ne lâchaient pas l'affaire.

Franck ne devenait bagarreur que dans les cas extrêmes. Il n'était peut-être pas le plus fort, mais il avait un avantage par rapport à ses adversaires, il frappait le premier. Pas besoin d'explication. Dès le début d'une altercation, d'une provocation, un seul mot suffisait à déclencher son ressentiment.

Si ces bagarres restaient parfois sans suite, par deux fois elles se terminèrent dans le bureau du proviseur. Les heures de colle suffirent à calmer, provisoirement, ses ardeurs.

Avare en explications, il était bien difficile de comprendre les raisons de ces actes. S'il assumait ces agissements, Franck n'était pas un délateur. C'est peut-être cela qui fit de lui, en l'espace de quelques semaines, le caïd de la sixième. Certains lui proposèrent de devenir un chef de bande, mais cctte suggestion ne l'intéressait pas.

Ce « titre » fut un peu une révélation. Commc plus personne ne le cherchait, il n'avait plus besoin de se défendre. Les durs avaient trouvé leur maître.

S'il se comportait ainsi, c'était bien pour montrer aux autres qu'il aimait vivre en solitaire. Il n'appréciait que sa propre compagnie. C'était son idéal de vie. Il aimait être en tête à tête avec lui-même, ne compter que sur lui, ce qui se traduisait par un sentiment de suffisance.

Cette espèce d'outrecuidance lui venait certainement de l'éducation reçue à l'intérieur de laquelle, le goût du partage et de la découverte des autres était absent. Sa fatuité était telle qu'elle avait développé chez lui un égoïsme qui se manifestait par ce retranchement absolu.

* * *

Paradoxalement, les années collège de la sixième à la quatrième s'écoulèrent comme l'eau de la rivière. Que s'était-il donc passé pour que l'enfant au caractère bien trempé se soit apaisé ? Avait-il réfléchi sur son comportement ? Son milieu familial avait-il changé ? S'était-il fait des copains ? Rien de tout ça.

En fait, il ne s'était pas assagi. Ses camarades de classe préféraient le laisser dans son coin. Il ne partageait pas les discussions, les jeux, les regroupements, les rires, les plaisanteries. Alors à quoi bon essayer de vouloir l'intégrer, c'était peine perdue.

Il savait que tout ce qu'il faisait en dehors de la normalité était sanctionné par son père. Dès qu'il déviait de la ligne droite, c'était la punition. S'il ramenait une mauvaise note, si sa mère était convoquée dans le bureau du directeur, s'il avait un mot dans son cahier de correspondance, tout cela se traduisait inévitablement par une correction.

Et pourtant, son père n'était pas le bon exemple, bien au contraire. Si, extérieurement l'homme apparaissait comme quelqu'un à la conduite irréprochable, intérieurement, il endossait des qualificatifs peu élogieux : rustre, grossier, alcoolique, fainéant…

Alors, pour ne pas subir les colères de ce père, il préférait étudier. Il lui fallait plus de temps qu'un élève normal pour mémoriser les informations, mais à force de travail, d'acharnement, il y parvenait comme n'importe quel autre. Il apprenait tout seul et ce qu'il ne comprenait pas, il le cherchait dans les livres ou dans les encyclopédies.

Il vivait la plupart du temps dans sa chambre. Lors des repas du soir, pris bien souvent en tête à tête avec sa mère, ils ne s'adressaient pas ou peu la parole. Cette attitude leur convenait. Depuis quelque temps, son fils paraissait plus calme, plus posé. Ce comportement lui évitait de s'intéresser à lui ou plus exactement de ne pas être obligée de s'intéresser à ces déviances.

Son père, il ne le voyait que rarement. Ses beuveries, devenues coutumières, faisaient partie intégrante de sa vie.

Parfois, il se demandait si cet homme était bien son père ? Biologique certainement, mais cette filiation s'arrêtait là. Si ce personnage affirmait son autorité paternelle, à aucun moment il ne lui montra le moindre signe d'intérêt, de tendresse. Il ne l'avait jamais aimé et pour cause, il ne voulait pas de lui.

Pourtant, il ne supportait pas qu'il devienne un garnement. Certainement pour que celui-ci ne perturbe pas par ses agissements, son espèce de quiétude imbibée d'alcoolomanie.

Le considérait-il vraiment comme son propre fils ou juste comme un étranger qui vivait sous le même toit ?

* * *

Alors qu'il avait atteint ses seize ans, l'année de la troisième fut l'élément déclencheur d'une impétuosité, comme si cet apaisement ne pouvait plus durer, comme si son monstre se réveillait d'une trop longue hibernation.

Et comme si cela ne suffisait pas, pour rendre sa scolarité alambiquée, il traînait derrière lui une année de retard, tel un boulet indécrochable.

Lorsque le mal est entré en soi, il s'y accroche, se ramifie à l'intérieur du corps jusqu'à devenir une créature qui agit quand bon lui semble, dépassant l'entendement, plus forte que la raison. Il opère par pulsions dévastatrices. Franck se détachait de lui jusqu'à disparaître et Castro s'injectait dans son corps, telle une drogue puissante et virulente.

Quel élément avait bien pu faire naître ce retour à la violence ? Peut-être une crise d'ado, des profs plus intransigeants, d'autres moins tolérants, un courant qui ne passait pas bien entre eux…

Le proviseur, un brave homme paternaliste, détestait au plus haut point les conflits au sein de son établissement. Il n'aimait pas punir et tentait toujours de trouver des solutions réparatrices. Lors des réunions pédagogiques, il se heurtait souvent à ces professeurs qui prônaient la sanction plutôt que la prévention.

Franck se sentait pourtant mieux dans sa peau, comme peut l'être quelqu'un qui sort de l'ombre, quelqu'un qui a souffert et qui veut renaître. Quelqu'un pour qui la haine et la violence n'ont que trop duré.

Il souhaitait tellement devenir une personne normale. Alors pourquoi avait-il fallu que cet individu, ce prédateur, surgisse pour tout détraquer. Pourquoi fallut-il que la vie soit faite d'amour et de haine? Comment peut-on aimer et haïr? Pourquoi les humains ont-ils besoin de s'éprendre les uns des autres pour finir par se détester? Autant de questions sans réponses qui trottaient dans son esprit les jours de déprime.

* * *

En cette fin d'été, à l'approche de l'automne, quelques nouveaux venus décidèrent de s'imposer dans la cour de récré plutôt que d'apprendre les règles et surtout les accepter. Il fallut de longues et nombreuses palabres des anciens pour leur faire entendre raison. Ils n'étaient pas stupides, alors la plupart se rangèrent de leur côté, ils n'avaient pas non plus intégré l'école pour bouleverser le monde, mais pour suivre un enseignement. Pourtant, l'un d'eux s'y refusa.

La vie n'est pas un long fleuve tranquille. Sur le parcours, des embûches apparaissent, semblables à des embuscades destinées à nous faire chuter. Parmi les humains, c'est la même chose, il y a toujours une tête de Turc, un élément perturbateur qui joue les trouble-fête. Franck s'en souciait peu, cela lui était égal, tant qu'il ne désorganisait pas sa vie. Il s'était pourtant bien gardé d'intervenir, laissant ses camarades régler leurs différends. C'était sans compter sur le caractère belliqueux de cet élève parasite. Endormie, somnolente, la bête se réveilla en lui.

Le problème fut, une fois de plus, réglé rapidement, mais celui qui l'avait provoqué se plaignit. Franck se demanda si tout cela n'avait pas été prémédité. Le téléphone arabe fonctionnait bien et il n'avait pas fallu longtemps aux nouveaux pour être mis au courant de sa réputation. Il fut convoqué dans le bureau du proviseur.

– Que s'est-il passé monsieur Durieux ? Nous n'avions plus de problèmes avec vous. Ce garçon vous a-t-il cherché querelle ? Vous savez que l'on ne peut pas régler les problèmes avec la violence. Je pensais que vous l'aviez compris.

– …

– Vous restez toujours enfermé dans votre mutisme. Cette fois, je ne prends aucune sanction envers vous parce que vous avez fait de gros efforts ces derniers temps. Vous voyez, je me mets de votre côté. Mais si cela venait à se reproduire, je serai obligé d'agir et de vous infliger un avertissement. J'avais misé sur votre réinsertion, j'y croyais, je suis déçu. Redonnez-moi espoir monsieur Durieux. Vous pouvez retourner en classe.

Franck repartit sans un mot, tenaillé par un sentiment d'injustice. Sa réputation de caïd, il s'en moquait, mais qu'on lui manque de respect et qu'il soit le seul à payer, il ne pouvait l'admettre.

Il attendit patiemment de se retrouver dans la cour pour provoquer un tête-à-tête avec ce « petit merdeux », laissant son démon, dissimulé au fond de lui, dans une cachette secrète, lui dicter sa conduite. Il lui suffisait alors d'actionner un bouton imaginaire pour qu'il surgisse, semblable au diable monté sur ressort qui sortait de sa boîte, une fois le couvercle éjecté.

– Je peux savoir pourquoi tu m'as manqué de respect ?

– Je ne t'ai pas manqué de respect !

– Tu m'as provoqué, c'est pareil.

– Pourquoi ce serait toi le caïd du collège ? Tu te prends pour un champion ?

– Ce sont mes camarades qui m'ont donné ce surnom. Je ne cherche personne, ni à me battre, ni à être importuné, je veux simplement qu'on me laisse tranquille.

– Je vais me plaindre, je vais dire que tu m'as menacé !

– Je n'ai rien fait de tout ça, alors évite d'aller trop loin, ça pourrait mal finir.

– Tu vois que tu me menaces.

Franck lui tourna le dos, pressentant une discussion sans fin et sans issue. Bien que considéré comme un asocial et de ce fait, plutôt rejeté, un de ses camarades de classe se dirigea tout de même vers lui.

– Tu sais qui c'est ? dit-il en lui montrant le « merdeux » d'un signe de tête.

– Non, pourquoi ?

– C'est le fils d'un chef d'entreprise. Son père a le bras long et je l'ai vu traîner dans le collège plusieurs fois accompagné du directeur. Alors, méfie-toi, il ne va sûrement pas en rester là.

Le proviseur, inquiet, convoqua un conseil de discipline. Cet élève à problème, du nom de Durieux, redevenait le point noir du collège. Il y avait malgré tout un paradoxe qui divisait ce tour de table. Si les études de Franck n'en faisaient pas un élève brillant, il était tout de même loin des derniers. Ce point positif dans la balance penchait en sa faveur. D'autre part, il paraissait être devenu plus calme depuis que ses camarades l'avaient surnommé le caïd, surnom parvenu aux oreilles de ses professeurs. Pour une fois, ils s'étaient tous mis d'accord, tant que rien ne se passait ni ne perturbait les récréations, ils n'avaient aucune raison d'intervenir, le collège, ce n'était plus l'école primaire. La récré n'était plus autant surveillée, chacun devait se prendre en main.

Et soudainement, sans que rien ne le laisse présager, voilà que le « nuisible » refaisait surface. On l'avait presque oublié. Craignant que tout redevienne comme avant, le proviseur leur fit prendre une décision issue d'un vote à main levée. La majorité l'emporta, l'avertissement devenait nécessaire.

Effectivement, Franck n'eut pas longtemps à attendre. Le proviseur le convoqua de nouveau dans son bureau.

– Je croyais pourtant avoir été clair avec vous l'autre jour, monsieur Durieux.

– …

– Mais dites quelque chose, bon sang ! Cette fois, je suis obligé de convoquer votre mère. Menacer des élèves, c'est grave, très grave. Et puis cette fois-ci votre avertissement vous l'avez bien mérité.

* * *

Cette longue période d'accalmie venait de prendre fin. Après son entretien avec le proviseur, sa mère, de retour du collège, s'empressa de rapporter les faits à son mari. Il ne pouvait en être autrement. Celui-ci, encore à jeun, ou presque, n'essaya même pas de comprendre ce qu'il s'était réellement passé, ni de connaître les véritables raisons. Il ne chercha pas non plus à discuter. Il n'y avait pas de dialogue possible. Seule la violence faisait partie de son vocabulaire, de ses actes.

– Pourquoi tu es comme ça, mais pourquoi donc petit morveux ? Qu'est-ce qu'on a fait ta mère et moi pour subir tout ça… Tu imagines ce que l'on pense de nous… Un avertissement ! C'est au fond d'un cachot que tu mériterais d'être ! Dévoré par les rats !…

Il ne se rendait même plus compte de la portée de ses paroles. Cette brutalité verbale durait depuis tellement longtemps. Franck, excédé de toutes ces méchancetés proférées sous le coup de ses colères, n'y prêtait même plus attention.

Comme si les mots ne suffisaient pas, les coups pleuvaient sans discontinuer, les gifles, les coups de poing s'abattaient sur lui. Il ne se plaignait même plus, ravalant ses larmes, protégeant surtout son visage, car il ne tenait pas à fournir d'explications devant ses professeurs.

Il n'espérait rien des autres, ni secours, ni assistance, cela ne les regardait pas. Il en avait pris l'habitude, il souffrait en silence. Ce climat conflictuel lui appartenait, un peu comme une drogue. Il ressentait presque un bienfait dans son corps, comme si cette violence finissait par s'injecter à l'intérieur de ses veines.

Lorsque, prostré sur le sol, en position fœtale pour se protéger, la correction cessait enfin, il se relevait et se réfugiait dans sa chambre. Puni, privé de repas, il y restait enfermé jusqu'au lendemain matin.

Se postant devant le miroir, son tee-shirt soulevé, apparaissaient aux endroits meurtris les marques rouges de la violence subie. Son torse, déjà marqué, portait les stigmates de couleur bleuâtre ou violette, signes de violences passées.

* * *

À la suite de ce revirement de situation, la fréquence des altercations dans la cour de récré s'accentua et avec elle le nombre d'enfants envoyés à l'infirmerie pour cause d'ecchymoses sur le visage.

Profitant de cette situation, « le merdeux » devenu sa bête noire, soutenu par son père, s'obstinait à le harceler.

Aussi entêtés l'un que l'autre, aucun des deux protagonistes de ce bras de fer ne voulait lâcher l'affaire, utilisant chacun sa propre technique d'intimidation.

Pourtant, dans cette épreuve de force, deux poids, deux mesures s'opposaient. D'un côté, celui qui portait son fardeau chargé de lourds antécédents, façonnant un récidiviste et dont certains professeurs se seraient bien débarrassés. De l'autre, le « merdeux chouchouté » (et protégé) par un père un peu trop présent dans le bureau du directeur. La corruption avait-elle pénétré cet enseignant ?

Le proviseur, mal à l'aise, sentait peser sur lui la pression du directeur. Certes, proche de la retraite, il espérait bien finir en beauté, mais, pris entre deux feux, il ne savait choisir. L'influence du directeur, le chantage presque, et ce garçon qu'il ne pouvait blâmer sans quelques remords. Cruel dilemme.

Lorsqu'il recevait sa mère dans son bureau, il se refusait à incriminer la pauvre femme. C'était déjà suffisamment dur pour elle. Mais il n'était pas le seul décisionnaire, confronté à ces enseignants qui subissaient chaque jour ces élèves turbulents, indisciplinés, arrogants, voire insolents, et qui, pour certains, ne les supportaient plus. Ceux-là comptaient sur lui, espérant qu'il allait prendre une décision déterminante et irrévocable.

Une fois, deux fois, trois fois… À maintes reprises on la menaça de renvoyer son fils. Ses suppliques devenaient vaines. Ses trois avertissements furent illusoires. C'est un blâme qui, cette fois-ci, le sanctionna, suivi quelques semaines plus tard par un deuxième. Les arguments ne suffisaient plus.

Véhiculées à la vitesse de la lumière, les informations jetèrent le discrédit sur le collège. Les ragots, les racontars déformèrent la vérité, accusèrent le proviseur adjoint qui accusa le proviseur. C'en était trop pour la réputation de l'établissement. L'école ne voulait plus de lui et il ne restait guère de solutions pour le remettre dans le droit chemin.

Il fallut prendre le taureau par les cornes et taper fort en lui infligeant un renvoi de deux jours. Cette sanction disciplinaire ne s'appliquait qu'en dernier recours, motivée par des faits d'insolences, de retards à répétitions ou d'absences injustifiées.

– Vous savez madame Durieux, j'essaye de vous aider, mais si votre fils persiste, je ne pourrai pas faire grand-chose de plus. Ce renvoi temporaire devrait le faire réfléchir. Cette fois, si ça ne marche pas, je ne serai plus en capacité d'agir.

* * *

Franck, prit dans la tourmente, n'avait le choix qu'entre deux alternatives. Ou bien il abandonnait et subirait à jamais les moqueries de celui par qui le mal était parvenu, ou bien il frappait un grand coup, au sens propre comme au figuré.

Ce fut le deuxième choix qui l'emporta. Hélas ! Un choix qu'il n'avait pas vraiment décidé lui-même, mais imposé par celui qui dictait sa conduite, celui qui ne concevait aucune alternative, celui qui ne voyait que par la haine et le sang, qui n'était autre que Castro !

Il venait à peine d'entrer dans la cour, accompagné de ses copains, lorsque Franck se campa devant lui.

– J't'avais pourtant prévenu que ça finirait mal. Tu crois être protégé par ton père. T'es même pas capable de te défendre tout seul, il faut que tu ailles pleurer dans les jupes de ta mère.

René, piqué au vif, rabaissé devant ses copains, leva le bras sur Franck. Il n'eut pas le temps de faire quoi que ce soit, il se sentit emprisonné à l'intérieur de la main de celui-ci.

– J'te le conseille pas. On peut encore arrêter tout ça. Tu sais que j'aime pas me battre. T'es venu chambouler mon univers, alors que j'te connaissais même pas. Je t'avais rien demandé. T'aurais dû écouter les autres lorsqu'ils t'ont parlé de moi. Ils t'ont prévenu, tu savais qu'il fallait me laisser tranquille. Au lieu de ça t'es venu me provoquer. Si tu le veux, il est encore temps, on peut en rester là.

– Va te faire foutre, dit-il en retirant son bras.

Franck n'était plus Franck. Son démon venait de prendre le dessus. Castro ressurgissait. Son poing s'abattit sur le nez de René. Une grimace de douleur envahit son visage, tandis que du sang s'échappait de sa narine. Un deuxième coup sur les lèvres le fit tituber et s'écrouler par terre. Il le saisit alors par le col pour le relever et le frappa de nouveau. Il fallut l'intervention de plusieurs garçons pour le retenir et l'empêcher de continuer.

Un professeur alerté par les cris et le regroupement de plusieurs élèves se précipita. Lorsqu'il découvrit la scène, il demanda à un élève de prévenir l'infirmière.

– Encore vous ! Vous êtes un vrai malade.

Agenouillé près de René, il s'assurait que celui-ci respirait. Son ennemi pleurait de honte et de douleur. Son orgueil mis à mal prenait plus d'importance que son physique.

– Ne t'inquiète pas, on va s'occuper de toi.

Il se releva et voulut saisir Franck par le bras pour le conduire dans le bureau du proviseur, mais celui-ci se dégagea avec violence, manquant de faire tomber l'enseignant.

– Ne me touchez pas !

– Tu vas vraiment trop loin mon garçon et cette fois tu vas enfin quitter l'établissement. Depuis le temps que nous voulions nous débarrasser de toi, tu viens de nous donner les arguments nécessaires à ton renvoi. Maintenant tu vas me suivre chez le proviseur et tu n'as pas intérêt à broncher.

Puis il s'adressa aux autres garçons présents, sortant un carnet de sa poche.

– Je vais avoir besoin de vos témoignages. Donnez-moi vos noms, prénom et classe.

Prévenu par téléphone, le père accourut. Le René en question, étendu sur une civière dans l'infirmerie, continuait de pleurer. Son nez, sa lèvre avaient doublé de volume, mais pire que tout, il lui manquait deux dents.

– Je vais porter plainte contre ce garçon, ça ne va se passer comme ça.

– Je vous comprends monsieur Duport, mais nous pourrions peut-être trouver un arrangement.

Cette situation n'est pas acceptable dans notre établissement, je suis bien d'accord avec vous. Mais une plainte n'arrangerait pas forcément les choses. Je peux vous promettre que nous allons faire le nécessaire et d'ailleurs nous avons tous les éléments en main pour renvoyer cet élève de notre école.

Après la dernière mise à pied, restée sans effet, le proviseur dut se ranger du côté de ceux qui le rejetaient. Un vote à main levée eut lieu et c'est face à une décision majoritaire que ce renvoi définitif fut décidé. Ce gentil proviseur ne put s'y opposer et, le voulait-il vraiment, après tant de tentatives restées infructueuses ?

Le principal reçut sa mère une énième fois, mais la donne n'était plus la même. Il ne s'agissait plus de sanctionner, mais de lui annoncer son renvoi définitif et son placement en internat.

– Vous savez madame, c'est aussi dans son intérêt. Au moins là, il sera bien obligé d'obéir. Cette forme d'éducation devrait permettre à ce jeune rebelle de le remettre dans le droit chemin, de lui d'apprendre à vivre en collectivité en se conformant à des règles. Le pensionnat disciplinaire est souvent imposé aux élèves présentant des troubles du comportement associés à de mauvais résultats scolaires. L'encadrement et la discipline y sont ainsi renforcés afin d'aider ces enfants à retrouver leur équilibre. On leur impose des règlements stricts. Je sais que ce ne sera pas facile, ni pour lui ni pour vous, mais si nous voulons obtenir des résultats, il faut passer par là. Je pense que vous êtes d'accord? J'ai réussi à lui trouver une place au pensionnat Robert

Gentil. C'est au Raincy, en Seine-Saint-Denis. J'ai adressé un courrier au directeur. Il ne tardera pas à vous recevoir. Je compte sur vous, dès que le rendez-vous est fixé, dans l'intérêt de votre enfant, je vous conseille de vous y rendre.

– Oui, oui, bien sûr.

Que pouvait-elle répondre d'autre cette pauvre femme ? Le principal décrocha son téléphone pour joindre sa secrétaire.

– Geneviève, pouvez-vous demander à l'élève Franck Durieux de se rendre dans mon bureau s'il vous plaît.

Franck ne fut pas surpris de la décision. Il s'y attendait depuis tellement longtemps. Le caïd du collège ne ferait plus sa loi parmi ses camarades de classe. Son sort était définitivement scellé et qu'il le veuille ou non, il venait de franchir le pas du monde de la petite délinquance.

Le pensionnat

Après avoir pris connaissance du courrier adressé par le proviseur du collège, le directeur de l'internat Robert Gentil fixa un rendez-vous à la famille Durieux afin de s'entretenir avec les parents de ce jeune adolescent en pleine marginalisation.

Une dizaine de jours après son renvoi de l'établissement scolaire, le directeur les reçut, sa mère et lui, son père n'ayant pas jugé nécessaire de les accompagner.

– Bonjour madame, bonjour jeune homme…

– Franck.

– Franck, monsieur le directeur, s'il te plaît.

– Franck, monsieur le directeur.

– Bien, maintenant que les présentations sont faites, je vais te demander de nous attendre dans cette pièce, je voudrais discuter un peu avec ta mère.

La pièce était sobre, juste meublée d'une armoire et de quelques chaises. Il en choisit une au hasard pour s'asseoir, tandis que le directeur et sa mère s'enfermaient dans le bureau de celui-ci.

Il aurait pu se lever et coller son oreille à la porte pour essayer d'entendre ce qu'il se disait, mais leurs propos ne l'intéressaient pas. Il se moquait de ce qu'elle pouvait bien lui raconter. Il savait qu'il venait d'entrer dans un centre de rééducation, même si cet endroit ne s'appelait pas ainsi.

– Asseyez-vous madame, nous allons parler de votre enfant. J'ai sous les yeux la lettre que le directeur de son école m'a adressée. Je vais être franc avec vous, la situation n'est pas catastrophique. Nous avons parmi nous des adolescents bien pires que lui. Mais il est tout de même grand temps d'y remédier, d'autant plus lorsque des adolescents rebelles portent atteinte consciemment aux normes élémentaires de la cohabitation et ce fut le cas dans son école. Le conflit est bien souvent lié à la personnalité de l'enfant. Pour essayer de comprendre, je dois vous poser quelques questions. Êtes-vous d'accord pour y répondre ?

– Oui, je vais essayer.

– Comment est votre univers familial ?

– … C'est difficile à dire. Nous essayons de nous occuper de lui aussi bien que nous le pouvons, mais il ne coopère pas toujours.

– Votre mari est présent ?

– Oui, oui, bien sûr.

– Il n'est pas là aujourd'hui, il n'a pas pu venir ?

– Non, il n'a pas pu venir.

– Vous savez madame, ces questions ne sont pas faites pour vous rendre mal à l'aise, mais pour tenter de comprendre ce qu'il se passe dans la tête de Franck et pourquoi il réagit ainsi. Cela fait longtemps qu'il se comporte de cette manière ?

– Oh oui ! Depuis bien trop longtemps.

Monique ne put retenir ses larmes. Tout cela, elle ne l'avait pas voulu, même si elle se sentait responsable, au même titre que son mari, du déroulement des évènements. Ce n'était pas de sa faute si elle n'arrivait pas à l'aimer cet enfant. Mais l'expliquer à ce monsieur, c'était trop lui demander. Comment lui faire comprendre qu'il n'y avait plus d'amour entre elle et son Roger, qu'il buvait, qu'il ne travaillait que lorsqu'il en avait envie, qu'il ne s'était jamais intéressé à son garçon…

Le directeur la laissa se calmer, avant de reprendre :

– M'autorisez-vous à continuer ?

– Oui, si vous voulez.

Parmi les réponses fournies par Monique, des zones d'ombres subsistaient. Habitué à côtoyer cet univers, il se rendit rapidement compte que le milieu familial de cet enfant paraissait être en adéquation avec son comportement.

Ce serait aux éducateurs de découvrir ce qui se cache derrière cette façade violente et peut-être de parvenir à lever le voile.

– En général, lorsqu'un jeune commence à acquérir de mauvaises habitudes, la relation au sein de la famille devient plus difficile et sa réaction naturelle est de se renfermer et de devenir encore plus rebelle. Les échanges entre les parents et les adolescents deviennent souvent compliqués. C'est bien ce qui se passe, madame ?

– Oui monsieur.

Monique se sentait de plus en plus mal à l'aise.

– En résumé, il s'agit d'intégrer les jeunes ayant des problèmes de comportement dans la société qui les entoure. Ces centres ne sont pas conçus comme une méthode de punition, mais comme un renforcement positif leur permettant d'entrer dans une autre phase de leur vie, beaucoup plus favorable.

Monique sentit sa tête tourner. Une bouffée de chaleur l'envahit. Son visage pâlit subitement.

– Vous ne vous sentez pas bien, madame ? Voulez-vous un verre d'eau ?

– Non merci, ça va passer, c'est juste…

– Je comprends que tout cela vous perturbe. Mais je peux vous assurer que nous obtenons d'excellents résultats et que ces enfants en difficulté ressortent de chez nous complètement métamorphosés. Notre pourcentage de réussite est proche de quatre-vingt-trois pour cents.

Le directeur comprit qu'il devait mettre un terme à cet interrogatoire, devenu trop pesant pour cette femme. Il fit entrer Franck qui prit place aux côtés de sa mère.

– Bien, nous allons travailler ensemble et t'aider à retrouver tes repères. Ici, dans cet internat, tu devras respecter une certaine discipline et accepter des règles de base, telles que demander la permission, négocier, aider les autres, ne pas se battre. Le centre va t'aider à développer ta sociabilité de manière à refouler ton agressivité. As-tu des questions ?

– Non !

– Non, monsieur le directeur.

– Non, monsieur le directeur.

– Alors je te dis à dimanche. Tu devras te présenter à quinze heures précises avec dans ton sac tous les effets dont tu auras besoin, listés sur le document que l'on va te remettre.

Si à l'aller, peu de paroles furent échangées entre sa mère et lui, au retour, le parcours se résuma à un film muet. Ni l'un ni l'autre n'avaient envie de parler. D'ailleurs qu'auraient-ils bien pu se dire ?

Il lui restait quatre jours avant d'intégrer cette nouvelle école. C'est enfermé dans sa chambre qu'il les passa, la porte verrouillée par son père, sans doute par crainte qu'il ne cherche à fuguer.

Le pensionnat, bis

Le dimanche venu, c'est presque avec soulagement que Franck quitta le domicile, accompagné de sa mère. Il savait que cette immersion dans ce pensionnat ne serait pas une sinécure, mais au moins il sortait de cet univers sordide.

Une bonne quarantaine de minutes furent nécessaires, pour accéder au pensionnat Robert Gentil, situé au numéro deux cent trois de la rue Valérie Lefèvre, au Raincy. Durant ce laps de temps, il eut tout le temps d'imaginer sa vie future, détenu à l'intérieur de cette institution.

Lorsque Monique appuya sur la sonnette, le compte à rebours venait de débuter. Un décompte qui égrenait sa liberté à la façon d'un sablier.

La grille franchie, il ne lui restait plus que quelques mètres à parcourir avant de traverser cette ligne de démarcation. Qu'allait-il trouver derrière ? Des gens comme lui bien sûr, mais également des êtres plongés dans une situation pire que la sienne. De ceux qui sont déjà de la graine de voyou.

Bien décidé à ne pas se laisser faire, il allait devoir mettre tout de suite les points sur les « i ». Il n'aurait d'autre choix que se plier à la discipline de l'établissement, mais il n'accepterait jamais qu'un autre pensionnaire lui marche sur les pieds. Pour cela, il devrait agir avec tact. Malgré son comportement, ses accès de fureur, il n'était pas complètement stupide. Ici, la moindre bagarre se traduirait inévitablement par de sévères punitions.

Après que le gardien les eût conduits dans le hall d'entrée, ils patientèrent quelques minutes, le temps nécessaire au directeur pour parvenir jusqu'à eux.

– Bonjour madame Durieux, bonjour Franck.

Monique lui tendit le dossier administratif dûment rempli.

– Parfait. Si tout se passe normalement et il n'y a pas de raison à cela, votre fils pourra rentrer chez lui pour le week-end d'ici un mois. Il est entre de bonnes mains madame Durieux, ne vous inquiétez pas. Je vous souhaite un bon retour. Allez Franck, tu vas pouvoir dire au revoir à ta mère et nous allons te présenter les locaux, qui, à partir d'aujourd'hui, deviennent ton nouveau licu de vie. Tu vas également faire connaissance avec tes camarades.

Franck ne daigna même pas la regarder. Il grommela une espèce de « au revoir » entre ses dents et se dirigea vers le bâtiment.

Monique ressentit tout de même un petit pincement au cœur. Elle ne le détestait plus, plus comme avant. Certes, elle ne l'aimait pas, comme une mère aime d'amour son enfant, mais au fil du temps elle avait appris à le connaître et à vivre avec lui. Cette violence, cette haine que déversait son père envers son fils, ne lui convenait plus, même si trop faible, elle n'avait jamais eu la force d'intervenir.

Le directeur fit entrer Franck dans son bureau.

– Assieds-toi, je vais te rappeler quelques rudiments. En matière d'apprentissage scolaire, le programme sera le même que celui dispensé dans le collège où tu étais. La grande différence réside dans le fait que les élèves sont accueillis ici vingt-quatre heures sur vingt-quatre. Vous êtes encadrés et surveillés par des personnes extérieures au cercle familial. Tu seras confronté à une discipline stricte et donc tu devras apprendre le respect des autres et la rigueur grâce à des éducateurs, spécialement formés. Nous allons t'éduquer à la vie en groupe pour t'habituer à vivre en société. Si cela peut s'avérer difficile au départ, c'est absolument nécessaire pour ta vie d'adulte. Nous serons toujours à l'écoute et prêt à intervenir si quelque chose n'allait pas. La règle, c'est que tu t'adresses à l'un des encadrants avant d'agir par toi-même. Tu vas rencontrer quelques adolescents plus… difficiles que d'autres. Ils vont essayer de te déstabiliser, mais en aucun cas tu ne dois céder à quelque emportement que ce soit. Dernière chose, ta première sortie ne s'effectuera pour le week-end qu'un mois après ton entrée, si aucun élément perturbateur ne l'empêche. Voici les horaires, ils sont à respecter à la lettre :

Franck saisit le document que lui tendit le directeur pour en prendre connaissance.

7 h : lever

7 h 15 – 7 h 45 : ouverture du self pour le petit déjeuner

7 h 50 : fermeture des dortoirs

8 h : entrée en cours

11 h 30 – 13 h 15 : ouverture du self pour le déjeuner (présence obligatoire)

13h30 : entrée en cours

17 h 30 : ouverture des dortoirs

17 h 45 : montée à l'internat et pointage auprès du surveillant

18 h – 18 h 30 : temps libre, tolérance d'une pause aux abords immédiats du bâtiment

18 h 30 – 19 h 30 : ouverture du self pour le dîner (présence obligatoire)

19 h 30 : montée à l'internat et pointage auprès du surveillant

19 h 45 – 21 h 15 : étude obligatoire (en salle pour les secondes)

21 h 15 – 22 h : temps libre

22 h : extinction des lumières

– As-tu des questions ?

– Non.

– Non, monsieur le directeur.

– Non, monsieur le directeur.

– Et bien puisque tout semble parfait, nous allons commencer la visite.

* * *

Logé au premier étage, dans une pièce aménagée pour huit personnes, il fit rapidement connaissance avec ses compagnons de chambrée, Ludovic, Paul, Michel, André, Georges, Raoul et René. Il n'était pas question qu'il vive ici en solitaire, les éducateurs ne l'auraient pas admis. Mais il n'était pas question non plus pour lui qu'il se lie avec qui que ce soit. Brièvement, il leur fit comprendre qu'il n'avait aucunement l'intention de fraterniser avec eux. Un bonjour-bonsoir lui suffisait amplement.

C'était donnant donnant, il ne les importunerait pas, à eux de le laisser tranquille.

Les problèmes survinrent d'un petit groupe qui, malgré la surveillance dont faisait l'objet l'ensemble des pensionnaires, s'efforçaient d'imposer sa loi. Cet asservissement se passait plus particulièrement pendant les pauses ou après le dîner.

Franck appréciait de pouvoir sortir pendant une demi-heure, comme l'autorisait le règlement le soir après les cours. Il avait besoin de cette évasion temporaire pour se remplir les poumons d'une atmosphère enivrante. Le premier jour, il repéra un abri-bus, situé face à l'entrée du pensionnat qui, curieusement, n'attirait personne. Dès le premier soir, il s'y installa, inhalant l'air ambiant rempli des odeurs du monde extérieur.

Ce ne fut pas ce soir-là, ni le deuxième, mais le suivant où il fit la connaissance des « durs ». À peine assis, il les aperçut, franchissant la grille de l'établissement pour se diriger vers lui.

Quatre ados, les mains dans les poches, campés devant lui, le dévisageaient avec arrogance. Le plus petit en taille, censé être le chef, prit la parole :

– Alors c'est toi le nouveau ?

– Oui.

– Tu sors d'où ?

– De Bobigny.

– Tu sais qu'il y a des règles à respecter ici. Pas avec les matons, mais avec nous, les internes ?

– J'en sais rien, j'ai juste envie de profiter de quelques minutes de tranquillité.

– Vous avez entendu ça les gars, il veut être tranquille !

– Oui, si c'est pas trop vous demander.

– Oh là ! Je sens qu'on va bien s'entendre, dit-il, en se tournant vers ses copains tout en ricanant. Souviens-toi de moi, on m'appelle Manu ici. On est tous là pour un bon bout de temps, alors si c'est pas demain ou après-demain, ce sera un jour suivant, mais tu ne vas passer à travers.

Franck sentant l'embrouille arriver, se leva et, sans leur prêter attention, se dirigea vers l'internat. Il n'était pas question pour lui d'aller se plaindre et d'ailleurs qu'aurait-il pu dire. Ils ne l'avaient pas agressé, ni verbalement, ni physiquement. Les paroles proférées n'étaient pas véritablement des menaces, même si elles paraissaient avoir une signification bien précise. Mais laquelle ?...

Ce dont il était sûr, c'est qu'ils n'allaient pas se contenter d'une simple entrevue, ils ne tarderaient pas à revenir. Comme il s'était bien gardé d'entrer en contact avec qui que ce soit, il ne pouvait en savoir plus sur ces quatre individus.

Le groupe qui partageait la chambre avec lui ne semblait pas être très rebelle. Compte tenu de l'encadrement constitué de surveillants et d'éducateurs, il paraissait bien difficile de jouer les contestataires. De là à dire que les adolescents les plus difficiles allaient redevenir des moutons, c'était peut-être en demander beaucoup. Lui, il souhaitait juste que tout se passe le mieux possible afin que rien ne vienne perturber son univers. Avec le reste, il se débrouillerait. Il était déjà soulagé de ne plus avoir à subir la tyrannie de son père.

* * *

Cette journée-là n'aurait pas dû être différente des autres. Pourtant, ce fut le cas. Les cours terminés, Franck remonta dans sa chambre et y retrouva Ludovic.

À peine venait-il de s'allonger sur son lit, que la porte s'ouvrit violemment. Le plus acharné, celui qui se faisait appeler Manu, accompagné d'un de ses potes, pénétra dans la pièce, tandis que les deux autres restaient dans le couloir interdisant toute approche. Voyant Ludovic, assis sur son lit, il s'adressa à lui, employant volontairement un ton de racaille.

– Toi, sors d'ici, j'ai à parler à monsieur !

Franck le vit se lever de son lit et sortir sans broncher. Cette attitude dénotait bien un signe de soumission. Pour lui, c'était intolérable, il ne pouvait accepter l'irruption dans la pièce de ces individus, sans leur dire le fond de sa pensée :

– T'as rien à faire dans cette chambre.

– Ici, c'est moi qui parle. Toi tu t'tais, tu parleras lorsque je te le dirai.

Franck sourit. Des comme lui, il en avait déjà vu au collège et ils n'avaient jamais réussi à l'impressionner.

– Ça t'amuse ?

Il continuait de sourire, sans répondre. Rester muet accentuait la provocation.

– Je t'ai posé une question.

Toujours pas de réponse de sa part. Le morveux s'avança jusqu'au bord du lit. Franck, allongé, tenant son livre entr'ouvert d'une main, ne bougea pas. Pourquoi l'aurait-il fait d'ailleurs. Si les corrections administrées par son père l'avaient fait souffrir, elles l'avaient aussi endurci.

– Quand je pose une question, j'aime bien qu'on me réponde ! Ici, il faut payer une caution si tu veux conserver ta tranquillité. C'est 200 euros !

Franck eut envie d'éclater de rire.

– Je pense que tu plaisantes ? Il est hors de question que je paie quoi que ce soit. Ma tranquillité, je suis assez grand pour l'assumer tout seul. De toute façon, je n'ai pas d'argent. J'ai rien à faire avec toi, alors passe ton chemin.

Là, c'était la parole de trop. Manu étendit le bras pour lui arracher son livre. Plus rapide qu'un serpent, Franck saisit son poignet et, tout en le maintenant, se redressa pour se lever de son lit. Tenant toujours fermement le poignet de Manu, il lui fit face. Le dépassant d'une tête, de forte corpulence, il le toisait du regard.

– Lâche-moi !

Malgré les circonstances, Franck conservait son calme. Il relâcha son étreinte permettant à ce rebelle de retirer son bras, ce qu'il fit sauvagement.

– On fait quoi maintenant ?

– Tu vas l'payer très cher. T'aurais jamais dû faire ce que t'as fait !

– Tes menaces ne m'impressionnent pas. Maintenant tu sors de cette chambre. J'te le dirai pas une seconde fois.

Le dur des durs, impressionné, fit demi-tour et sortit de la pièce, tout en continuant de le menacer.

– T'as signé ton arrêt de mort, lui dit-il, déplaçant son pouce sur son cou en signe d'égorgement.

La bande d'insoumis, ayant quitté les lieux, Ludovic revint dans la chambre, impressionné par ce qui venait de se passer.

– T'as pas peur de lui ?

– Pourquoi j'aurais peur ?

– Ils font la loi dans l'établissement.

– Pas avec moi. Personne ne s'est plaint ?

– Non, ils sont suffisamment malins pour ne pas infliger de sévices corporels. Les menaces suffisent. Celui qui se fait appeler Manu a déjà mis un couteau sous la gorge de plusieurs d'entre nous. Il a une bande dehors qui lui obéit. Et comme il n'agresse personne physiquement, il n'y a pas de preuves. Mais fais attention à toi, il va vouloir se venger.

– Se venger de quoi, j'lui ai rien fait.

– Si, tu lui as tenu le bras et ça, c'est comme si tu l'avais frappé.

– T'as déjà payé ?

– … Oui… J'suis pas comme toi, j'ai peur de lui.

– Mais si t'as peur, si t'es un faible, qu'est-ce que tu fais ici ?

– C'est avec mes parents que ça va pas. J'ai déjà frappé ma mère ! Mais tu sais, pour en revenir aux gars de tout à l'heure, j'suis pas sûr que si on se plaignait on nous écouterait. On n'est plus à l'école et c'est un peu chacun pour soi. T'as dû rencontrer le directeur toi aussi. Il nous a tous dit la même chose, de belles paroles pour nous mettre en confiance. Mais parmi les surveillants, certains ne sont pas intéressants. Il y a d'anciens militaires et personne ne veut se frotter à eux. Avec les copains, on s'est même demandé si Manu et sa bande ne fricotaient pas avec eux. J'suis pas le seul à avoir payé et il est fort possible qu'ils leur donnent une partie de la somme pour les avoir de leur côté.

Là, ce n'était plus la même chose. Encore fallait-il qu'il ait raison. Difficile d'en savoir plus, une certaine omerta devait exister et il n'était pas là non plus pour jouer les défenseurs.

* * *

Le soir, avant de s'endormir, il échafaudait des plans, imaginait des comportements, réfléchissait à des solutions. Pourquoi avait-il fallu que ce Manu s'introduise dans sa vie ? Comme si le destin s'acharnait sur lui une fois de plus.

Le seul moyen de ne pas être importuné était bien celui qu'il avait employé : montrer sa force dès le début, tout en restant distant afin de ne pas se faire remarquer par les surveillants.

Quatre jours venaient de s'écouler depuis cette agression verbale, sans qu'il donne signe de vie. Ils se croisaient tous les jours, plusieurs fois par jour même, s'adressant des regards haineux, mais la provocation s'arrêtait là.

Les pendules des chambres occupées par les résidents affichaient vingt et une heures trente. La porte s'ouvrit brutalement, venant cogner le mur. Manu apparut seul, dans l'encadrement.

– Sortez tous, leur dit-il sur un ton autoritaire. Franck, sachant qu'il venait pour lui, fit également mine de se lever.

– Toi, tu restes ici.

– Et si j'ai envie d'aller avec eux ? Tu vas m'en empêcher ?

– J'veux juste parler avec toi.

Il devenait soudain plus mielleux. Son ton s'adoucissait. Afin d'éviter toute discussion houleuse, toute dispute, Franck accepta de l'écouter.

– J'ai bien réfléchi. T'es le seul à m'avoir tenu tête. J'aurais pu me venger comme je te l'avais dit, mais j'ai réfléchi. Veux-tu faire partie de la bande ?

– Non merci, je suis très bien comme je suis et j'ai pas l'intention de jouer les durs. J'ai pas l'intention non plus de rester ici des années et j'sais très bien que c'est mon comportement qui décidera de mon avenir.

– T'as pas bien compris ! J'te fais une fleur en te proposant de rentrer dans notre clan. Quand je t'ai posé cette question, j'étais sûr de ta réponse. Ton acceptation c'était ma façon à moi d'oublier ton comportement de l'autre soir et d'en rester là.

– Oui, peut-être, mais c'est ainsi et je changerai pas d'avis.

– Tu sais pas ce que c'est de me refuser quelque chose.

– Tu m'fatigues Manu, je t'ai donné ma réponse. Qu'elle te plaise ou non c'est comme ça !

– T'es vraiment un petit enfoiré de bourgeois. J'ai le bras long ici et des gens à ma botte. Dans peu de temps, tu viendras me supplier à genou, mais il sera trop tard. J'attends toujours tes 200 euros. T'as intérêt à me les verser rapidement si tu veux que le calme revienne.

Franck n'en pouvait plus d'entendre ce gars le menacer en lui débitant son baratin.

– Va te faire foutre ! Si tu continues, je vais t'en coller une. Même si cela doit me conduire au cachot. Écoute bien une dernière chose, je n'accepterai jamais que l'on me harcèle et je ne tomberai jamais dans ton piège. Maintenant dégage d'ici !

Manu le fixa, l'air méprisant. Ses yeux lançaient des éclairs. Il ressortit sans prononcer un seul mot, signe d'une intense animosité.

Franck réalisa à ce moment-là que sa tranquillité ne serait que relative. Il allait devoir vivre avec une menace permanente au-dessus de la tête.

Venait-il de signer son arrêt de mort, comme Manu le lui avait signifié ?

Gabriel

Depuis que Manu l'avait véritablement menacé, Franck se tenait sur ses gardes. Vivre dans la méfiance ne faisait pourtant pas partie de son mode de vie. Le seul élément positif dans ce conflit résidait dans le fait que la marge de manœuvre de son ennemi était restreinte. Il ne pouvait agir que pendant les moments de liberté autorisés.

Sans nouvelle de lui, ce mutisme ne présageait rien de bon. Mais c'était sans compter sur un évènement majeur qui allait bouleverser sa vie.

Comme il avait pris l'habitude de le faire chaque soir, il profitait du temps libre pour rejoindre son jardin secret et oublier, l'espace d'un moment, l'univers semi-carcéral du pensionnat. Depuis ce premier jour où les quatre garçons l'avaient importuné, il n'avait revu personne.

Assis les mains dans les poches, il rêvassait, les yeux mi-clos, laissant son cerveau aller au gré de ses idées, plus ou moins utopiques, plus ou moins irréelles. Parfois il se prenait à rêver qu'il devenait un enfant sage, un enfant aimé, un adolescent brillant dans ses études, avec un père à l'écoute et une mère douce et câline. Mais son monde imaginaire explosait comme une bulle de savon, le ramenant inévitablement à la réalité.

– Salut.

Franck ouvrit les yeux pour découvrir ce nouveau venu.

– Salut.

– Tu fais bien partie de l'internat, tu es Franck ?

– Oui.

– J'veux pas t'ennuyer, mais j'ai appris c'qui s'est passé avec Manu et de la façon dont tu t'es comporté avec lui.

– Et…

– Ça t'ennuie si on discute un peu ?

– Non.

– Je peux m'asseoir ?

– Oui.

Il se rendit compte que sa manière d'agir avait déjà fait le tour de l'école. Tout à fait l'inverse de ce qu'il désirait. Il n'en tirait ni gloire, ni profit, bien au contraire, considérant cela plutôt comme une gêne. Son besoin de passer le plus inaperçu possible paraissait déjà compromis.

– J'vais essayer d'être bref pour pas te saouler. J'fais partie de ceux qui ont subi sa loi et j'ai dû filer les 200 euros pour plus être harcelé. On attendait tous le jour où quelqu'un lui tiendrait tête et je pense que t'es celui-là.

– J'suis pas là pour ça.

– Oui, j'sais mais n'empêche que les choses vont changer.

– J'pense pas, il va pas me laisser tranquille. Il prépare sûrement un coup. Comment t'as fait pour le payer ?

– Il m'a laissé un délai. Le premier week-end où j'suis rentré chez moi, il a fallu que j'me débrouille pour trouver la somme.

– Tu l'as trouvée où ?

– Mon père a toujours de l'argent dans son bureau. Parfois il y en a beaucoup. Peut-être qu'il l'ramasse sur des gens qu'il arrête ou des dealers, j'sais pas… Il est flic. J'peux pas t'en dire plus pour le moment, mais j'sors ce week-end, j'rentre chez moi. À mon retour, j'aurais quelque chose à t'montrer.

En la présence d'une tierce personne, la demi-heure s'écoula rapidement.

– Il est temps de rentrer. Sache que j'suis de ton côté, moi c'est Gabriel.

– J'suis pas certain que l'on doive entreprendre d'action contre lui ou ses copains. Il semblerait que les surveillants soient de son côté ?

– Oui, certains. Si on fait quelque chose, ce sera avant de quitter l'internat.

– C'est pas demain la veille.

– J'pense pas comme que toi. J'vais pas moisir ici. Mais il faut bien réfléchir, car si on s'tire, ce sera pas pour y revenir.

– T'habites où, demanda Franck ?

– J'suis d'ici, du Raincy. Et toi ?

– Pas très loin, la commune d'à côté, Bobigny, en dehors du centre-ville.

Franck s'interrogeait. Que pouvait-il bien se tramer dans l'esprit de ce garçon. Il envisageait certainement de fuguer. Mais pour que cette escapade fonctionne, elle devrait être sans retour. Et ensuite ?… Cette désertion n'était pas sans lui déplaire, mais, hormis le fait d'être dehors, quels profits en tirer comparés aux risques encourus ?

* * *

Voilà trois semaines que Franck fréquentait ce milieu disciplinaire et chaque jour écoulé semblait l'éloigner de Manu. Que s'était-il donc passé pour qu'il n'entende plus parler de lui ? Quant à Gabriel, contrairement à ce qu'il lui avait laissé entendre, depuis son retour, il n'était pas revenu vers lui ?

Les aiguilles de sa montre affichaient dix-huit heures sept. À peine assis sur son banc, il vit Gabriel se diriger vers lui.

– Salut.

– Salut. Je pensais que tu avais abandonné l'idée de me revoir.

– Non pas du tout, mais j'attendais le bon moment. J'aurais quelque chose à t'montrer, mais ça peut pas se faire dans la chambre. Personne doit être au courant. Si t'es d'accord, on s'retrouve demain au même endroit à la même heure. Mais y'a une condition, il faut que nous soyons seuls et c'quc tu verras tu dois l'répéter à personne.

– Ok.

Sa phrase terminée, il fit demi-tour pour réintégrer le pensionnat. « Ça doit être important, pensa Franck, pour qu'il se veuille aussi discret ».

Il eut du mal à trouver le sommeil, réfléchissant aux dernières paroles de Gabriel. Une idée germait dans son esprit, mais elle semblait tellement insensée qu'il préféra l'oublier… Ou alors… Si ce qu'il imaginait s'avérait exact, il se trouverait embarqué dans une sale aventure…

* * *

Le lendemain, à la même heure que la veille, Gabriel franchit le portail de l'établissement pour se diriger vers le lieu de rendez-vous. Inquiet, il ne cessait de se retourner, craignant d'être épié ou suivi.

– Salut.

– Salut. Ça va, tu sembles pas tranquille ?

– Il faut pas que quelqu'un nous voie. Surtout t'en parles à personne.

– Arrête de stresser. Tu sais, il est encore temps de rien me dire, j'ai rien vu et tu m'as parlé de rien.

Toujours sur le qui-vive, il se retourna une nouvelle fois pour s'assurer que personne ne le regardait depuis l'internat. Au lieu de s'asseoir à ses côtés, il resta debout face à lui, dos au bâtiment.

– Regarde…

Ce faisant, il souleva le bas de son sweat juste assez pour que Franck ai le temps d'apercevoir la crosse d'un revolver.

– Ouaou !... Où t'as trouvé ça ?

– C'est à mon père. Je t'ai dit qu'il est flic et il collectionne les armes.

– C'est quoi ?

– Un revolver Phantom à barillet. Il tire douze coups et j'ai même pris le silencieux qui va avec.

– Il est chargé ?

– Non, mais j'ai pris aussi des balles.

– Et tu comptes faire quoi avec ?

– Tu t'en doutes pas…

– Tu vas pas faire de connerie…

– Non, t'inquiète pas, j'vais pas le tuer, j'veux juste lui montrer qu'il est pas le plus fort ici.

– Moi, j'veux pas en entendre parler. Je t'ai déjà dit, ici, j'veux pas faire de vagues, j'veux juste qu'on me foute la paix.

– Si j'ai pris ce revolver chez mon père, c'est grâce à toi.

– Comment ça… grâce à moi ?

– Oui, tu m'as donné du courage et j'me suis dit qu'on pouvait l'affronter ensemble.

– T'as pas compris ce que j'viens de te dire.

– T'as pas d'avenir ici Franck, on pourrait s'tirer et partir ailleurs.

Mais qui était-il donc cet ado presque timide, qui soudainement voulait devenir un dur.

– J'veux pas d'embrouille, je t'l'ai déjà dit.

– Tu sais, j'crois pas qu'il t'laisse tranquille. Mais c'est à toi d'voir, tu sais où m'trouver si tu changes d'avis. Moi, j'ai pris ma décision, avec ou sans toi, j'le ferai !

Plutôt décontenancé, Franck n'adhérait pas à la périlleuse proposition de Gabriel. S'ils décidaient l'un et l'autre de s'enfuir de l'internat, leur statut de mineurs, les plaçait dans une situation d'illégalité, entraînant forcément des recherches pour fugue, aggravée d'un délit s'ils avaient commis des exactions. En tant que policier, son père mettrait tout en œuvre pour les retrouver.

Pourtant, quelque part dans son cerveau, un circuit s'activait. Une connexion gérait le trafic de ses informations les acheminant en flux tendu vers la partie de son cerveau la plus réceptive.

La seule pensée de pimenter ses journées le réjouissait. Pas au point de s'enfuir, mais la perspective de remettre Manu à sa place lui plaisait. Peu à peu, l'idée faisait son chemin.

Afin de mettre toutes les chances de leur côté, ils allaient devoir trouver le meilleur moment pour agir. La nuit, ce n'était pas envisageable, un boîtier d'alarme avertissait le surveillant dès l'ouverture d'une porte d'une chambre, afin d'éviter aux ados de se balader dans les couloirs. Il ne restait alors guère d'autre créneau, que celui du soir après les cours. L'aborder serait aisé, a contrario, le convaincre de sortir de l'enceinte, compliqué. D'autant plus s'il n'en ressentait pas le besoin.

Ce fut à vingt-deux heures, après l'extinction des lumières qu'il se mit à réfléchir et envisagea différents stratagèmes. Il appréciait ce moment, lorsque le silence et la pénombre prenaient possession des lieux, il activait son cerveau, persuadé que rien ne pouvait le troubler.

Quelques plans sur la comète et… le sommeil eut raison de lui.

La première sortie

Arpentant le milieu urbain, Franck savourait sa première sortie depuis qu'il avait intégré le pensionnat Robert Gentil. Un mois venait de s'écouler, quatre longues semaines, durant lesquelles il avait séjourné vingt-quatre heures sur vingt-quatre, cloîtré, ou presque, dans cet établissement.

Les journées, plutôt bien remplies, évitaient les moments de blues. Les angoisses survenaient plutôt le soir, au moment de trouver le sommeil. Le tourment s'emparait de l'esprit et la torture pénétrait l'âme, transformant les pensées morbides en une détresse destructive.

Immergé dans ce lieu disciplinaire, il avait rapidement trouvé ses marques. Il lui en fallait peu. Ce qui lui importait, c'était la référence à ses propres repères, ceux qu'il avait en lui et qui dictaient sa conduite. Même si ce n'était pas exactement ce qu'il aurait souhaité, au moins, là, dans cet établissement d'enseignement particulier, il se sentait protégé. Un contexte presque favorable si un trouble-fête du nom de Manu ne s'était pas introduit illégalement dans sa sphère.

Parfois il se demandait s'il n'attirait pas les ennuis, un peu comme un aimant attire la ferraille, toute la ferraille sans distinction aucune. En plus de son agressivité maladive, la malchance lui collait à la peau.

Ce retour chez lui, il le vivait, non sans une certaine appréhension. Il n'en éprouvait pas véritablement le besoin, mais il mettrait à profit cette libération sous condition, pour renouer avec le monde extérieur. Et puis ce détail qui avait son importance, il ne possédait pas d'autre endroit où se rendre.

Pour s'en être maintes fois persuadé, il était conscient que l'accueil ne serait pas chaleureux. Comment pourrait-il en être autrement d'ailleurs.

Lorsqu'il parvint au domicile, seule sa mère était présente.

– Ça va ?

– Ça va.

– Ton père n'est pas là. Tu mangeras ici à midi ?

– Oui.

Ce furent les seules paroles échangées. Elle aurait pu le questionner sur l'internat, ses études, les profs, les surveillants, le dortoir, le réfectoire… Il aurait pu lui parler de ses journées, de ceux qu'il fréquentait, de ce qu'il apprenait… Mais ni l'un ni l'autre n'en éprouvait l'envie ni le besoin. Il préféra se réfugier dans sa chambre, comme il avait pris l'habitude de le faire avant tout ça. Il ressentit du plaisir à retrouver son domaine. Rien n'avait changé, tout était resté intact, tel qu'il l'avait laissé un mois auparavant.

Après le déjeuner, il effectua une promenade dans son quartier, comme pour se le réapproprier, une ballade qui le conduisit inévitablement devant la boutique de l'épicier. Il fit une halte, suffisamment longue, devant la vitrine pour être aperçu. Lorsque le vieil homme s'en rendit compte, Franck lui fit un signe de la main, le fixa quelques instants puis reprit son chemin, satisfait. Il sourit. « Il doit penser que je suis revenu et ça va le perturber ce vieux con. » Cette pensée l'amusa. Vers dix-huit heures, il s'acheta un mac do qu'il prit le temps de déguster tout en continuant à marcher.

Il était près de vingt heures lorsqu'il fut de retour chez lui. Sans dire un mot, il s'engagea dans l'escalier.

– Tu ne dînes pas ?

– Non, j'ai pas faim.

Ce fut cet évènement déclencheur, ce jour-là, à cette heure précise, qui provoqua ce long processus de déstabilisation qui allait l'entraîner inexorablement vers l'abîme…

* * *

Ce n'est que vers vingt heures trente qu'il l'entendit. Il s'exprimait suffisamment fort et ces boniments inconvenants traduisaient son état. « Saoul comme d'habitude, rien n'a changé », pensa-t-il.

Le silence revenu, habitué à son comportement, il n'y prêtait plus attention lorsqu'il entendit soudain son père tambouriner à la porte :

– Ou… vre cette por… te Franck… Ou… vre-là !... Ou… vre-là où j' l'en… fonce…

Des coups répétés, de plus en plus violents faisaient vibrer la cloison.

– Tu peux pas me foutre la paix, je suis à peine revenu que t'es déjà sur mon dos !

Les coups redoublaient et les paroles avec.

– Tu vas… ou… vrir… sale… go… se. Pour… quoi t… es re…venu… on a pas be… soin de… toi… ici !

Résigné, il se leva et ouvrit la porte, découvrant son père titubant, face à lui, baignant dans un état d'ébriété avancé, comme chaque soir à la même heure.

– Lai… sse-moi en… trer…

Les mots prononcés, imbibés d'alcool, lui parvenaient chaotiquement.

– Non, tu n'as rien à faire dans ma chambre !

– Pou… sse-toi…

Roger essaya tant bien que mal d'entrer en repoussant son fils, mais son ivresse l'affaiblissait. Franck se campa devant lui, bloquant le passage et, voyant qu'il insistait, l'obligea à reculer. Chancelant, à chaque pas en arrière que faisait l'ivrogne, s'opposait ceux de son fils, marchant sur lui.

– Qu'… est… ce… que… tu… fais… Es…pèce de pe… pe…tit… mor… veux… tu… ou… blie … que … je… su… is … ton p… père !

Une dispute de plus, des paroles déplacées, un geste de trop, une gifle qui n'aurait pas dû arriver…

Débordant de haine, il continua d'avancer vers ce père enivré. De plus en plus vacillant, il reculait maintenant agité de mouvements désordonnés. Le fixant dans les yeux, provocateur, attendant la correction, il se sentait fort. Lorsqu'une seconde gifle, maladroite, cingla sa joue, il ne détourna pas la tête. Ses yeux s'embuèrent, mais les larmes ne sortirent pas.

Comme dans un film au ralenti, ses deux bras s'avancèrent vers celui qu'il exécrait. De toutes ses forces, il appuya sur son torse, le déséquilibrant jusqu'à ce qu'il parte en arrière, chutant sur les marches de l'escalier. Il se souvint de ce regard où la peur apparut avant de disparaître de sa vue. La dégringolade fut extrêmement violente. Plusieurs fois, il roula sur lui-même, retombant lourdement, avant de repartir vers une nouvelle culbute.

Avait-il crié ? Lorsqu'il s'arrêta enfin, au pied de l'escalier, inanimé, le visage ensanglanté, une jambe repliée sur elle-même, il vit sa mère accourir et s'agenouiller près de lui. Lorsqu'elle leva les yeux vers son fils, elle comprit que son mari n'était pas tombé accidentellement. Elle continua de le fixer quelques instants, sans dire un mot. Comme si ce qui venait de se passer était prévisible.

Franck, immobile depuis le haut de l'escalier, regardait la scène, impassible, témoin de ce spectacle qui semblait ne pas lui appartenir. Puis il détourna la tête et retourna s'enfermer dans sa chambre. Plus tard retentit la sirène des pompiers. Quand, posté derrière la fenêtre, il les vit ressortir, son père allongé sur une civière, sa mère à ses côtés, il comprit qu'il n'était pas mort. « *Dommage* » se prit-il à penser.

Alors seulement, il s'allongea sur son lit, revivant au ralenti la dispute, plusieurs fois de suite, ne réussissant pas à chasser cette image surréaliste de son père dégringolant l'escalier.

Son démon l'avait abandonné depuis, le laissant seul avec sa conscience, comme si, pour ce génie du mal, la dispute qui venait de se produire ne pouvait appartenir qu'au monde de l'enfer.

* * *

Lorsque son esprit s'évadait, il lui arrivait de voir naître en lui des pensées morbides, meurtrières, malsaines. Il lui prenait l'envie d'injurier, d'être grossier, d'invectiver tous ceux qui l'entouraient, comme le font parfois ceux atteints de la maladie Gilles de la Tourette.

Alors il se détestait et injuriait la vie, Dieu, le diable, la terre entière et tout l'univers. Il ne savait pas trop pourquoi toutes ces idées, ces paroles, ces sentiments insultants sortaient de sa bouche, mais ça lui faisait du bien. Il s'exorcisait jusqu'à ce que ce mal disparaisse. Mais cette espèce de repentir ne durait jamais très longtemps.

Et puis lorsqu'il retrouvait une certaine sérénité, d'autres pensées, plus positives, s'installaient en lui. Elles lui faisaient du bien, le rassuraient, lui donnaient envie d'être autrement. Il s'inventait des mots, des phrases, des pensées. Une espèce d'idéologie, bien que ce ne soit pas un mot qui fasse partie de son vocabulaire.

« Être ou ne pas être disait Shakespeare.

Hêtre ou ne pas hêtre, disait le bûcheron.

Naître ou ne pas naître, pensait Franck. Si on m'avait posé la question, j'aurais longuement hésité avant de répondre ».

Le pensionnat, ter

Au petit matin, Franck se réveilla avec, devant lui, l'image détestable de cet homme détesté, s'effondrant dans l'escalier. Il n'avait pas de remords. La nuit l'avait apaisé. « Il a payé pour toute cette violence qu'il m'a fait subir ».

Il ignorait si sa mère était rentrée. C'est l'odeur du café et du bruit dans la cuisine qui lui firent comprendre qu'elle était revenue, certainement tard dans la nuit, puisqu'il ne l'avait pas entendue.

Il descendit l'escalier, les mains dans les poches et entra dans la pièce, sans un mot. Assise devant son bol de café, elle leva les yeux sur lui et le regarda longuement, comme pour espérer une explication, un repentir, un mot… Il baissa les yeux, pour éviter toute confrontation.

Elle ne jugea pas utile de lui donner des nouvelles de son père.

Franck ressortit de la cuisine et remonta l'escalier.

Habillé, il sortit de la maison et reprit le même chemin que la veille. Il s'arrêta de nouveau devant la devanture de l'épicerie et refit le même geste de la main. Cette fois, l'homme sortit de sa boutique.

– Qu'est-ce que tu viens faire ici ? J'espérais bien ne plus jamais te revoir. Ne t'avise pas de rentrer, cette fois je ne te servirai pas et tu ressortiras à coups de pompe dans le cul !

Franck n'écoutait déjà plus, loin du bonhomme, loin de la boutique, loin des menaces.

En chemin, il croisa deux jeunes filles, peut-être un peu plus âgées que lui. Il ne se souvint pas les avoir vues dans le quartier. « Jolies », se dit-il. Les filles, ce n'était pas trop son truc. Elles ne l'avaient jamais intéressé. Il n'était pas non plus attiré par les garçons. Il ne savait pas trop où il en était et n'avait pas d'avis sur la question. Comme il ne fréquentait personne, sa sexualité d'adolescent se résumait à ce qu'il avait appris par lui-même, c'est-à-dire pas grand-chose.

* * *

Quelques minutes avant dix-sept heures, presque au dernier moment, il pénétra dans l'enceinte du pensionnat Robert Gentil, après avoir longuement hésité à revenir. C'est l'envie de retrouver Gabriel pour se payer la tête de Manu qui l'avait fortement motivé, l'encourageant à franchir les portes de ce lieu de semi-captivité.

Cet horaire imposé était la dernière limite avant la fermeture des grilles. En cas de retard, il n'y avait d'autre alternative qu'activer la sonnette afin de prévenir le gardien, seul autorisé à ouvrir, et le retardataire se rendait directement dans le bureau du directeur pour être sanctionné. Aucune dérogation n'était tolérée.

Lorsqu'il était revenu chez lui pour récupérer son bagage, sa mère ne s'y trouvait pas, certainement retournée à l'hôpital au chevet de son mari. Il aurait tout de même aimé savoir, juste par curiosité, mais il s'était refusé de la questionner.

Il avait profité de son absence pour emprunter (à taux non remboursable) une partie de l'argent qu'elle avait mise de côté dans la vieille boîte à épices. Depuis tant d'années, une coquette somme finissait par constituer un bas de laine conséquent. Il savait que, s'il s'enfuyait de l'institution, ce ne serait pas suffisant pour vivre, mais au moins, il ne serait pas obligé, durant quelques jours, de commettre de nouvelles maraudes.

Il avait quitté le domicile, sans se retourner, sans état d'âme, alors que son père luttait pour sa survie sur son lit d'hôpital et que sa mère se morfondait sur son sort à son chevet.

Dans la cour du pensionnat, il retrouva Gabriel entouré d'autres élèves. Il se sentait bien auprès de lui. Ce solitaire au cœur brisé éprouvait soudainement le besoin d'une présence, d'une compagnie, de quelqu'un qui accepterait de l'écouter, le rassurer, le conseiller. Le plus discrètement possible, il lui glissa quelques mots à l'oreille.

– Moi aussi j'ai quelque chose à t'dire. Mais pas là. Ce soir, lorsque nous pourrons être seuls.

Sous son air grave, Gabriel réalisa que quelque chose n'allait pas. Que s'était-il donc passé durant son absence ?

* * *

Ils se retrouvèrent dans la cour après le dîner et s'isolèrent.

– Alors, qu'est-ce que t'as à me dire de si important ?

– C'est difficile…

– Si tu préfères, tu m'en parles un autre jour.

– Non, c'est maintenant ou après je ne suis pas sûr que je pourrais.

– Comme tu voudras.

– J'ai failli tuer mon père !

Pour la première fois de sa vie, il se confia. Le poids de ce dramatique accident était trop lourd à porter et si, au moment du drame, il avait véritablement souhaité sa mort, au plus profond de lui, une petite lueur brillait encore, réclamant le contraire. Il lui raconta ce qu'il s'était passé, dans les moindres détails, espérant ainsi se purifier.

Gabriel l'écoutait, sans intervenir, sans porter le moindre jugement, sans dire quoi que soit.

Lorsqu'il termina son récit, son camarade crut voir ses yeux humides, mais peut-être était-ce dû au reflet de la lumière. Ils restèrent de longues secondes sans rien dire.

– Qu'est-ce que t'attends de moi ?

– Rien, j'voulais juste que tu m'écoutes. On s'connaît pas depuis longtemps, mais t'es la première personne à qui j'parle depuis que j'suis né.

– Tu veux quitter le pensionnat ?

– Oui. Je sais ni quand, ni comment, mais j'resterai pas ici. J'ai failli pas revenir tout à l'heure et puis j'ai pensé à toi, à Manu.

– Moi aussi j'ai envie de partir, mais j'ai peur des conséquences. Avec mon père, ça va pas être simple.

– Oui, je sais. C'est pour ça qu'il faut qu'on y réfléchisse pour pas faire n'importe quoi. Si j'pars, c'est pour plus y revenir.

– Et tes parents ?

– Oh, tu sais, c'est un peu comme s'ils n'existaient pas.

– Et il nous faut de l'argent.

– J'en ai un peu. On demandera à Manu de te rendre les 200 euros qu'il t'a empruntés. Et puis j'ai ma petite idée pour en trouver.

Gabriel sourit, imaginant la scène.

– Pas vraiment empruntés… je dirais plutôt volés. Tu sais, si j'utilise l'arme de mon père, j'deviens un délinquant.

– C'est un risque à courir. Tout dépend si t'es prêt à l'faire ou pas. Ta liberté a un prix.

– Peut-être, mais j'veux pas aller en tôle.

– Faut pas faire de connerie. Une arme, ça ne sert pas forcément à tuer. T'es sûr qu'on peut pas la découvrir ?

– Elle est bien cachée, à l'intérieur d'une pile de vêtements. Mais si on fouille vraiment, on peut la dénicher. J'ai pas trouvé d'endroit vraiment sûr.

– Personne d'autre que moi est au courant ?

– Non, j'te l'ai montrée l'autre soir quand tu étais assis sur l'banc et il n'y avait qu'toi.

– Ok, notre réussite, c'est la discrétion. Il faut pas qu'on nous voit trop souvent ensemble, cela pourrait attirer l'attention des jaloux. Et Manu, on le voit plus rôder ?

– J'crois qu'il a fait une connerie et il est sanctionné. J'en sais pas plus, mais j'le vois pas non plus.

– Ton père s'est pas aperçu qu'il lui manquait une arme ?

– Ça m'étonnerait, s'il l'avait vue, il serait déjà ici. Elles sont rangées au sous-sol du pavillon, dans un meuble fermé avec un cadenas à code. Et il y va jamais, il a pas le temps.

– Tu connaissais le code ?

– Pas besoin, ouvrir un cadenas à code, rien de plus simple. Tu tires sur l'anneau et ensuite tu tournes chaque molette jusqu'à ce que tu entendes un « clic ». Il faut juste prêter l'oreille. Quelques minutes suffisent.

– Bon, il est temps de rentrer, on va regagner nos chambres chacun de notre côté, pour pas attirer l'attention.

Franck n'avait jamais autant parlé de sa vie. Il s'était vraiment passé quelque chose. Il avait suffi d'une seule personne pour que son univers se transforme. Il n'avait peut-être pas choisi celui qui allait le remettre dans le droit chemin, mais pour le moment cette entente lui convenait et l'aidait surtout à surmonter son geste déraisonné qui avait failli coûter la vie à son père.

* * *

À force de questionner autour de lui, Gabriel sut ce qu'il était advenu de Manu. Pour avoir abusé de son autorité auprès d'un élève, le directeur l'avait sévèrement condamné. Curieusement, il ne semblait pas, cette fois-ci, avoir bénéficié de la protection de ses amis surveillants. Quant à ses copains, dépourvus d'assistance, ils rasaient les murs et ne cherchaient querelle à quiconque.

Au moins, la punition leur assurait, à tous les deux, une tranquillité momentanée.

Le Plan

Tant que Manu resterait consigné, ils ne craignaient rien ni l'un, ni l'autre. A contrario, ils ne pouvaient pas non plus agir. Pour pouvoir régler leurs comptes, il fallait qu'il recouvre sa semi-liberté au sein de l'établissement.

Les jours défilaient, monotones, parfois cruellement sombres, parfois entrecoupés de lueurs d'espoir. Dans cet univers semi-carcéral, pour s'en sortir, il fallait le vouloir. Toute la structure mise en place permettait à ces ados en difficulté d'oublier leur passé et de se tourner vers un avenir meilleur. Leur destinée se trouvait entre leurs mains, à eux de la saisir.

Si le taux de réussite, proche des quatre-vingt-cinq pour cent, permettait une réinsertion positive dans la vie courante, il restait tout de même un delta de quinze pour cent d'échec. Ce reliquat correspondait à des élèves en grande difficulté scolaire et présentant des troubles remettant en cause leur réinsertion sociale.

Durant leur séjour, si des internes enfreignaient le règlement établi par le pensionnat, adoptaient une conduite grave ou persistante, alors un processus mis en place avait pour but de gérer ces situations conflictuelles. Il va de soi que la direction du pensionnat pouvait, dans le cas de délits majeurs, recourir plus rapidement à la suspension ou à l'expulsion d'un élève.

Et puis, un beau matin, alors qu'il s'était presque fait oublier, Manu réapparut dans la cour du pensionnat, aussitôt entouré de sa meute. Il n'avait pas vraiment changé et jouait de nouveau les coqs. Mis en garde, il savait qu'il devait se tenir à carreau, au risque de subir des sanctions beaucoup plus lourdes.

Fidèles à leurs habitudes, Franck et Gabriel continuaient de se retrouver sur leur banc, face au bâtiment. Chaque jour, ils formulaient de nouvelles hypothèses, bâtissaient de nouveaux plans, mais jusqu'à présent aucun de leurs desseins ne leur convenait véritablement. Le dernier projet échafaudé par Gabriel, le plus probable à ce jour, se décomposait ainsi :

1) Attirer Manu dans un piège. La difficulté ne résidait pas dans le fait de l'appâter, mais dans celle de lui faire accepter le rendez-vous à l'Abribus.

2) Gabriel interviendrait muni de son arme pour lui réclamer, sous la menace, le remboursement de la somme soutirée en lui laissant un délai maximum d'une journée. Comme il ne serait pas en possession de l'argent, il n'y aurait d'autre alternative que de lui faire confiance.

3) Récupérer l'argent le lendemain, dans la cour au moment de la pause. Cette transaction ne devrait pas poser de problème, à condition qu'elle se fasse en toute discrétion.

4) Se rendre dans leur chambre respective, le soir même, après l'appel et préparer leur sac à dos.

5) Agir pendant le créneau horaire compris entre dix-huit heures et dix-huit heures trente,

le seul à leur disposition. Le reste du temps, il leur était impossible d'opérer, la grille étant verrouillée, le gardien à son poste de jour et les portes des chambres sous contrôle électronique la nuit.

6) Pour sortir du bâtiment, ils devraient obligatoirement passer devant la loge du gardien et ne pouvaient le faire en étant porteurs de leur sac à dos. Celui-ci donnerait immédiatement l'alerte. Partir en courant n'était pas non plus la bonne solution. Lancés à leur poursuite, les surveillants avaient de grandes chances de le rattraper. Sur ce point, il restait donc à résoudre le problème du sac à dos.

7) Une fois dehors, ils patienteraient quelques minutes assis sur le banc de l'Abribus, avant de s'enfuir pour ne pas mettre le gardien en éveil s'il regardait dans leur direction.

8) Il restait encore un détail à régler et pas des moindres. Ils devraient demander, chacun de leur côté, à un de leur compagnon de chambrée, une fois dans le réfectoire au moment du dîner, de faire disparaître leur assiette et couverts afin que leur absence ne se remarque pas pendant le repas.

Ce schéma comportait tout de même beaucoup de suppositions, beaucoup trop.

– Surtout, faut pas se précipiter. On n'aura pas de seconde chance. Il faut que ça marche du premier coup.

– J'ai pas confiance en Manu. S'il nous rend pas l'argent, on fait quoi ?

– Pas grand-chose, on peut pas lui tirer dessus. On peut pas non plus le séquestrer, ni le torturer.

– Et si on fouillait sa chambre ?

– Tu fais comment quand les portes sont fermées à clé ?

– Il faudrait piquer la clé au gardien dans la journée.

– Oui, faire ça en cinq minutes et la remettre à sa place, comme dans les films où ils risquent de se faire surprendre à la dernière seconde et où ils trouvent toujours une solution pour réussir. Non, crois-moi, c'est pas la bonne méthode. Quand il s'absente, il ferme sa porte à clé.

– Alors, quoi ?...

– J'sais pas. On avisera le moment venu. Avec ou sans l'argent, ça ne nous empêchera pas de nous tirer.

– Lorsque je l'aurais menacé avec mon revolver, on sera bien obligé de le laisser repartir. Sous la contrainte, il pourra dire oui à tout, mais une fois retourné auprès de sa bande, il aura vite fait de changer d'avis.

– À moins… à moins qu'on passe un deal avec lui. Il te rend les 200 euros et on ferme les yeux sur son manège.

– Il fait déjà ce qu'il veut avec tous ceux qui ont peur de lui.

– On peut le dénoncer. Nous, on a pas peur puisque de toute façon on va se barrer.

– Et tu voudrais lui dire qu'on veut foutre le camp ?

– Pourquoi pas ?

– Et si c'est lui qui nous dénonce ? Il a besoin de redorer son blason auprès des surveillants, il en est capable.

– Oui, c'est un risque à courir… Mais t'as raison, j'ai pas envie de prendre de risques. Alors… Putain, que c'est compliqué ! Pourquoi il a fallu que ce fils de pute vienne mettre des bâtons dans nos roues… Bon, on lui dira pas qu'on veut se tirer, t'as raison ça le regarde pas.

Pour la première fois Franck s'énervait, devenait grossier. La situation paressait lui échapper, il ne trouvait pas de solution.

En fait, il n'y avait pas de véritable issue. Tout reposait sur des hypothèses. Et même si le principal point noir était Manu, le reste ne serait pas forcément une sinécure.

– On en reparle demain. Tant qu'on sera pas sûr de réussir, on fera rien.

* * *

Une semaine déjà qu'ils se retrouvaient chaque soir sur leur banc pour élaborer un vrai plan et la situation n'avait guère avancé. Étant donné qu'ils ne voulaient rien tenter tant qu'ils ne seraient pas certains d'obtenir cent pour cent de réussite, leur projet tournait en rond. Bien obligé de se rendre à l'évidence, il devrait faire confiance à Manu. Comment faire confiance à quelqu'un en qui… on n'a pas confiance ?... C'était un dilemme kafkaïen.

– On s'en sortira pas. Il faut qu'on se décide et qu'on lui fasse confiance.

– Mais tu peux pas faire confiance à quelqu'un que t'as menacé.

– Alors on laisse tomber pour les 200 euros.

– Jamais de la vie. J'aurais pas le revolver, peut-être que je t'aurais écouté, mais avec cette arme, je peux me venger et récupérer mon fric.

– Alors on y va ? On utilise le plan que tu as monté et pour les sacs à dos on les planquera sous nos manteaux.

– Oui tu as raison, on fera ça demain.

Ils se tapèrent dans la main, comme pour sceller un accord. Depuis qu'il avait rencontré Gabriel, Franck s'interrogeait sur sa conduite. Était-il devenu plus sûr de lui grâce à ce garçon, ou bien se comportait-il ainsi parce que son démon le guidait, ou encore parce que c'est son copain qui gérait le projet ?

Son démon, ce monstre dévoreur qui s'était greffé en lui, comment pouvait-il le supporter lorsqu'il s'affichait déterminé. Dans ses moments d'intense souffrance, aurait-il pu vendre son âme au diable ? Cela l'aurait-il soulagé ? Que lui aurait-il demandé en échange ?

Satan ou Lucifer, ces personnages malfaisants de la littérature pouvaient-ils s'immiscer à l'intérieur d'un corps, le dévorer, le rendre complètement dépendant, lui retirer toute force, toute défense, toute rébellion et en faire un individu nuisible et pernicieux…

Le Raincy

Mardi 15 mai, dix-heures vingt-deux

Adossé contre le mur des salles de classe, Manu s'entretenait avec ses trois acolytes. Franck s'approcha de lui.

– On peut se parler ?

– Oui, je t'écoute.

– Pas devant eux.

– C'est mes potes, ils peuvent entendre.

– J'ai à te parler, mais en privé.

– Je t'ai dit que tu pouvais le faire devant eux.

– Pas question.

– Comme tu voudras.

Il fit demi-tour et repartit en direction de la cour. Gabriel, en retrait, suivait la scène des yeux. Franck ne se dirigea pas vers lui, mais hocha légèrement la tête de façon négative afin de lui faire comprendre que le stratagème n'avait pas fonctionné.

Il s'assit sur un banc et attendit. Une dizaine de minutes plus tard, Manu vint vers lui et s'assit à ses côtés, certainement piqué par la curiosité.

– J't'écoute.

– Ce que j'ai à t'dire, ne doit être entendu par personne…

– On est que tous les deux ici, comment tu veux que quelqu'un entende…

– Laisse-moi finir, tu dois le répéter à personne, même pas à tes copains. Je t'donne rendez-vous ce soir à dix-huit heures, à l'Abribus. Tu viendras seul, c'est la condition.

– C'est à moi de décider si j'viens seul ou pas.

– Fais comme tu veux, mais si tu viens accompagné, le rendez-vous sera annulé.

– Si c'est un piège, tu vas l'payer très cher.

– Arrête avec tes menaces à deux balles. J'ai pas peur de toi. Tu feras pas ta loi avec moi, j'te l'ai déjà dit. Réfléchis à ma proposition, j'serai là-bas comme tous les soirs à la même heure. Ce sera la seule et unique fois, il n'y en aura pas d'autres et après il sera trop tard pour regretter. À toi de savoir ce que tu veux faire.

Manu se leva et retourna auprès de ses copains. Franck sortit ses mains de ses poches et croisa les bras. Discrètement il leva le pouce de la main droite, signe, que cette fois, tout s'était déroulé comme prévu.

Mardi 15 mai, dix-huit heures

Assis sur son banc, Franck s'impatientait. Gabriel, dissimulé derrière l'Abribus, se dandinait d'un pied sur l'autre, nerveux. Seules ses chaussures dépassaient de la vitre incomplète. Si Manu prêtait attention, il risquait de les apercevoir et tout serait fichu. Il ne pouvait se poster ailleurs, aucun autre endroit ne permettait de se camoufler.

Dix-huit heures dix, toujours personne. Manu brillait par son absence.

« Il ne viendra pas, pensa Franck, il s'est dégonflé. À sa place j'aurais peut-être fait pareil ».

Dix-huit heures quinze. Avec soulagement, il le vit sortir de l'enceinte, seul et les mains dans les poches. Franck toussa pour prévenir Gabriel, appliquant le code prédéfini.

– Bon alors qu'est-ce que t'as à m'dire de si important ?

Gabriel sortit de sa cachette et pointa son revolver en direction de Manu.

– Oh là ! Ça va pas ! Vous êtes tarés tous les deux. C'est quoi c't'embrouille ? Tu m'as demandé de venir seul, je l'ai fait, alors pourquoi il est là lui ?

– Tu vas m'rendre les 200 balles que tu m'as piqué.

– Mais j'l'ai pas ce fric.

– Ne te fous pas de moi, je sais que tu l'as. Je t'laisse jusqu'à demain. Si jamais t'as pas le fric, si tu nous dénonces, si tu fais quoi que ce soit contre nous, on raconte tout de ton petit manège et ton rançonnage avec les nouveaux. Si on trinque, tu trinques avec nous.

– Si vous vous faites gauler avec une arme, vous allez plus trinquer que moi.

– Tu crois ? Rançonner les gens, c'est un délit tout aussi grave. Tu m'rends mon fric. Après tu pourras continuer ton manège autant que tu voudras, je m'en fous, ça me regarde plus. T'as bien compris ? Demain matin dans la cour tu viens m'voir et tu m'redonnes mes 200 balles.

Gabriel exerça une pression au moyen de son arme contre le ventre de Manu.

– Ça m'ferait pas peur de t'en coller une, mais j'veux mon fric avant.

– Tu t'sens fort parce que tu as un revolver et ton copain avec toi. Quand t'es arrivé au bahut, tu faisais moins le mariole !

– Et ben aujourd'hui, on inverse les rôles ! Réfléchis bien à ce que tu vas faire, notre silence envers tes manigances a un prix. 200 balles !

Manu repartit sans prononcer un mot de plus, contraint et forcé d'obéir.

– Il reste plus qu'à attendre demain. On va déjà être fixé dès ce soir. S'il se passe rien avant l'extinction des lumières, c'est déjà un bon début. Demain soir, quand les dortoirs seront ouverts, on devra mettre nos affaires dans nos sacs à dos. À partir de là, la partie sera presque gagnée, mais le plus dur restera à faire, sortir avec et passer devant le gardien pour aller s'asseoir sur notre banc. J'ai bien réfléchi et ce qui me semble le mieux, ce sera de le glisser sous nos vêtements. C'est pour ça qu'on ne pourra pas mettre grand-chose dedans. Avec le blouson par-dessus, les mains dans les poches, on devrait pouvoir passer sans que ça s'remarque de trop. Le compte à rebours a commencé. Si tout se passe comme prévu, demain soir à c't'heure, on sera loin.

Mercredi 16 mai, dix heures dix-sept

Imaginé quelques jours plus tôt, le plan machiavélique fonctionnait plutôt bien. Manu n'avait pas porté le pet et, contre toute probabilité, il ne le ferait plus ce matin.

Deux heures d'attente interminable avant la pause. Le cours d'histoire-géo paraissait s'éterniser. Franck ne parvenait pas à se concentrer sur la leçon, les paroles du prof lui parvenant étouffées, comme dans un brouillard. Il ne cessait de penser à ce moment tant attendu où Gabriel devait récupérer son argent et sa fabulation imaginait de multiples agissements allant à l'encontre de ce qu'ils espéraient.

Le cours achevé, il se précipita dans la cour, mêlé aux autres pensionnaires, ressentant un soulagement libérateur. Dès qu'il voulut s'asseoir, son corps refusa cette position. Lui, habituellement si calme, ressentait le stress dans tout son être, jusqu'à souffrir de crampes dans les jambes. Pour tenter de se détendre, il entreprit de marcher de long en large.

Il aperçut Gabriel, debout dans l'angle opposé. Puis il chercha Manu du regard, mais ne parvint pas à le localiser. À travers la masse d'élèves, regroupés par classe ou par affinité, il était bien difficile de distinguer quelqu'un.

Soudain il le repéra alors qu'il se dirigeait vers Gabriel. Au même moment, un groupe d'élèves se déplaça, se positionnant juste dans son champ de vision. De ce fait, impossible de distinguer la transaction. Bien qu'ayant modifié sa position, Franck eut juste le temps de voir Manu repartir en direction de ses copains. Gabriel, lui, avait disparu !

Jusqu'au dernier moment, avant la reprise des cours, Franck guetta Gabriel qui n'avait toujours pas réapparu ! Il ne comprenait pas ce qui avait bien pu se passer. Il ne s'était tout de même pas volatilisé…

Ce ne fut qu'au moment du déjeuner, soulagé, qu'il le retrouva dans la file d'attente du réfectoire.

– Alors ?

– C'est bon, j'ai mon fric !

– Mais qu'est-ce que t'as foutu, un moment donné je t'ai plus vu ?

Gabriel sourit.

– Tu vas t'marrer, j'avais tellement mal au ventre que lorsqu'il m'a rendu l'argent je suis parti tout de suite aux chiottes.

– Dernière ligne droite. Ce soir, où c'est la quille, ou c'est la taule.

Mercredi 16 mai, dix-sept heures cinquante-cinq

Le pointage journalier effectué, les deux ados se rendirent chacun dans leur chambre respective et remplirent leur sac à dos avec les quelques effets dont ils auraient besoin. Présent dans la pièce, René le regarda faire avant de l'interroger.

– Tu fais quoi Franck ?

– T'occupes.

– Tu t'tires ?

– Ça t'regarde pas.

– Oh, j'm'en fous tu peux bien faire ce que tu veux, c'est pas moi qui vais aller t'dénoncer.

Il glissa ensuite une couverture roulée dans son lit, mit son oreiller en boule et remonta le drap le plus haut possible sur l'oreiller, espérant que cet artifice serait suffisant pour laisser penser qu'il était déjà endormi au moment de la fermeture des portes.

– Tu fais celui qui n'a rien vu, qui n'est au courant de rien, je ne veux pas que tu aies d'ennui. Je te demanderai juste de me rendre un service.

– Si je risque rien, j'veux bien.

– Quand tu seras à table, tu pourras planquer mon assiette sous la tienne et mettre les couverts dans ta poche juste le temps du repas, pour que l'on ne s'aperçoive pas que je suis absent ?

– Oui, j'peux faire ça, mais tu crois que ça marchera ?

– Normalement ça devrait le faire. Après l'appel, ils ne nous recomptent pas au moment de dîner. Merci de ton aide.

– Bonne chance.

Franck fut le premier à passer devant le bureau du gardien. Il lui adressa un signe de la main, comme de coutume, puis franchi tranquillement la grille et traversa la rue sans se presser. Il avait le temps, il ne fallait surtout pas qu'un détail attire l'attention. Assis sur son banc, il attendit la venue de son copain.

Soudain son sang se figea.

Au moment où Gabriel s'apprêtait à quitter la cour, le concierge l'interpella. Franck ressentit les picotements de la peur monter en lui.

« Putain, c'est pas possible, si près du but… ».

Ils discutèrent un moment puis, tandis que l'homme rentrait dans sa loge, Gabriel continua son chemin.

– Qu'est-ce qui s'est passé ? J'ai bien cru que c'était foutu.

– Il voulait savoir si j'étais bien sorti le week-end dernier, car sur son cahier, j'étais pas inscrit.

– On a gagné. On va rester quelques minutes ici, puis on se casse en vitesse. C'était presque trop facile. Au fait, il t'a dit quelque chose le Manu ce matin ?

– Non, pas un mot. Il m'a tendu les billets et est reparti comme il était venu.

– Ou c'est une lavette, ou alors il est pas si mauvais que ça.

Pour l'instant, ils n'étaient pas encore considérés comme des fugueurs. L'appel ayant eu lieu avant leur départ, leur absence ne devrait pas être découverte avant le lendemain. Ce n'est qu'à ce moment que l'alerte serait donnée. Cette hypothèse leur laissait une avance confortable.

Une dizaine de minutes plus tard, ils quittèrent tranquillement leur refuge, comme si de rien n'était. Dès qu'ils jugèrent se trouver suffisamment éloignés de l'internat, ils se mirent à courir pendant un bon kilomètre. Essoufflés, contraints de ralentir leur allure, ils prirent le temps de respirer, certains de ne plus rien avoir à craindre.

Malgré tout, afin de mettre toutes les chances de leur côté, ils se déplacèrent en zigzag, empruntant une rue, puis une autre, avançant au hasard, sans vraiment chercher une direction précise.

Les flics n'allaient pas non plus se lancer à leur poursuite dans les minutes qui suivaient. Ils n'étaient pas de dangereux criminels, juste deux ados en fuite.

Mercredi 16 mai, dix-huit heures quarante

Estimant s'être suffisamment éloignés du pensionnat pour être en sécurité, les deux ados fugueurs ralentirent leur allure.

– Je sais où trouver de l'argent. Il y aura pas une fortune, mais au moins ça nous laissera quelque temps devant nous. Mais on pourra pas y aller ce soir, il est trop tard, la boutique sera fermée.

– Pourquoi tu m'parles d'une boutique ?

– Je t'expliquerai plus tard. Pour le moment, il faut qu'on trouve un endroit pour dormir.

– J'ai une copine qui peut peut-être nous aider.

– Qui c'est ?

– Une fille du collège avec qui j'suis sorti. On s'est séparé depuis, mais on est resté en bon terme. Elle vit chez ses parents.

– Comment elle s'appelle ?

– Annie.

– Mais on peut pas rentrer chez eux comme ça. Ils nous connaissent pas.

– Il y a un grand sous-sol et on peut y pénétrer par des petites lucarnes au ras du sol. C'est par là qu'on entrait à l'intérieur pour être tranquilles quand on sortait ensemble.

– Bon ok, on tente le coup. C'est loin ?

– Oui, ça va nous faire marcher un bon moment, mais on devrait y arriver avant la nuit.

Franck s'arrêta d'avancer et regarda Gabriel.

– Je voudrais te dire quelque chose que je n'ai encore jamais dit à personne.

– Oui, vas-y.

– Franck, c'est mon vrai prénom, mais j'ai un surnom.

– Et ça te sert à quoi ?

– C'est un peu comme si j'avais un frère jumeau. Un peu comme docteur Jekyll et Mister Hyde. Sauf que chez moi, ça peut se passer à n'importe quel moment, de jour comme de nuit.

– Oui, mais lui il était tantôt gentil, tantôt méchant.

– J'suis un peu pareil. Des fois, je deviens mauvais quand on me cherche.

– Comme quand Manu t'a cherché ?

– Oui. J'aime pas qu'on veuille m'imposer des choses et c'est comme si j'avais un démon à l'intérieur de moi qui se révolte. C'est ce qui s'est passé au collège et c'est pour ça que je suis arrivé au pensionnat.

– Et c'est qui ton jumeau, alors ?

– Castro ! Quand ma colère m'envahit, là je ne suis plus Franck, je deviens Castro.

– Castro ?

– Oui.

– Pourquoi ce surnom ?

– Il y a quelques années, en lisant un article de presse sur La Havane, j'suis tombé en admiration devant cet homme d'état cubain, révolutionnaire, dictateur, autoritaire, brutal. Il me rappelait un peu l'univers dans lequel je vivais. Comme j'voulais devenir méchant, je m'suis décidé à trouver des qualificatifs à chaque lettre de ce surnom, pour le rendre encore plus fort. J'ai su bien plus tard que ce que j'avais fait s'appelait un acrostiche.

– C'est quoi ces mots ?

Cruel

Atroce

Sauvage

Terrible

Rebelle

Odieux

– Ouaou ! Ce jour-là tu devais être en super forme. C'est génial. T'es un drôle de mec tout de même. J'ai du mal à savoir qui t'es exactement. J'te comprends pas bien des fois.

– T'occupe pas. Un jour, peut-être, j'te raconterai. Et depuis, je m'suis juré que j'resterai « fidèle à Castro ». Et aussi j'me suis fait une maxime :

« *Le mal du mâle, c'est quand il se fait la malle après avoir fait du mal* ».

– Tu me surprends tous les jours, toi. Et tu voudrais que je t'appelle comment alors ?

– Franck ou Castro comme tu voudras. Je t'ai dit ça, parce que si un jour on se perd de vue, ce sera peut-être un moyen de se retrouver, en utilisant ce surnom. Avec toi, je serai toujours Franck, du moins je l'espère, car si je devenais Castro, cela voudrait dire que je serai devenu méchant avec toi.

Mercredi 16 mai, vingt heures quarante-six

Pour se rendre chez l'ex-petite amie de Gabriel, il leur fallut parcourir plusieurs kilomètres, traversant de nombreux quartiers où les citadins présents sur le trottoir se raréfiaient au fur et à mesure que l'heure devenait tardive.

Elle habitait un pavillon des années soixante, avec un joli jardin bien entretenu. Une petite clôture en bois servait juste d'ornement. Sur le portillon, une plaque émaillée portait le numéro dix-sept.

– Sa chambre est à l'étage. Il va falloir attendre qu'elle y monte pour que j'envoie des cailloux dans la fenêtre.

– T'as pas son numéro de téléphone ?

– Je l'ai pas gardé. Quand on s'est séparé, j'ai tout supprimé, les SMS, les photos et son numéro.

Ils s'assirent un peu à l'écart et attendirent. Le jour s'effaça petit à petit laissant la nuit prendre la relève. Les premières étoiles apparurent et avec elles la lumière du rez-de-chaussée s'alluma. Et rien d'autre.

– T'es sûr qu'elle est là ?

– J'en sais rien, j'espère. De toute façon, on a rien d'autre à faire qu'à attendre.

– Et si elle est pas là, on fait comment pour dormir ?

– J'en sais rien.

Deux bonnes heures venaient de s'écouler, lentement, lorsque la lumière s'éteignit, remplacée quelques instants plus tard par celle de l'étage.

– Ah enfin, c'est pas trop tôt.

– C'est signe qu'elle est là ?

– Oui. Reste là, je vais essayer de la faire venir à la fenêtre.

Plusieurs cailloux lui furent nécessaires, pour parvenir à toucher le carreau. Lorsqu'il l'atteignit sa cible, il patienta quelques secondes, mais ne vit personne apparaître derrière la vitre. Il recommença plusieurs fois sans obtenir le résultat espéré. Prêt à abandonner, il réessaya une ultime fois lorsqu'Annie montra enfin son visage. Gabriel agita ses bras pour se faire remarquer. Avec la nuit tombée et l'opacité régnante, il était difficile à distinguer. Elle ouvrit la fenêtre pour mieux discerner l'importun.

– C'est toi Gabriel, chuchote-t-elle ?

– Oui, mais j'peux pas t'expliquer, il faudrait que tu descendes, répondit-il à mots couverts.

Il la vit refermer la fenêtre sans répondre et pensa qu'elle préférait l'ignorer. Franck l'avait rejoint.

– Alors ?

– Elle m'a vu et reconnu, mais après elle a refermé la fenêtre.

– Tu crois qu'elle va descendre ?

– J'espère.

Ils restèrent aux aguets de longues secondes, tapis, afin de passer inaperçus.

– Ohé, vous êtes où ?

Franck et Gabriel se regardèrent, cette voix provenait de l'entrée de la maison. Ils se précipitèrent. Annie les attendait dans l'embrasure de la porte.

– On peut entrer ?

– Oui, mes parents sont absents pour la soirée.

Gabriel l'embrassa, un baiser sur la joue touchant la commissure des lèvres. Elle était jolie, vêtue d'un chemisier bleu ciel et d'une jupe plutôt courte, brune, les cheveux mi-longs. Une paire de lunettes à monture très fine mettait en valeur ses yeux bleus.

– Je te présente Franck, un copain.

– Bonsoir.

– Bonsoir.

Pas bégueule, elle déposa un baiser sur sa joue. Franck se sentit électrisé lorsqu'il sentit la douceur de ses lèvres sur sa peau. Elle sentait bon. Aucune fille ne l'avait encore embrassé comme ça. Embrassé du tout, d'ailleurs.

– Qu'est-ce que vous faites tous les deux à cette heure ?

– C'est trop long à t'expliquer. Pour faire court, on était en pension tous les deux et on s'est fait la malle.

– Mais ils vont vous rechercher.

– Sûrement. On cherche de quoi dormir pour la nuit et j'ai pensé à toi. Tu pourrais nous mettre dans le sous-sol.

– Si je comprends bien, vous êtes en cavale ?

– Oui, c'est un peu ça. Mais je te rassure, on a rien fait de mal. T'aurais pas un truc à manger ? On a rien avalé depuis ce midi.

– Je veux bien vous cacher, mais juste pour une nuit. Demain matin il faudra que vous partiez tôt, ma mère ne travaille pas. Vous ressortirez par une des lucarnes le plus discrètement possible. Tu sais comment faire Gabriel…

Ils échangèrent un regard complice.

– Merci, dit Franck, c'est sympa de ta part.

Après les avoir frugalement restaurés, Annie les installa au sous-sol, dans la pièce la plus éloignée de l'escalier. Un vieux matelas usagé stocké dans un coin leur servirait de lit.

– Vous n'avez pas d'affaires ?

– Juste le minimum dans nos sacs à dos.

– Surtout pas de bruit. Je ne vous propose pas de prendre une douche, mes parents pourraient rentrer d'un moment à l'autre. Bonne nuit et… bonne chance. Faites pas de bêtises, vous êtes trop jeunes pour aller en prison.

Ne pas faire de bêtises… c'était un peu tard pour y penser. Leur imbécillité ne les conduirait pas en prison, mais ces délits mineurs les classaient tout de même dans la catégorie de la petite délinquance.

Franck savait que sa mère ne porterait pas plainte pour l'agression envers son père. Gabriel de son côté était persuadé que le sien ne le dénoncerait pas pour le vol de son arme de collection. Par contre, le directeur du pensionnat se voyait dans l'obligation de prévenir la police pour fugue de deux mineurs placés sous sa responsabilité.

Jeudi 17 mai, six heures dix-huit

Àu petit matin, Franck se réveilla avec les premières lueurs de l'aube et se tourna vers Gabriel. Celui-ci, les yeux grands ouverts, fixait le plafond.

– Il va être six heures et demie, il va falloir qu'on se tire. À quoi tu penses ?

– J'me demande si on est pas en train de faire une grosse connerie !

– Ça c'est sûr. Si tu veux, tu peux retourner au pensionnat, je t'oblige pas à me suivre.

– Oui je sais. J'étais vraiment décidé quand on était là-bas et maintenant je regrette presque, j'ai la trouille… Mais d'un autre côté, j'ai pas envie d'y retourner et puis si j'y retourne, je vais passer un sale quart d'heure. De toute façon, j'ai plus envie d'être enfermé. Je suis bien décidé à t'accompagner. Mais… pour aller où ?...

– Je veux retourner chez l'épicier.

– Quel épicier ?

– Oh, c'est une longue histoire, une histoire d'amour entre lui et moi, mais de l'amour vache. Allez, viens, je vais te la raconter en chemin.

Ils empruntèrent un bus, puis un autre qui, au final, les conduisit tout près de son domicile.

– C'est chez moi ici, c'est mon quartier. Faut qu'on se méfie de pas croiser ma mère.

– Ou les flics.

– Ouais, on va pas traîner.

– Tas pas envie d'avoir des nouvelles de ton père ?

– Non. Et puis ce serait un peu se jeter dans la gueule du loup. Les flics vont certainement venir les interroger. J'suis pas sûr que ma mère dirait quelque chose, mais mon père si.

Bien décidé à porter l'estocade, persuadé que c'était la seule chose à faire, Franck avait longuement et mûrement réfléchi sur la manière d'agir pour donner une bonne leçon au vieux Dupain.

Parvenus à quelques dizaines de mètres de l'épicerie, ils s'arrêtèrent. Tout en épiant, la seule façon de ne pas se faire remarquer était de rester à distance. Quelques clients matinaux arpentaient déjà les allées du magasin.

– On va pas pouvoir y aller pour le moment, il y a trop de monde. Je pense qu'on reviendra ce soir, avant la fermeture, ce sera plus facile et puis il y aura plus d'argent.

– Mais tu veux faire quoi exactement ?

– J'ai un compte à régler avec ce vieux, il m'a trop fait chier. Alors si tu veux rester à l'écart y'a pas de souci. Il faudra juste que tu me prêtes ton flingue.

– Tu vas pas le flinguer ?...

– J'suis pas un criminel, j'veux juste lui faire peur. Pour le moment on va se tirer d'ici. En attendant ce soir, on peut aller jusqu'à Paris. Qu'est-ce que t'en penses ?

– Pourquoi pas. J'ai pas eu trop l'occasion de m'y rendre. J'connais pas trop. On y va comment ?

– J'ai bien envie qu'on s'y rende à pied si la marche te fait pas peur, comme ça on sera plus tranquille. Mais ça fait une bonne dizaine de kilomètres. Il va nous falloir deux ou trois heures de marche. T'es d'ac ?

– Allez, c'est parti.

Les deux compères passèrent la journée à déambuler dans les rues de Paris, sans se soucier de tout ce qui les entourait. Un Mac Do le midi, un coup à boire en terrasse, une balade sur les bords de seine. C'était presque le paradis. Franck se demandait même s'il ne rêvait pas.

Vers 16 heures, ils refirent le chemin inverse, toujours à pied. Plus le trajet s'allongeait, plus ils progressaient lentement. La promenade depuis le matin avait été longue. La fatigue s'installait.

Mercredi 16 mai, huit heures cinq

Au pensionnat, personne ne s'était encore aperçu de la disparition des deux adolescents. Lors du dîner, les deux copains de chambrée sollicités avaient agi suivant les conseils des fugueurs, dissimulant assiette et couverts sur leur plateau.

Ce n'est qu'à huit heures, lorsque les élèves entrèrent en classe pour suivre le premier cours de la journée que les professeurs, après avoir eu recours au pointage, s'aperçurent, chacun de leur côté, qu'il leur manquait un élève.

Remplacés par des surveillants, le temps de leur absence, ils se rendirent dans le bureau du directeur.

Surpris de voir deux enseignants solliciter un entretien si matinal, celui-ci pressentit un ennui, à dix lieues de l'imaginer d'une telle ampleur.

Après les avoir écoutés, chacun faisant part de la disparition d'un de leurs élèves, le directeur convoqua aussitôt le gardien qui reconnut les avoir vus la veille.

– Ils sont passés devant moi aux alentours de dix-huit heures, et sont allés s'asseoir comme ils le faisaient tous les soirs sur le banc de l'Abribus. Je me souviens même que j'ai interpellé Gabriel pour lui demander s'il était bien rentré chez lui le week-end dernier, car il n'apparaissait pas sur mon cahier des sorties.

– Et ensuite ?

– Ensuite, je n'ai plus fait attention à eux. Ils revenaient toujours cinq, dix minutes avant l'heure du dîner. Parfois, si j'étais occupé, je ne les voyais pas rentrer. Je leur faisais confiance.

– Donc ils se seraient enfuis à ce moment-là ?

– Certainement monsieur le directeur.

– Qui a fait l'appel hier soir ?

Le directeur saisit son téléphone pour joindre sa secrétaire.

– Madame Michon, pouvez-vous regarder sur le planning et me dire qui a fait l'appel hier soir, s'il vous plaît.

– Bien sûr monsieur le directeur. Il s'agit de… de monsieur Forgat.

– Bon, demandez-lui de venir dans mon bureau.

– Tout de suite ?

– Oui, oui, tout de suite, il y a le feu et dites-lui de se munir de sa fiche d'appels.

Il ne fallut pas plus de cinq minutes au surveillant pour se rendre chez le directeur.

– Monsieur Forgat, avez-vous bien pointé sur votre liste d'appels hier soir les élèves Gabriel Sérié et Franck Durieux ?

– Ou… oui… Gabriel… oui et Franck… oui. Ils étaient bien présents au moment de l'appel. Que se passe-t-il, monsieur le directeur ?

– Ils sont absents ce matin. Monsieur Dambru les a vus hier soir se rendre à l'Abribus pour s'y asseoir comme ils avaient coutume de la faire et ils ne sont pas rentrés. Vous n'avez rien remarqué d'anormal ?

– Non, une fois que l'appel est fait on ne contrôle plus les élèves. Lorsqu'ils rejoignent leur chambre, ils ferment eux-mêmes leurs portes et le système d'alarme se déclenche à vingt-deux heures.

– Ce qui veut donc dire qu'ils ne se sont pas présentés au réfectoire et qu'il manquait un élève dans chacune des chambres et que personne n'en a fait part ?

– Ça ne peut être que ça.

Il reprit son téléphone.

– Madame Michon, trouvez-moi le numéro de téléphone des parents des élèves Gabriel Sérié et Franck Durieux ?

– Tout de suite monsieur le directeur. Pouvez-vous me dire ce qu'il se passe ?

– Ils ont disparu, ils ne sont pas en cours ce matin.

La secrétaire entra dans le bureau quelques instants après.

– Voici les numéros que vous m'avez réclamés.

– Merci, je vais contacter les parents. De votre côté, prévenez le commissariat de police et faites une déclaration de fugue des deux adolescents mineurs.

Le directeur renvoya son personnel et composa le premier numéro. Ce fut Monique, la mère de Franck, qu'il eut au bout du fil.

– Bonjour madame Durieux, monsieur Régent, directeur du pensionnat Robert Gentil. Je vous appelle parce que votre fils n'est pas présent dans notre établissement ce matin. D'après ce que nous savons, il serait parti hier soir vers dix-huit heures en compagnie d'un autre élève. Vous n'êtes au courant de rien ? Ne serait-il pas chez vous par hasard ?

– Non monsieur, il ne m'a rien dit et je ne sais pas où il est. Vous savez nous ne nous parlons pas beaucoup et ce week-end nous ne nous sommes pas beaucoup vus, mon mari est à l'hôpital.

– Que s'est-il passé, si je ne suis pas indiscret ?

– Il a fait une chute samedi soir dans notre escalier.

– Oh ! Je suis désolé, comment va-t-il ?

– Il est toujours à l'hôpital, mais ses jours ne sont plus en danger.

– Il n'y a pas de relation entre cette chute et le fait que votre fils se trouvait chez vous ce week-end ?...

– … Je ne sais pas…

Le directeur ressentit un certain trouble. Décidément, cette famille semblait présenter un déséquilibre notoire.

– Bien si vous apprenez quoi que soi, ne manquez pas de me prévenir. Il va y avoir une enquête de police, ne soyez pas étonnée d'être contactée. Nous mettons tout en œuvre pour les retrouver. Je vous prie d'accepter nos excuses pour cet incident. Je vous tiens au courant madame Durieux. Bon courage pour votre mari. Au revoir madame Durieux.

Le combiné raccroché, monsieur Régent revit l'image de cette femme, rencontrée juste avant l'admission de Franck dans son établissement. Elle, qui semblait bouleversée lorsqu'il l'avait questionnée, paraissait beaucoup moins décontenancée aujourd'hui en apprenant la disparition de son fils. Cela confortait sa pensée d'un univers familial perturbé.

Il composa le deuxième numéro afin de joindre le domicile de Gabriel. C'est également sa mère qui répondit. Le directeur renouvela ses explications. Cette fois, il sentit une femme angoissée au téléphone.

– Où peut-il bien être ? Comment avez-vous pu le laisser sortir ? Vous êtes responsables de ces enfants, nous vous faisons confiance et vous m'annoncez qu'il a disparu ! Vous êtes le directeur de cette institution et vous allez vous remuer pour le retrouver avant qu'il ne fasse une bêtise ! Tout de suite ! Mon mari est policier, ça ne va pas se passer comme ça ! C'est intolérable !

– Je comprends madame Sérié, je suis vraiment désolé. La police est d'ailleurs prévenue et je les attends d'une minute à l'autre. Nous allons mettre tout en œuvre pour les retrouver. Si de votre côté vous apprenez quelque chose, ne manquez pas de m'avertir. Je vous tiens au courant, madame Sérié et je vous renouvelle toutes nos excuses. Au revoir madame Sérié.

Il raccrocha le combiné violemment.

– Nom de dieu de bordel de merde !!! Il fallait bien que ça arrive un jour. Où est-ce qu'ils ont bien pu aller ces deux merdeux ?... Il va falloir que l'on revoie tout notre système de sécurité. Finie cette demi-heure de liberté ! Terminé ! Il n'y en aura plus et tant pis pour les autres !

Quittant son bureau, il se rendit dans celui de sa secrétaire.

– Je voudrais interroger les camarades de chambre de ces deux garçons. Faites-les venir dans mon bureau s'il vous plaît.

Aucun ne put fournir d'explication, sauf… René.

– Mais pourquoi n'avez-vous rien dit, vous auriez dû prévenir un des surveillants.

– Je ne suis pas une balance, monsieur et puis ici je ne veux pas d'ennui. Je veux juste suivre les cours et retourner chez moi le plus tôt possible. Ce que font les autres, je m'en moque.

– Vous a-t-il dit quelque chose ?

– Lorsque je l'ai vu mettre des affaires dans son sac à dos, je lui ai demandé s'il partait. Il m'a répondu que ça ne me regardait pas. Et ensuite je l'ai vu sortir de la chambre avec ce sac à dos qu'il a glissé sous son manteau devant lui… Ah oui, aussi, il a mis une couverture sous ses draps pour faire croire qu'il dormait.

– Ils avaient bien préparé leur coup, les petits salopards !

Un qualificatif grossier qu'il n'aurait pas dû employer en la présence d'un élève, mais la colère lui faisait perdre ses moyens, au point de parler tout seul, oubliant la présence de René.

Mercredi 16 mai, neuf heures trente-huit

Alors que le directeur de l'institution s'apprêtait à questionner de nouveau le jeune homme, le téléphone retentit. À l'autre bout du fil, la secrétaire.

– Monsieur Régent, c'est la police.

– Faites entrer.

Comme dans un vieux film des années soixante, un homme vêtu d'un imperméable beige pénétra dans la pièce.

– Bonjour, je me présente, lieutenant Malric, dit-il en présentant sa carte.

– Bonjour, Albert Régent, directeur de l'établissement. Asseyez-vous, dit-il, lui désignant une des deux chaises disposées devant son bureau.

– Alors que se passe-t-il exactement ? C'est une fugue de deux adolescents d'après ce que l'on m'a dit, c'est bien ça ?

– Oui en effet, ce sont deux de nos élèves qui ont quitté l'institution hier soir aux alentours de dix-huit heures. J'étais justement en train d'interroger un des camarades de chambre d'un des deux garçons disparus.

– Comment s'appellent-ils ?

– Ce sont les élèves Gabriel Sérié et Franck Durieux.

Il n'aimait pas ces ados délinquants, ces loubards à deux balles. Il en côtoyait presque quotidiennement et ils lui pourrissaient la vie. Pour lui, il n'y avait pas de petits délinquants. Ils l'étaient ou ne l'étaient pas, un point c'est tout. Il se tourna vers le garçon.

– Alors, vous étiez avec votre camarade hier soir ? Lequel des deux ?

– Franck, mais ce n'est pas mon camarade, c'est juste quelqu'un qui partage la chambre avec moi. D'ailleurs il parlait peu et il voulait qu'on le laisse tranquille.

– Oui, peu importe. Que vous a-t-il dit ?

– Rien.

– Comment ça rien ? Vous lui avez parlé, oui ou non ?

Le policier s'énervait déjà.

– Lorsque je l'ai vu mettre des affaires dans son sac à dos, je lui ai demandé ce qu'il faisait. Il m'a dit que cela ne me regardait pas.

– Vous vous doutiez bien qu'il se préparait à partir ?

– Oui, mais ce ne sont pas mes affaires.

– Vous auriez pu prévenir un surveillant, un professeur, quelqu'un, je ne sais pas moi.

– Ce ne sont pas mes oignons, je ne veux pas d'histoire. Je suis là pour apprendre et repartir d'ici le plus vite possible.

Il comprit qu'il n'en tirerait rien de plus. Quant à son témoignage, il ne lui serait d'aucune utilité. Le directeur mit fin à la conversation et fit sortir René du bureau. Saisissant son carnet dans sa poche, le lieutenant reprit son interrogatoire.

– Redonnez-moi le nom de ces deux élèves ?

– Il s'agit des élèves Gabriel Sérié et Franck Durieux, âgés respectivement de dix-sept et seize ans.

– Et en plus des mineurs ! Présentaient-ils des signes particuliers dans leur comportement ces derniers temps ?

– Non, pas que je sache. Franck Durieux venait d'intégrer notre établissement.

– Depuis quand ?

– Un mois environ. Il avait obtenu l'autorisation de sortir pour le week-end.

– S'ils avaient présenté des signes particuliers montrant un comportement différent, anormal, vous auriez été prévenu ?

– Bien entendu.

– Comment se comportaient-ils dans l'enceinte de l'établissement, avec les professeurs, les surveillants, les autres élèves ?

– Plutôt bien, nous n'avions pas de reproche à leur faire. Après nous ne pouvions pas non plus être derrière eux vingt-quatre heures sur vingt-quatre.

– Ils se connaissaient depuis longtemps ?

– Non, je ne pense pas, je crois qu'ils se sont rencontrés ici.

– Quelqu'un les a-t-il vus quitter l'établissement ?

– Oui, le gardien. Ils avaient pris l'habitude, après la fin des cours suivi de l'appel, de se rendre en face du bâtiment et de s'asseoir sur le banc de l'Abribus. Ils rentraient juste avant le repas du soir.

– Ils avaient le droit de sortir ?

– C’était dans le règlement. Ils pouvaient être dehors durant une trentaine de minutes, juste avant de dîner.

– Et ça n’a jamais tenté personne de se faire la belle ?

– Non pas jusqu’à hier. Sinon vous pensez bien que nous aurions supprimé cette autorisation.

– Et ce soir-là, ils ne sont pas revenus. C’est bien ça ?

– Absolument.

– Et le gardien, après les avoir vus sortir, ne les a pas vus s’enfuir ?

– Vous savez, il n’a pas pour vocation de jouer les gardes-chiourmes.

– Bien sûr. Vous pouvez le faire venir.

Monsieur Dambru répondit aux questions du policier, tout comme il l’avait fait précédemment avec monsieur Régent, fournissant les mêmes explications. Celles-ci ne semblèrent pas d’ailleurs satisfaire le lieutenant, tant elles semblaient anodines.

– Mais lorsqu’ils sont dehors, vous le les surveillez pas ?

– Ce n’est pas mon travail monsieur.

Sentant son employé en difficulté, le directeur cru bon d’intervenir.

– Comme je vous l’ai dit tout à l’heure, il n’a pas pour vocation de surveiller les élèves, mais de gérer les entrées et sorties de l’établissement. Nous ne pouvons pas être derrière eux vingt-quatre heures sur vingt-quatre.

– Ça, je l'ai bien compris. Rien de particulier dans votre établissement, pas de drogue, pas d'arme ?

– Certainement pas, ce pensionnat est très strict. Nous faisons en sorte que rien de cela n'arrive. Et si quand bien même cela se produisait, nous prendrions des mesures radicales.

– Vous allez me donner l'adresse de ces deux gamins et il me faut également une photographie récente.

– Je vous laisse voir ça avec ma secrétaire.

– Voici ma carte, si vous avez du nouveau, vous m'appelez.

Jeudi 17 mai, onze heures vingt-deux

De retour au commissariat, le lieutenant Malric pénétra dans son bureau et fit venir un des policiers.

– Jean-Louis, on a une disparition au pensionnat Robert Gentil, deux mineurs, deux gamins, un de dix-sept et un de seize. Ils se seraient tirés hier soir aux alentours de dix-huit heures. Il s'agit des élèves Gabriel Sérié et Franck Durieux. Tiens, voilà leur adresse. Tu vas téléphoner chez eux déjà pour voir s'ils n'y sont pas retournés. Ça m'étonnerait beaucoup, car si moi je m'étais tiré du pensionnat ce ne serait pas pour retourner chez moi, je me serais pris une dérouillée par mon père. Vérifie tout de même. Par la même occasion, tu vas contrôler sur le fichier qu'ils n'ont pas de casier. Vous allez faire une enquête de routine auprès du voisinage. De mon côté, j'ai deux ou trois coups de fil à passer et tu vas te rendre sur place avec Richard.

Fouillant dans sa poche, il sortit les photos des deux garçons récupérées auprès de la secrétaire du directeur du pensionnat et les tendit à son collègue.

– Mais ils n'habitent pas au même endroit, il faudrait peut-être appeler le commissariat de Bobigny pour qu'ils s'occupent d'enquêter sur place pendant que nous on fait notre boulot chez nous. Ça nous ferait gagner du temps.

– Ok, j'appelle Bobigny. Bon, regarde déjà le fichier et avant de partir, dis-moi ce qu'il en est.

Quelques minutes plus tard, revenu dans le bureau, le brigadier donnait son verdict.

– J'ai appelé chez eux. Chez les Durieux, ça répond pas et chez les Sérié je suis tombé sur la mère qui est catastrophée. Quant aux fichiers, inconnus au bataillon. Pas de casier judiciaire.

– Bon, c'est déjà ça.

– Mais il y a autre chose. Le père de Gabriel est flic au commissariat de Bondy !

– Ah, ça change tout. Il va sûrement nous casser les pieds.

– Il n'y a pas de raison, il n'a pas le droit de s'en occuper, c'est un lien direct, il est trop impliqué. Comme c'est son fils, il y aurait conflit d'intérêts.

– Oui je sais bien, mais comme tu l'as dit c'est son fils et il voudra savoir, c'est légitime, on ferait tous pareil avec nos gamins. Je vais l'appeler.

– Je pars au domicile des Sérié et on va essayer d'en savoir un peu plus, si t'as du nouveau tu me contactes. Et on s'occupe de l'enquête de voisinage.

Le lieutenant Malric, policier hors pair dans la profession depuis de nombreuses années, abusait parfois de son ancienneté. Il aimait tout particulièrement s'enfermer dans son bureau et parler tout seul. Cette pratique lui permettait d'y voir plus clair. Débiter les éléments à haute voix favorisait sa compréhension. Il savait que ses collègues le ridiculisaient en l'imitant, allant même jusqu'à prendre les mêmes intonations, depuis le jour où l'un deux l'avait surpris en aparté dans son bureau. Ils l'avaient baptisé « le soliloque ». Mais, bon joueur, il acceptait leurs moqueries.

« Je n'aime pas ça, les fugues d'ados me donnent le tournis, on ne sait jamais ce dont ils sont capables, ce qu'il peut se passer dans leur tête. Si je résume, ces deux gosses sont partis vers dix-huit heures. Il a bien fallu qu'ils dorment quelque part. S'ils n'ont pas fait de connerie, comme ils sont mineurs, ils n'iront pas en prison, c'est déjà ça ».

Fort des premiers renseignements communiqués par le policier rendu sur place, le lieutenant téléphona au procureur.

– Bonjour monsieur le procureur.

– Bonjour Malric. Pourquoi m'appelez-vous aujourd'hui ?

– Il s'agit d'une disparition éventuelle de deux mineurs.

Il lui fit part des premiers renseignements en sa possession.

– Bien, vous me tenez au courant de vos investigations. Si vous n'avez pas de nouveau d'ici demain, cette affaire me paraît suffisamment importante pour lancer une procédure pour « disparition inquiétante et recherche dans l'intérêt des familles ».

Soucieux, Malric raccrocha le combiné.

« Il faut maintenant que j'appelle le père de ce gamin. J'espère qu'il va pas me casser les couilles ! ».

– Commissariat de Bondy, j'écoute.

– Bonjour, commissariat du Raincy, Malric à l'appareil. Pourrais-je parler à Sérié s'il vous plaît.

– Il n'est pas là pour le moment, il est en mission. C'est au sujet de la disparition de son fils ?

– Oui, vous lui dites de me rappeler dès qu'il est de retour, c'est moi qui suis chargé de l'enquête.

– Bien entendu, il vous contacte dès qu'il revient.

Le téléphone sonna.

– Jean-Louis à l'appareil. On a commencé l'enquête de voisinage, ça ne donne pas grand-chose pour le moment. Personne ne les a vus. Peut-être qu'ils évitent de traîner dans le coin. On continue.

Nouveau coup de fil, cette fois pour joindre le commissariat de Bobigny. Il expliqua à son collègue les raisons de son appel et lui demanda d'enquêter de son côté auprès des parents de Franck et du voisinage, afin d'obtenir d'éventuels renseignements leur permettant d'avancer. En parallèle il fit parvenir une copie des deux photos qu'il avait en sa possession, afin qu'elles soient largement diffusées.

C'est en fin de matinée que le commissariat de Bondy se manifesta. Le lieutenant Sérié se mit en rapport avec le lieutenant Malric.

– Bonjour Sérié à l'appareil. Vous m'avez appelé au sujet de mon fils, je présume. Avez-vous du nouveau ?

– Bonjour, Malric, non, pas pour le moment. On est en train de faire des enquêtes de voisinage. J'attends des nouvelles du commissariat de Bobigny pour en savoir plus. J'ai appelé le proc, il attend demain pour agir si rien ne se passe d'ici là. J'ai deux, trois questions à vous poser.

– Oui, bien sûr.

– Comment se comportait-il chez vous ?

– Depuis un an ou deux, il était devenu difficile et il ne s'entendait plus avec sa mère, alors on a pris la décision de le mettre en pension. Je pense qu'il était content d'y être. Il était devenu un ado à problème. Et avec mon boulot, je ne suis pas souvent à la maison, c'était devenu compliqué.

– Oui, j'en sais quelque chose. Vous n'avez rien trouvé de bizarre dans son comportement la dernière fois que vous l'avez vu ?

– Non, au contraire il paraissait plus calme.

– Quand il est retourné au pensionnat, il n'a rien emmené ? Je ne sais pas… Quelque chose qui pourrait permettre de penser qu'il a prémédité cette fugue ?

– Pas à ma connaissance.

– Pas de drogue ?

– J'ai toujours essayé de faire en sorte qu'il n'y touche pas et tant qu'il était chez nous, je sais que ça n'a pas été le cas.

– Je vais poser une question bête, mais votre arme de service, chez vous, est en lieu sûr ?

– En lieu sûr… Non, je retire le chargeur et la range dans un tiroir tous les soirs lorsque je rentre. Depuis des années elle est au même endroit. Ma femme et lui savent où elle se trouve.

– Il n'y a pas touché ?

– Non. Vous pensez à quoi ?

– À rien, j'essaie d'envisager toutes les hypothèses.

– … Attendez… Vous me mettez le doute…

– Vous pensez à quelque chose ?

– Je suis collectionneur d'armes à feu. Elles sont rangées dans une armoire dans le sous-sol. Mais ce meuble est fermé à clé.

– Serrure ou cadenas ?

– Cadenas, pourquoi ?

– À clé ou à code ?

– À code.

– Vous pouvez vérifier s'il ne manque rien.

– J'appelle ma femme et je lui demande de regarder et je vous rappelle.

– Ça marche, à tout à l'heure.

Lorsque la sonnerie du téléphone retentit de nouveau, Malric sut que c'était son collègue de Bobigny qui le rappelait.

– Vous aviez raison, il me manque une arme, un revolver Phantom à barillet douze coups. Il a même pris le silencieux qui va avec et des balles.

– Je craignais ça... J'ai déjà eu le cas il y a quelques années. À peu près la même histoire. Heureusement à l'époque on a réussi à retrouver le gamin avant qu'il ne fasse de bêtise. Je ne veux pas vous blâmer, on est entre collègues, mais un cadenas à code, c'est facile à ouvrir.

– J'avais confiance en lui, je ne pensais pas qu'un jour il essaierait d'y toucher. Je ne lui ai jamais rien caché, je lui ai appris à se servir d'une arme, à tirer. Je pensais qu'ainsi ça lui ferait passer l'envie de s'en servir tout seul.

– Il y a un autre point qui me chagrine, aviez-vous retiré la culasse de l'arme ?

– Non.

– Ça, c'est plutôt ennuyeux. Je ne vais pas vous l'apprendre, vous savez que l'identité judiciaire va se déplacer pour vous interroger et relevez vos empreintes. Ils vont être intransigeants sur ce point.

– Oui je sais, mais je n'ai rien à me reprocher...

– Sauf pour l'arme !

– Oui, sauf pour l'arme... Aviez-vous d'autres revolvers munis d'un silencieux ?

– Non, c'est le seul.

– Un conseil, sur les autres armes de votre collection, retirer les culasses, ça évitera de leur fournir un moyen de vous enfoncer un peu plus. Bien, merci d'avoir répondu à mes questions.

– Je sais que je n'ai pas le droit de rentrer dans l'enquête, alors si vous avez la moindre info, le moindre indice, soyez sympa, prévenez-moi.

– Promis, je n'y manquerai pas.

Le visage de Malric affichait la contrariété. Des ados en fugue, ce n'était pas la première fois qu'il en voyait. La plupart du temps on les retrouvait rapidement, parfois cela mettait un peu plus longtemps, dans le pire des cas, ils restaient introuvables. Mais fort heureusement ça ne lui était arrivé que deux fois.

« Là avec une arme, c'est plus emmerdant ! Le revolver, le silencieux et les balles, il avait une idée bien précise derrière la tête. Ça sentait la préméditation à plein nez. Mais pour quel motif ? ».

Bobigny

Jeudi 17 mai, dix-huit heures quatorze

Parvenus devant l'épicerie, les deux ados restèrent à bonne distance, laissant le temps aux derniers clients de quitter le magasin.

– Tu me le prêtes ?

– Fais pas le con avec !

– T'inquiète pas, je te l'ai dit, je veux juste lui faire peur. Si jamais il se passait quelque chose d'anormal, je veux que tu partes. Tu ne t'occupes pas de moi. Ce que je fais c'est une sorte de règlement de compte. Tu n'es pas concerné. Alors, surtout ne t'en mêle pas. Rassure-toi, je ne vais pas le buter, je veux juste lui piquer son fric.

Il leur fallut encore attendre une bonne demi-heure, dissimulés derrière les voitures en stationnement avant que le magasin soit totalement vide. Le dernier client sorti, Franck se précipita et entra en trombe dans la boutique. Si la situation n'avait pas été aussi dramatique, il aurait presque éclaté de rire face à la mine déconfite du marchand.

Avant qu'il n'ait pu ni faire ni dire quoi que ce soit, il le menaça de son revolver.

– Ça va bien se passer si tu fais ce que je te demande. Tu me donnes l'argent de la caisse et celui que tu as derrière dans l'arrière-boutique, je sais que tu le ranges là-bas dans la journée.

Voyant l'homme hésiter, il agita son arme.

– Dépêche-toi, j'ai rien à perdre. Je vais bientôt être recherché, alors au point où j'en suis une bêtise de plus ou de moins…

Bien qu'employant volontairement des paroles intimidantes, il n'avait nullement l'intention de lui nuire. On ne tue pas quelqu'un simplement parce qu'il vous a harcelé une bonne partie de votre vie. Et puis, Franck n'était pas un tueur. Quant à Castro…

Terrorisé, sous la contrainte, Monsieur Dupain sortit les billets du tiroir-caisse.

– Les pièces aussi, les grosses. Mets tout dans un sac en plastique. Magne-toi ! Maintenant, tu vas appeler ta femme et lui dire que tu as un problème avec ta grille, que tu ne peux pas fermer le magasin et que tu restes ici cette nuit pour veiller sur la marchandise. Si tu essayes de lui faire comprendre quelque chose d'autre, je te colle une balle dans le buffet.

Pendant qu'il composait le numéro, Franck tenait l'arme profondément appuyée sur l'estomac du marchand. Confronté à la détermination de l'adolescent, il fut bref, délivrant un message cohérent.

– Allez, l'arrière-boutique maintenant.

Il le suivit jusque dans une petite pièce qui servait de cuisine et de débarras.

– Sors le fric, vite !!!

– Jamais de la vie ! Je t'en ai suffisamment donné, tu n'auras rien d'autre ! T'as qu'à bosser si tu veux de l'argent petit morveux !

– Donne-moi ce fric !

Encore hésitant, il tentait de gagner du temps. Franck s'approcha de lui et, se servant de son revolver, le frappa au visage faisant éclater la peau de la joue sous la violence du coup. L'homme hurla. Du sang gicla aussitôt de l'endroit meurtri. Il porta la main à sa blessure et la retira, les doigts ensanglantés. Chancelant, se retenant au coin de la table pour ne pas tomber, il recula.

– La prochaine fois, c'est une balle ! C'est pas possible… Tu t'es pissé dessus !... J'y crois pas… Allez, magne-toi !

L'argent n'était même pas caché. Il lui suffit d'ouvrir un des tiroirs du buffet et de soulever une serviette de table pour voir apparaître une épaisse liasse de billets, entreposée de manière provisoire, avant d'être déposée à la banque.

– Voilà qui est raisonnable. Tu vas t'asseoir sur cette chaise et je vais te ligoter, le temps que je puisse repartir. Ce n'est pas que je n'ai pas confiance en toi, mais on ne sait jamais. Des fois qu'il te prendrait l'idée d'appeler au secours.

Quelques torchons récupérés dans le buffet, attachés bout à bout, firent l'affaire. Ce n'était pas un lien très solide, mais ces quelques morceaux de tissu devraient suffire à le retenir, au moins pendant quelques heures. Et s'il parvenait à se détacher avant que quelqu'un le libère, ils seraient déjà loin. Au moyen d'un dernier torchon, il le bâillonna.

– Comme ça, te voilà muselé. Tu peux toujours essayer de crier, personne ne t'entendra. Et si tu sais te débrouiller, tu finiras bien par desserrer les liens qui te retiennent attaché.

Avant de ressortir du magasin, il prit soin d'éteindre les lumières et d'afficher sur la porte vitrée l'écriteau précisant les horaires de fermeture.

Les derniers billets glissés dans le sac, ils rejoignirent les autres. L'air de rien, il ressortit de la boutique paisiblement et se dirigea vers Gabriel. Sans trop savoir quelle direction prendre, ils refirent le chemin en sens inverse.

– Je pense qu'on est tranquille un jour ou deux, après il va falloir changer de quartier. Tiens je te rends ton revolver, je n'ai pas eu à m'en servir.

Gabriel vit du sang sur le canon. Il regarda Franck interrogatif.

– Je l'ai juste frappé, il ne voulait pas me donner l'argent.

Le seul endroit leur permettant encore de s'asseoir à cette heure sans être inquiétés était un arrêt de bus. Un siège de prédilection qui les accueillit dès qu'ils en trouvèrent un.

Franck posa le sac renfermant l'argent volé à l'épicier sur ses genoux et fouilla à l'intérieur. Un rapide calcul lui permit d'estimer le montant de leur butin.

– On a combien ?

– Environ 500 euros. Plus ceux que j'avais piqués à ma mère ce week-end. Ça doit faire en tout dans les 800 euros.

– Oh la vache, ça fait un beau paquet ! Et tu peux rajouter les 200 euros que Manu m'a rendus. Ça fait 1000 euros !!!

– On a intérêt à faire gaffe en les dépensant, on a encore des tronches d'ado. Le mieux, c'est qu'on prenne un moyen de transport pour quitter le coin. Après on verra. Je t'en donne la moitié, comme ça si on venait à se séparer, on a de quoi assurer nos arrières pendant quelque temps.

– On peut pas retourner chez ta copine ?

– Non, j'crois pas que ce soit une bonne idée. Elle l'a fait parce qu'elle n'avait pas trop le choix, mais cette fois-ci, elle ne serait pas prête à recommencer. Et ses parents sont certainement chez eux.

– Alors on dort où ?

– Bonne question. On peut pas aller à l'hôtel, on serait vite repéré.

– Et si on retournait à l'épicerie. Le vieux est attaché. On le laisse comme ça, on passe la nuit dans la boutique et le lendemain matin, on s'tire avant l'arrivée des clients.

– C'est risqué. D'autant que s'il a réussi à se détacher, il a pu appeler les flics.

– On verra bien en approchant s'il y a de l'animation dans le coin. Alors qu'est-ce qu'on fait ?

– Dormir dehors, on va se cailler. Et où ?...

– On tente le coup ? On va retourner à l'épicerie et on verra bien ce qu'il se passe en approchant.

Jeudi 17 mai, vingt heures quinze

Telle une gomme effaçant un dessin au crayon, la nuit s'approchait à grands pas, faisant disparaître progressivement la lumière du jour. Parvenus aux abords de l'épicerie, ils remarquèrent l'enseigne lumineuse du magasin briller comme en plein jour. De quoi alerter les habitués. S'interrogeant mutuellement, ils se consultèrent.

– Qu'est-ce qu'on fait ?

– La boutique est vide, on peut essayer d'y aller.

– J'espère qu'il est pas mort, dit Gabriel.

– Ce n'est pas le coup que lui ai donné qui aurait pu le tuer.

– Non, mais je sais pas moi, un arrêt cardiaque…

– Putain, tu me fais peur… Écoute, je vais aller voir. Reste ici, je veux pas te mêler à ça. Tu n'as qu'à marcher un peu pour pas attirer l'attention si quelqu'un venait à passer. Tu regardes de temps en temps dans ma direction. Si tu peux venir, je te ferai signe.

Franck traversa la rue pour se diriger vers le magasin. Lorsqu'il fut près de l'entrée, il jeta un regard autour de lui et pénétra rapidement à l'intérieur. Pas un bruit, rien d'anormal. Il descendit aussitôt une des deux targettes de la porte afin de condamner son ouverture.

Tout doucement, sur ses gardes, il s'approcha de la pièce du fond. Il passa la tête de manière furtive et la retira aussitôt. Il était toujours là, ligoté sur sa chaise, mais… ne bougeait pas !

Sous le coup de l'émotion, son cœur battait fort dans sa poitrine et il lui semblait entendre les pulsations.

Il posa la main sur l'épaule de l'épicier pour le secouer, mais ne sentit aucune réaction. Inquiet, il fit le tour et le vit, recroquevillé, la tête couchée sur sa poitrine.

« Putain il est mort ! ».

Deux doigts placés aussitôt sur sa carotide, comme il avait vu le faire des acteurs au cinéma, le rassurèrent. Le pouls battait régulièrement.

« Oh le con, il est évanoui ! ».

Ressortant de la pièce tranquillisé, il rouvrit la porte et fit signe à Gabriel de le rejoindre.

– Alors ?

– Il a pas bougé, il est dans les pommes.

– Il est où ?

– Là, dans l'espèce de cuisine.

Gabriel se rendit dans la pièce et accomplit les mêmes gestes que son copain.

– Puisque je t'ai dit qu'il était évanoui.

– Je voulais être sûr que tu me racontais pas de craque.

– Dis donc, ça pue, ça sent la pisse ?

– Oui, il s'est pissé dessus de peur.

– Il y a quelqu'un ?

La voix provenait de la boutique.

– On a oublié de refermer la porte du magasin ! chuchota Franck.

Au moment où il allait s'y diriger, Gabriel l'arrêta, posant son index sur ses lèvres en signe de silence. Ressortant de la pièce, il referma la porte derrière lui. Un jeune homme boutonneux, les cheveux mi-longs, les yeux à moitié cachés par de grosses lunettes en bakélite le regardaient.

– Excusez-moi m'sieur, j'ai vu de la lumière dans la pièce du fond, je me suis dit que vous n'étiez peut-être pas encore fermé.

– Bonsoir, Non, on allait le faire. Vous désirez quelque chose ?

– D'habitude, ça ferme à sept heures. Il est pas là monsieur Dupain ?

– Non, il a eu un petit souci et il a dû s'absenter. Je suis son neveu, je le remplace. Je m'apprêtais à fermer. Vous allez être le dernier client. Vous voulez quoi ?

– Il me faut un litre d'huile, on va faire des frites et j'en ai plus, mais vous dérangez pas je sais où ça se trouve… Voilà.

– Je connais pas les prix, vous n'aurez qu'à régler demain à mon oncle.

– Attendez, je vais aller voir dans le rayon.

– Non, c'est pas la peine, demain ça suffira.

– D'accord, au revoir m'sieur.

– Au revoir

À peine avait-il franchi la porte du magasin que Gabriel se précipita pour la verrouiller. Il en profita pour actionner la fermeture de la grille et éteindre les lumières, sans oublier l'enseigne.

– Et s'il a trouvé ça louche et appelle les flics ?

– Alors on est dans la merde ! Mais je pense pas, il a pas eu l'air de percuter.

– On peut pas sortir par derrière, y'a pas de porte. Ça sera la fin de la cavale.

– En attendant, on va pouvoir manger. On dormira à tour de rôle pour ne pas prendre de risque avec le vieux s'il réussissait à se détacher.

– Tu vas pas le laisser sur sa chaise ? On peut l'allonger par terre.

– Oui, t'as raison. On va déplier des cartons vides, ce sera moins froid que le carrelage. Essaye de trouver une bombe de désodorisant, cette odeur de pisse me donne la nausée.

* * *

Ce n'était pas un trois étoiles, mais au moins ils possédaient un abri pour la nuit. Ses esprits retrouvés, l'épicier avait repris du poil de la bête. Lui faisant promettre de ne rien tenter, Franck lui retira son bâillon. À peine avait-il retrouvé la parole qu'il se mit à les agonir.

– Vous êtes vraiment deux petits cons. Vous n'irez pas bien loin. Devenir des voyous à votre âge, c'est gâcher votre vie. Vous ne savez pas ce que c'est que la prison. Après, on n'est plus pareil. Vous allez faire comment pour vivre ? Ce n'est pas avec les quelques centaines d'euros que vous m'avez piqué que vous allez vous en sortir.

Franck prit la parole.

– Lui, il a rien à voir avec ça. Si tu m'avais pas harcelé à chaque fois que je rentrais dans ta boutique de merde, on n'en serait pas là aujourd'hui.

– N'empêche qu'il est avec toi et que si les flics vous chopent, ils vous choperont tous les deux. Ils ne feront pas la différence.

– T'occupe pas de ça. Ferme ta gueule et laisse-nous dormir et fais-en autant, sinon je te remets ton bâillon. Demain, on sera parti et tu pourras te libérer, porter plainte contre moi si t'en as envie et reprendre ton commerce à la con.

– C'est sûr que je ne vais pas me gêner. Je ne vais pas en faire cadeau de mon fric. Il va bien falloir que quelqu'un me le rembourse.

Après s'être rendu dans les rayons pour se procurer de la nourriture, Gabriel s'adressa à Franck.

– Je viens de penser à quelque chose. On a nos portables sur nous.

– Oui, et alors ?

– Les flics peuvent nous localiser.

– Comment ça ?

– J'saurais pas t'expliquer exactement, mais mon père m'en avait parlé. Les flics appellent l'opérateur et lui demandent le dernier endroit où le téléphone a borné.

– J'comprends pas bien…

– Pour émettre ou recevoir des appels, le téléphone a besoin de se connecter à une antenne relais, c'est ça la borne. Il va chercher l'antenne la plus puissante autour de lui et l'active. C'est comme ça que les flics te retrouvent, grâce au dernier bornage qui indique ta position.

– Et alors, il faut faire quoi ?

– Jeter nos téléphones.

– Ça va pas, j'ai pas du tout envie de m'en séparer.

– Il y a une autre solution. On jette nos puces et demain on va dans un bureau de tabac et on rachète des téléphones jetables.

– Ah oui, j'en ai entendu parler. Mais on perd tout ce qu'on a dedans ?

– C'est ça où on est constamment pisté jusqu'au moment où ils nous tombent dessus. Tu choisis quoi ?

– T'as raison.

– Ces téléphones ne coûtent pas très cher, ils sont chargés et disposent d'une carte SIM. Il suffit de retirer la carte et de la mettre dans nos téléphones et le tour est joué.

– Ils peuvent plus nous localiser ?

– Non, mais là, ce soir, c'est trop tard…

– Le temps que la procédure se mette en place, on a un peu de temps devant nous. Ce qu'on va faire maintenant, c'est retirer les puces et les cramer.

Avant de s'en séparer, Gabriel nota quelques numéros. Les deux cartes SIM retirées, il les déposa dans un cendrier et alluma une allumette. Elles prirent feu rapidement et se mirent à fondre en se ratatinant.

– Si jamais on avait besoin d'appeler cette nuit, on a le téléphone du vieux. On va en profiter pour recharger les nôtres.

Vendredi 18 mai, six heures quinze

Ce fut Gabriel qui se réveilla le premier, sa montre indiquait six heures quinze. Il faisait encore nuit. Ils avaient essayé de dormir l'un après l'autre, en prenant un tour de garde, mais la fatigue avait eu raison d'eux.

Franck et le vieux monsieur sommeillaient encore. Il s'étira et se leva de sa couche en carton. Il n'était pas question de se rendormir. L'odeur d'urine, mêlée à celle du chèvrefeuille, répandait un mélange écœurant.

Il secoua Franck. Après avoir ouvert les yeux, celui-ci eut besoin de quelques instants pour reprendre ses esprits. Ses facultés retrouvées, il se mit debout.

– Lui, on a qu'à le laisser dormir, le réveiller ne nous servirait à rien.

Soudain, quelqu'un tapa au carreau à l'aide d'un objet, à travers les mailles de la grille.

– Qui ça peut être à cette heure ?

– Peut-être un livreur…

De nouveaux coups furent frappés. Puis une voix étouffée leur parvint.

– Monsieur Dupain… monsieur Dupain, c'est le livreur… je vous pose la marchandise devant la porte.

Il leur fallut patienter une bonne vingtaine de minutes, le temps nécessaire au livreur, pour sortir les produits du camion au moyen de son transpalette.

Pendant que ce dernier déchargeait les denrées, le téléphone sonna. Se gardant bien de décrocher, ils écoutèrent le message diffusé sur le répondeur par la femme de Dupain, qui appelait son mari pour avoir de ses nouvelles.

Dès que le livreur fut parti, ils actionnèrent le bouton libérant le rideau de fer et, après avoir déverrouillé la porte vitrée, ils sortirent de la supérette. Il était grand temps de quitter le magasin avant qu'il ne prenne envie à sa femme de se rendre sur place, son appel resté sans réponse.

L'air frais les surprit. Ils remontèrent leur col et fermèrent la fermeture éclair de leur blouson, sentant déjà le froid les pénétrer. Personne ne fréquentait encore la rue.

– Qu'est-ce qu'on fait ?

– Je pensais retourner à Paris, c'est encore là qu'on est le plus en sécurité, du moins je crois.

– Si tu veux, mais cette fois on y va en transports.

Paris

Vendredi 18 mai, huit heures douze

Paris leur offrait une protection démesurée. Mêlés à l'affluence, il était aisé de passer inaperçu. Pour circuler d'un endroit à un autre, le métro, le bus, le tram, facilitaient leurs déplacements.

Conscients que trouver un lieu d'accueil serait compliqué, ils avaient fait l'acquisition de sacs de couchage, de couvertures polaires ainsi que de nouveaux sacs à dos. Au moins, s'ils ne trouvaient pas d'endroit approprié pour passer la nuit, ils pourraient dormir en plein air avec un peu plus de confort. Les squats n'étaient pas envisageables, trop jeunes pour pouvoir se défendre en cas d'agression.

Leur cavale leur coûtait de l'argent : la nourriture, les déplacements, quelques achats. 1000 euros, au bout du compte, n'allaient pas leur permettre de tenir très longtemps.

– Il va falloir qu'on se fasse quelqu'un si on veut récupérer du fric, dit Franck.

– D'accord, mais pas question d'agresser qui que ce soit. On l'a fait une fois, ça suffit. En tout cas, moi je ne recommencerai pas.

– D'abord ce n'est pas toi qui l'as fait, mais moi. Et puis j'avais un compte à régler avec lui. Là, c'est pas pareil.

– Tu voudrais pas attaquer une petite vieille des fois ?...

– Ça va pas ! Si t'as une idée, tu m'le dis.

– J'en ai bien une, mais si j'te la dis tu vas m'traiter de débile.

– Dis toujours.

– À côté de chez moi, il y a la cité des Bosquets avec des mecs qui dealent. Ils sont toujours plein de fric.

– Tu rigoles ?...

– Non, je suis sérieux. Je pense à ça parce qu'on a une arme et j'ai des balles.

– Tu veux vraiment t'attaquer à ces gars-là ?

– Oui. Au moins on sait qu'on peut leur piquer du pognon.

Franck éclata de rire.

– T'es complètement marbré mon pauvre vieux. Ils l'ont pas sur eux ce fric, ils le planquent à l'intérieur.

– J'suis pas sûr. Mon père m'a raconté que quand ils faisaient des contrôles, ils avaient trouvé un jeune en scooter qui avait 500 euros sur lui. Mais comme il était en règle, ils n'ont rien pu faire. La semaine suivante, ils ont refait un contrôle au même endroit et ont recontrôlé le même gamin. Il avait encore la même somme dans sa poche.

– C'est sûrement vrai, mais ça veut pas dire pour autant qu'ils se baladent tous avec autant d'argent sur eux. Et tu voudrais faire ça quand ?

– Plutôt le soir, la journée ils dorment.

– Et on va rentrer dans la cité comme ça, comme des super héros.

– Non, mais j'connais un mec.

– Tu pouvais pas commencer par là. Tu le sors d'où ton gus ?

– C'est un gars qu'était dans mon bahut. Il s'appelle Marc. Il a fait pas mal de conneries. À force d'être absent, ils ont fini par le virer. Son grand frère est un vrai dealer, il fait partie d'une bande. Lui, il faisait le guet pour eux et ça lui rapportait du fric. Les trafiquants de drogue enrôlent des collégiens, des ados fragiles attirés par l'argent facile. Un gars de la cité, connu pour son trafic d'héroïne, lui a proposé de se faire 700 euros pour le mois. Maintenant, il zone souvent avec son frère. Comme je m'entendais bien avec lui, il m'a raconté plein de choses, mais il fallait surtout que je ferme ma gueule. Le soir, ils sont dans les halls d'entrée en train de compter leurs billets à la vue de tout le monde. Ils proposent jusqu'à 2000 euros à des locataires pour qu'ils laissent leur porte ouverte ou que leur appartement serve de lieu de stockage. Les plus jeunes, ils peuvent être payés 50 euros la journée pour juste faire le guet.

– Et ce gars-là tu as confiance en lui ?

– J'ai jamais eu d'ennui avec lui. Il m'a même proposé de me faire rentrer dans leur bande. Mais j'ai pas voulu. Contrairement à eux, j'ai des parents qui ont toujours été derrière moi, même si à la fin ça devenait compliqué avec eux. Et puis avec mon père flic… J'ai toujours son numéro, je peux essayer de l'appeler.

– T'as jamais eu l'idée de le dénoncer à ton père ?

– Ça aurait servi à quoi ? Les flics ils savent où ils sont, mais ils peuvent pas y aller. Pour les coincer, c'est super compliqué. Et j'pense que c'est moi qui aurais eu des ennuis.

– Et tu vas lui dire quoi à ton pote ?

– Que j'ai besoin de fric, que... j'veux vendre de la drogue.

– T'es vraiment un grand malade ! Et tu crois que ça va marcher ? Tu vas arriver avec lui dans la cité, comme une fleur et tu vas leur dire « bonjour les gars, j'veux un peu de drogue parce qu'il me faut du fric et le mec va t'répondre, bien sûr tout de suite ! ».

– On peut toujours essayer.

– T'auras pas droit à deux essais, où ça marche du premier coup où ils te démolissent.

– J'ai mon arme.

– Eux aussi ils en ont une et même plusieurs et c'est pas des petits calibres. Il faut que tu tires le premier, que tu les abattes les uns après les autres, avant qu'ils aient eu le temps de se servir de la leur. Mais ça c'est dans les films. La réalité c'est pas comme ça. Y'a toujours quelque chose qui cloche, un truc auquel t'avais pas pensé. Si ça merde, tu vas passer un sale quart d'heure, ils vont pas te lâcher comme ça. J'pourrai même pas t'aider. Tu sais t'en servir au moins de ce revolver ?

– Oui, mon père m'a fait tirer plusieurs fois et m'a donné quelques conseils. C'était pas avec c'lui-là, mais c'est pareil. J'me débrouille. À cinquante mètres peut-être pas, mais à quelques mètres d'eux je pense pouvoir les atteindre facilement. C'est pour ça que je veux y aller seul. Marc il me connaît, pas toi et puis on a qu'une seule arme. Ce serait trop dangereux pour toi. Je pourrai pas me défendre et te défendre en même temps.

– Ça m'plaît pas. J'me demande si on ferait pas mieux de laisser tomber.

– T'as une autre solution ?

– Non.

– Alors on va faire comme je dis. On va déjà commencer par acheter les téléphones jetables.

La situation s'était inversée. Gabriel, le timide, avait pris les choses en main et Franck paressait dépassé par les évènements. En fait, il ne savait plus trop où il en était. Son démon somnolait.

La veille au soir, lors de l'altercation avec le vieux de l'épicerie, il avait dû agir seul. La bête ne s'était même pas réveillée. Peut-être finalement était-ce mieux ainsi.

Vendredi 18 mai, 9 heures

Comme les premières recherches associées à l'enquête de voisinage n'avaient rien donné, Malric utilisa les moyens légaux à sa disposition.

« Le seul moyen de tenter de les localiser, c'est avec leur portable. Je vais contacter les opérateurs. Si seulement ils avaient eu la bonne idée de souscrire leur abonnement chez le même fournisseur, ça permettrait de gagner du temps. ».

Mais pourquoi faire simple, alors qu'on peut faire compliqué. Franck avait souscrit un contrat chez SFR, Gabriel chez Orange.

La carte SIM appartenant à un opérateur est référencée sous le nom de l'acheteur. En cas de besoin pour une enquête, dans le cadre d'une procédure judiciaire, les forces de l'ordre peuvent donc demander à l'opérateur l'identité reliée à la carte SIM recherchée.

Une requête fut déposée auprès des deux organismes fournisseurs d'accès, pour obtenir le dernier bornage.

Ce fut l'opérateur Orange qui répondit le premier.

– Nous avons relevé plusieurs bornages sur nos antennes-relais pour le 06.18.01.02.03. D'abord mercredi 16 mai, à dix-huit heures cinquante-cinq, au Raincy, puis à vingt heures quarante-huit, toujours au Raincy, mais dans un autre quartier. Pour la journée de jeudi 17 mai, nos relevés font mention de plusieurs bornages sur Paris. Le dernier bornage pour jeudi est pointé à vingt heures trente à Bobigny, dans un quartier commerçant. Après nous n'avons plus de trace. La personne a pu jeter son téléphone ou détruire la puce.

– Merci, on va travailler là-dessus. Si vous avez du nouveau, vous me rappelez.

Une heure plus tard ce fut le deuxième opérateur qui lui communiqua ses propres renseignements de bornage, identiques à ceux du premier.

– Au moins on peut penser qu'ils sont toujours ensemble, se dit Malric.

Ce n'est qu'en fin de soirée qu'il recueillit des informations intéressantes fournies par le commissariat de Bobigny.

– On a trouvé quelque chose. Il y a eu une agression dans une épicerie mercredi soir. Le commerçant a été molesté et sa recette a été dérobée. Ils l'ont attaché dans l'arrière-boutique et il a été frappé sur la joue, lui laissant une belle balafre nécessitant des soins infirmiers. Là où ça devient intéressant, ce sont deux jeunes qui ont fait le coup, et devine quoi, il les a formellement reconnus sur les photos que je lui ai montrées, ce sont bien les deux gamins que l'on recherche.

– Ah, on avance. Il a porté plainte ?

– Il nous a dit que oui, ils lui ont piqué 500 euros. Par contre, personne au domicile des Durieux. Ils étaient peut-être au boulot.

– J'aimerais bien qu'on arrive à les joindre. J'ai eu les opérateurs de téléphonie, ça concorderait avec le dernier bornage qui fait référence au quartier.

Vendredi 18 mai, onze heures quatorze

Afin que l'acquisition de deux mobiles n'attire pas la méfiance du buraliste, les deux ados s'étaient rendu dans le bureau de tabac chacun leur tour à une heure d'intervalle.

Ils se posèrent dans un jardin public pour pouvoir réactiver leurs smartphones en toute quiétude. Les nouvelles cartes SIM des mobiles furent insérées dans leurs propres téléphones, tandis que les jetables ainsi que leurs emballages atterrissaient dans une poubelle.

– Va faire un tour, je préfère être seul pour lui parler.

– Mais on a cramé nos cartes SIM, comment t'as fait pour avoir encore le numéro ?

– Je l'avais noté avant d'y mettre le feu.

– T'avais déjà pensé à l'appeler avant de m'en parler, c'est ça ?

– Et oui. Allez, laisse-moi tranquille cinq minutes.

Gabriel composa le numéro de son copain dealer. La sonnerie retentit plusieurs fois sans réponse, n'offrant pas la possibilité de laisser un message. Éloigné de quelques mètres, surveillant la scène du coin de l'œil, Franck le vit ranger son téléphone dans sa poche. De retour vers lui, il l'interrogea.

– Alors ?

– J'lai pas eu. J'réessaierai plus tard.

À peine venait-il de prononcer cette phrase, que son téléphone sonna.

– C'est toi qui m'a appelé ?

Il fit un signe de la main à Franck, lui demandant de s'éloigner.

– Salut Marc. Comment tu m'as reconnu ?

– J'avais conservé ton numéro. Qu'est-ce quc tu veux ?

– J'ai besoin de fric.

– Pourquoi tu t'adresses à moi ?

– J'pensais que tu pourrais me proposer quelque chose, j'ai besoin de fric rapidement. Tu m'as toujours dit que si j'avais des besoins, j'pouvais t'appeler. On peut se voir ?

– J'vais voir ce que je peux faire. T'attends que j'te rappelle.

– Il faudrait qu'on puisse se voir aujourd'hui, c'est possible ?

– J'te rappelle. J'peux pas t'dire pour l'instant. Attends mon coup de fil.

– Ça marche, merci.

Après avoir raccroché, il fit signe à Franck de revenir.

– Alors ?

– Il va voir s'il peut faire quelque chose et il m'rappelle.

Ce n'est qu'en milieu d'après-midi que Gabriel reçut un nouvel appel de Marc.

– Je te fais une fleur parce que c'est toi. Normalement, ça fonctionne pas comme ça. Viens à la cité des Bosquets ce soir, mais tu m'attends à l'entrée, rue Anatole France, sinon tu pourras pas entrer. Je serai là à vingt et une heures. Faudra que tu sois seul.

– Super, merci, à ce soir, tchao.

– Alors ?

– J'ai rendez-vous avec lui à vingt et une heures devant une des entrées de la cité. Il sera là.

– Je viens avec toi.

– Pas question.

– T'as pas le choix. J'vais pas attendre ici, ne sachant pas quand ni comment tu vas revenir.

– D'accord, mais tu resteras en arrière. Il faudra pas qu'il te voie. C'est des gars hyper méfiants. Ils pourraient croire que c'est un piège et ça foirerait dès le début.

Il consulta sa montre, il n'était que quinze heures quarante-cinq.

– On a du temps devant nous. Si on se faisait une toile ?

– Pourquoi pas.

Vendredi 18 mai, dix-neuf heures sept

Vers dix-huit heures, le bus conduisit Franck et Gabriel au Raincy. Après être descendu à la station la plus proche, il leur fallut marcher durant une bonne vingtaine de minutes pour se rapprocher de la cité des Bosquets. Pas question de traîner aux abords, rapidement repérés, leur présence compromettrait le rendez-vous du soir.

– Tu t'sens comment ?

– J'vais pas te dire que j'ai pas peur, ce serait mentir. J'ai vraiment les foies, mais d'un autre côté, j'ai envie d'y aller.

– J'te l'ai dit, j'le sens pas ce plan. On va s'planter et on pourra pas s'défendre.

– Déjà, on sera pas deux à s'planter, j'y vais tout seul et tu pourras toujours te barrer si ça dégénère.

– Bien sûr et j'te laisse te faire défoncer sans bouger !

– Tu veux faire quoi, tu n'as même pas d'arme ! J'te l'ai dit, si tu viens avec moi, ils ne nous laisseront pas approcher. Marc ne veut voir que moi, il n'acceptera jamais qu'une autre personne rentre dans leur cité.

– J'te l'répète, tu vas au casse-pipe.

– C'est mon problème, arrête de me casser les pieds avec ça. Je t'ai jamais obligé à me suivre !

– Oui, mais c'est toi qui est venu m'chercher et qui m'a entraîné dans ce plan de merde !

– Je t'entraîne dans rien du tout ! T'étais bien content de t'barrer de ce bahut ! Alors, fous-moi la paix maintenant et va te faire foutre !

– On va pas s'engueuler alors qu'on a besoin de se tenir les coudes tous les deux. Moi, j'te dis ça parce que je veux pas qu'il t'arrive quelque chose. Et là, c'est plonger les deux pieds dans la merde ! Tu peux pas le nier ?

– Oui, je sais que tu as raison, mais ce revolver me donne du courage, de la force.

– Bon, je sens que quoi que je dise, tu ne changeras pas d'avis ?

– Non, j'ai décidé d'y aller et je le ferai.

– Alors je te laisse faire. Tout ce que j'espère c'est que je te retrouverai tout à l'heure.

– Arrête de flipper, je reviendrai avec du fric !

– On fait quoi en attendant ?

– On va boire un coup ?

– Oui, ça marche, on pourra peut-être trouver des sandwichs ou quelque chose à manger, j'ai la dalle.

Le Raincy, le rendez-vous

vendredi 18 mai, vingt heures cinquante

Vingt heures cinquante. Dix minutes avant le rendez-vous, les deux copains se séparèrent, aussi tourmentés l'un que l'autre. Franck vit Gabriel revisser le silencieux sur le canon du revolver et le glisser devant lui, dans son pantalon.

– Essaye de revenir vivant.

– J'y compte bien. Je te laisse mon sac à dos, j'vais pas m'encombrer.

– Prends au moins ton portable sur toi. Si t'as besoin de m'appeler, j'serai pas loin. J'pourrai pas faire grand-chose, mais au moins tu sauras où je suis.

Ils se quittèrent sur un check suivi d'une accolade fraternelle.

Franck, angoissé, regarda Gabriel s'éloigner. Il ne voyait toujours pas quelle tactique allait lui permettre de soutirer de l'argent aux dealers.

« Ce ne sont pas des enfants de chœur, ils ont plus l'habitude de régler leurs problèmes avec des armes qu'avec des mots ».

Il quitta la Cité préoccupé, persuadé qu'il serait dans l'incapacité de lui venir en aide si la situation tournait mal.

* * *

Les dernières lueurs du jour évaporées plongeaient les lieux dans l'obscurité, quand Gabriel parvint rue Anatole France. Posté à l'entrée de la cité, Marc conversait avec deux jeunes gamins, assis sur un muret. À peine Gabriel s'était-il approché, que l'un des deux l'interpella dans son langage « racaille ».

– T'es qui toi, t'as rien à faire ici, dégage !

– Laisse tomber, c'est un pote à moi. Il est là parce que je lui ai dit de venir.

– Ouais, mais nous on le connaît pas !

– J'tai dit de laisser tomber, tu veux que j'parle de toi là-haut ?

– Casse-toi avec ton pote !!!

Lorsqu'ils se serrèrent la main, les deux gosses le dévisagèrent, arborant un air méprisant. Ils le détestaient déjà !

– Salut Marc.

– Salut Gabriel. J'vais tout de suite te mettre au parfum. Tu sais ici, on est pas à l'école. Les mecs que tu vas rencontrer, c'est pas des tendres. Ils ont accepté de te voir parce que je te connais, mais t'as intérêt à te tenir tranquille. Ces gars-là ils font jamais confiance, même avec ceux qui dealent avec eux. C'est eux qui posent les questions, pas toi. Contente-toi de répondre. Ils aiment pas les marioles. Je te fais confiance, alors pas d'embrouilles.

Pénétrer dans la cité, c'était un peu comme changer de monde, passant de la réalité au virtuel. « À travers le miroir », pense-t-il, Sauf que de l'autre côté, la violence régnait.

– Les gosses qu'on a vus, c'est des guetteurs ?

– Oui. On les appelle aussi les « Guettiers », ils sont là pour observer. Dès qu'une personne suspecte apparaît, ils crient « arah » (« attention » en arabe), afin de prévenir leur entourage. Ils sont payés pour ça.

Des jeunes, exclusivement de sexe masculin, reconnaissables à leur accent « ziva » ou « racaille », la plupart vêtus de sweat à capuches enfilés sous de gros blousons, rassemblés par groupes plus ou moins importants, zonaient. Marc leur fit un signe de la main au passage.

– C'est qui le mec avec toi ?

– C'est un pote, t'inquiète pas, il est clean.

– Nous on l'connaît pas !

– Moi j'le connais, ça suffit.

Gabriel, la peur au ventre, commençait à regretter de n'avoir pas su écouter son copain. Si ça se passait mal, il ne ressortirait pas vivant.

– Tu veux qu'on vienne avec toi ?

– C'est bon les gars, j'suis grand je sais m'débrouiller tout seul. Alors, lâchez-moi.

Regroupés en bande, mais pas forcément copains. Les rivalités jouant un rôle majeur pour prendre le contrôle de la cité, c'est la loi du plus fort, parmi les racailles et trafiquants, qui prédominait. Personne ne s'apitoiera sur le sort des voyous tués par d'autres voyous. Ces meurtres en disaient long sur le climat qui régnait dans cette zone de non-droit, désertée par les forces de l'ordre. La violence y était permanente, trafics de drogue, meurtres et braquages appartenaient au quotidien. Sans parler des viols !

Sur le parking, des carcasses de voitures calcinées rappelaient une précédente émeute, des murs tagués, des portes d'entrée d'immeubles arrachées pour certaines, des détritus répandus sur le sol, tout n'était que désolation. Ce qui autrefois ressemblait à des parterres gazonnés et fleuris n'étaient plus aujourd'hui que des bandes de terre labourées, parsemées d'ornières remplies d'eau.

Après avoir parcouru une centaine de mètres, parvenus devant un immeuble, ils s'arrêtèrent.

– On est arrivés. Tu vois les quatre gars qui sont dans le hall, ce sont eux qu'on va voir. Les gros caïds tu les verras pas, pas maintenant, peut-être plus tard si tu fais affaire. Ils sont à l'abri, ils donnent les ordres, ils sont pas sur le terrain. Il va falloir que tu fasses tes preuves si tu veux revenir. Tu dois accepter ce qu'on t'propose, même si ça t'plaît pas.

Gabriel avait perdu de ses couleurs. Son teint se décomposait au fil des paroles prononcées par Marc.

– Ça va, t'a pas l'air bien ?

– Si, si, c'est juste que j'ai pas l'habitude de traîner dans les cités. Les gars que j'ai vus tout à l'heure sont pas rassurants.

– Tant que t'es avec moi, ils t'feront pas de mal. Mais si tu t'aventures tout seul, c'est sûr qu'ils vont te tomber dessus et ils te laisseront pas repartir.

C'était plus un avertissement qu'une explication. Gabriel sentait son cœur tambouriner dans sa poitrine, tellement fort, qu'il s'attendait à chaque instant à ce que Marc s'en aperçoive.

Les jambes flageolantes, il gravit les quelques marches donnant accès à l'entrée de l'immeuble. Des tags multicolores, composés de lettres tordues, mal écrites et difficilement déchiffrables, dégradaient les murs, les portes des boîtes aux lettres pendaient, pour la plupart, arrachées. Du rap provenait des étages supérieurs, diffusé suffisamment fort pour que l'on en distingue les paroles.

... Dis c'qui t'fait souffrir

Dis c'qui t'fait mal au cœur

Fais tourner ta douleur

Joue-leur ta mélodie triste

Celle que tu fredonnes

Quand tu pleures fils

N'ait pas peur ça peut pas êtrc pire qu'maintenant...

Deux jeunes d'une vingtaine d'années, le crâne rasé, adossés au mur le dévisageaient, tandis que deux autres, plus âgés, assis sur les premières marches de l'escalier, discutaient entre eux. C'est, le plus grand des quatre, arborant un tatouage tribal dessiné dans son cou, qui prit la parole, faisant taire tout le monde. Il s'adressa à lui employant son accent « mitraillette » et en achevant ses phrases brutalement.

– T'es qui toi ?

– Je m'appelle Gabriel. Je suis venu avec...

– Ta gueule, c'est moi qui parle. Tu réponds si je te le demande. D'où tu connais Marc ?

– Du collège, on était ensemble.

– D'où tu viens ?

– J'étais au pensionnat disciplinaire Robert Gentil, je me suis fait la malle y'a deux jours avec un pote.

– Il est où ?

– Il est pas venu, il m'attend à Paris.

– Pourquoi à Paris ?

– Parce que c'est là qu'on pense être le plus en sécurité.

– Tu veux quoi ?

– J'ai besoin de fric.

– Eh, les gars, vous entendez ça, il a besoin de fric… Tu crois qu'on est la banque de France ici ?

Ils éclatèrent de rire. Se tournant vers Marc, il l'invectiva.

– Tu l'as fouillé ?

– Non, c'est un pote, j'lui fais confiance.

– Tu t'crois où ici ? On fait jamais confiance, tu devrais l'savoir. Momo, fouille-le.

Gabriel n'avait pas prévu cette éventualité. En vérité, il ne savait pas trop comment les choses allaient se dérouler. Il avait fait le mariole devant Franck, mais il espérait bien ne pas se retrouver dans une situation aussi inconfortable.

Là, c'était la cata ! Aucune échappatoire possible. S'il tentait de s'enfuir et qu'il réussissait à leur échapper, il se retrouvait coincé par les jeunes qu'il avait croisés en arrivant… Et Marc l'avait prévenu « Ils te laisseront pas repartir » !

Dans trois secondes, il allait tomber sur l'arme et, au pire, ils le tuaient, au mieux ils le tabassaient jusqu'à ce qu'il reste sur le carreau. Il ne pouvait espérer l'aide de personne, ni pour lui, ni pour Marc.

Sans prendre le temps de réfléchir plus longtemps, son instinct de survie le fit réagir. En une fraction de seconde, il saisit le flingue caché sous son polo et le braqua en direction des dealers.

– Bougez pas !

– Oh là, c'est quoi c'tembrouille. Tu l'sors d'où ce mec ?

– Collez-vous contre le mur, tous, vite !

Marc, terrorisé se tourna vers Gabriel.

– Tu fais quoi ? C'était pas c'qu'était prévu ! Tu me chies dans la main là !

– Vous m'filez votr'fric maintenant et vite. Marc, tu bouges pas et tout s'passera bien si tu restes en dehors de tout ça. Mets-toi contre le mur avec les autres.

– T'aurais pas dû faire ça, tu sortiras pas vivant d'ici, on va t'faire la peau !

– Votr'fric, vite !

Mais Gabriel n'était pas le héros d'un roman d'aventures. Il savait avant de venir que son arme allait lui servir pour les intimider. Il n'avait pas envisagé qu'eux aussi allaient vouloir se servir de la leur, bien que Franck le lui avait laissé entendre. S'il avait bâti un scénario, celui-ci ne se déroulait pas du tout comme il l'avait imaginé. Le découpage des scènes du script faisait place à l'improvisation.

Momo, voyant les choses tourner à leur désavantage, plongea aussitôt sa main dans la poche intérieure de son blouson. Avant qu'il n'ait eu le temps de la ressortir, Gabriel avait tiré. Il lâcha son arme et s'effondra touché au ventre.

Celui qui était encore assis se leva soudainement, un revolver à la main, sortie d'on ne sait où. Lui non plus n'eut pas le temps de s'en servir. Par précaution, Gabriel se jeta de côté, faisant feu sur lui dans le même temps. Marc, recroquevillé, se faisait le plus petit possible pour ne pas être touché par une balle perdue.

Comme si soudainement le film projeté au ralenti, décomposait les mouvements, le troisième individu, resté adossé au mur dégaina son flingue et s'effondra en même temps sans avoir eu le temps de l'utiliser. Envahi par la peur, Gabriel vida presque son chargeur sur lui. Le dernier ne possédait pas d'arme à feu, mais voulut l'attaquer au couteau. Les deux dernières balles furent pour lui. Tétanisé, Marc regardait la scène avec effroi.

Personne n'avait encore réagi. Le silencieux amortissait le son des coups de feu, transformant les détonations bruyantes en sonorités étouffées. Debout, Marc voulut s'enfuir, mais Gabriel le rattrapa de justesse.

– Tu restes là, j'ai encore besoin de toi. Prends le fric, vite.

Après leur avoir fait les poches, il sortit un beau paquet de billets qu'il tendit à Gabriel.

– T'es vraiment un bel enfoiré. T'as intérêt à te barrer vite fait. Si jamais je te retrouve, je te bute et je serai pas le seul à te chercher. Assomme-moi avec ton revolver, sinon j'suis mort.

– Non, j'ai une meilleure idée, tu vas venir avec moi et tu vas me servir de couverture pour que je puisse sortir de ta cité de merde.

Gabriel savait qu'il avait vidé le chargeur de son revolver et que les balles restantes se trouvaient dans son sac à dos. S'il était de nouveau attaqué, il ne pourrait réagir et cette fois ce serait sans issue.

L'image surréaliste qui s'offrait à lui, lui fit froid dans le dos. Les quatre dealers baignaient dans leur sang, alors que depuis l'étage lui parvenait la voix d'un rappeur qui égrenait sa litanie sur une musique syncopée.

Saisissant son arme par le canon, il frappa à la tête pour l'assommer, celui qui, au sol, gisait blessé, craignant qu'il appelle au secours.

Son arme collée contre le ventre de Marc, il le fit avancer.

« S'il a pas compté, il doit croire qu'il me reste encore des balles ».

– Allez, on y va. Si tu tentes quelque chose, j'hésiterai pas à t'abattre. Si je dois y rester, tu y resteras aussi.

Vendredi 18 mai, vingt et une heures vingt-trois

L'un près de l'autre, les deux garçons sortirent de l'immeuble, le revolver de Gabriel caché sous son blouson, plus que jamais pointé en direction de Marc.

– Il y a d'autres sorties, je suppose ?

– Oui, toutes les allées conduisent vers une rue.

– Alors, choisis celle où il y a le moins de monde. J'ai pas envie de me retrouver avec toute la racaille que j'ai vue tout à l'heure.

– La racaille il y en a partout, si elle te tombe dessus, tu vas pleurer ta mère.

– Ferme ta gueule, sinon c'est toi qui va pleurer la tienne. J'ai vraiment pas envie de te faire de mal, mais je te jure que si tu tentes la moindre chose, je te bute et tu ne seras pas une grande perte.

Même en choisissant une issue moins fréquentée, il remarqua que l'effervescence dans la cité avait décuplé en l'espace de quelques minutes. De nouveaux groupes, aux accoutrements similaires, s'étaient formés. Pendant que certains entouraient une espèce de brasero, une bouteille à la main, d'autres dansaient au son de groupes de rap dont les paroles agressives s'échappaient par les énormes haut-parleurs du poste de radio. Des jeunes en scooter circulaient dans les allées, se rendant d'un endroit à un autre, transportant parfois un des leurs. L'un d'eux, apercevant Marc, se dirigea vers lui. Gabriel sentit les picotements de la peur s'immiscer en lui.

– Salut Marc, ça va comme tu veux ? T'as besoin qu'on t'aide ?

Il suffisait d'un mot, d'un seul, pour que celui-ci lui vienne en aide. Pourtant il ne se manifesta pas. La crainte d'être la première victime ?...

– Non, ça va les gars, tout va bien, je fais un tour dans la cité avec mon pote. Il va bientôt être des nôtres.

– Continue d'avancer comme ça et il ne t'arrivera rien.

Plus ils s'éloignaient des immeubles, plus Gabriel ressentait l'envie de courir, de s'enfuir. Un mal de ventre insistant le tenaillait, lui causant de vives douleurs abdominales. Le stress le faisait transpirer.

Dès qu'ils s'engagèrent dans la rue, une espèce de soulagement libérateur l'envahit.

– Avance, tu vas faire un bout de chemin avec moi.

– T'avais dit que tu me laisserais partir une fois sorti de la cité.

– T'occupe, tu continues de marcher avec moi et quand on se sera suffisamment éloigné je te rendrai ta liberté.

Toujours en le menaçant de son arme (toujours vide), il prit son téléphone pour joindre Franck.

– T'es où ?

– J'attends près du café où on était ce soir. T'es où toi ?

– J'arrive.

Pensant qu'il ne craignait plus rien, Gabriel décida de libérer Marc.

– Allez, barre-toi.

– Tu as de la chance d'être armé, sinon je te jure que je t'aurais bien collé une belle raclée !

– Dégage tout de suite, avant que je change d'avis et que je te colle une balle comme aux autres !

– T'as pas intérêt à traîner dans le coin, si je t'aperçois, tu vas regretter ce que tu as fait.

Jugeant qu'il en avait assez dit, Marc s'éloigna rapidement.

À la seconde même, bien que soulagé, Gabriel dut s'adosser à un mur, sentant une crise d'angoisse survenir. Les évènements qu'il venait de vivre déclenchèrent un fort accès de panique. La violence qu'il ressentit fut telle qu'il s'écroula et perdit connaissance.

* * *

Une bonne quinzaine de minutes lui furent nécessaires, avant de reprendre ses esprits. Lorsqu'il rouvrit les yeux, Franck se trouvait à ses côtés.

– Qu'est-ce qui s'est passé ? Putain, tu m'as fait peur, j'ai cru que tu étais mort. Comme je te voyais pas revenir, je me suis dit qu'il devait se passer quelque chose d'anormal et je suis venu à ta rencontre.

– J'ai fait une crise d'angoisse ! Et Marc ?

– Quand je suis arrivé près de toi, tu étais seul.

– Ah oui, je me souviens, je l'ai laissé partir juste avant que je m'évanouisse. Heureusement qu'il ignorait que j'avais plus de balles dans mon revolver.

De nouveau ensemble, Franck ne put s'empêcher de le serrer dans ses bras. Bien qu'encore faible, Gabriel jugea nécessaire de partir.

– Allez, faut qu'on s'tire du quartier le plus vite possible. Dès qu'ils vont s'apercevoir du carnage ils vont devenir fous. Si jamais Marc est retourné là-bas, ils vont nous tomber dessus d'une minute à l'autre. Tu me laisses juste le temps de remettre des balles dans mon revolver, il est vide.

– Quel carnage ? T'as tiré ?

– Oui, j'en ai flingué quatre !

– Quatre !... T'es complètement malade ! Et personne t'a vu ?

– Si on m'avait vu, j'serai pas là.

– T'as eu du fric ?

– Oui, j'en ai plein les poches.

– Et c'est ton copain qui t'a aidé à sortir ?

– J'tai déjà dit que c'était pas mon copain. Oui il m'a aidé à ressortir de la cité pas vraiment pour m'aider, mais parce qu'il n'avait pas d'autre choix.

– Tu imagines s'ils nous rattrapent, personne ne pourra nous sauver. Jamais je n'aurais pensé que tu sois capable de t'attaquer à ces gens-là.

– Moi non plus. Je te raconterai tout en détail plus tard, pour l'instant faut qu'on se barre.

Gabriel, ouvrit le barillet, inclina l'arme vers le bas pour faire tomber les douilles encore présentes. Celles-ci s'échappèrent de leur logement et rebondirent sur le sol avant de rouler vers le caniveau.

Le revolver rechargé, sans perdre de temps, ils se mirent à courir, alors qu'au loin retentissait un avertisseur de police. Ce ne pouvait être qu'un résident de la cité, ayant assisté à la scène, qui s'était mis en quête de les prévenir. Ce ne pouvait être les jeunes, qui ne pensaient qu'à « bouffer du flic » dès qu'ils s'introduisaient dans leur fief

Vendredi 18 mai, vingt et une heures trente-huit

Leur fuite éperdue durait déjà depuis quelques minutes, lorsqu'ils se trouvèrent presque nez à nez avec une voiture de couleur sombre, occupée par quatre individus. À peine le temps de réagir, que le gyrophare s'éclaira suivi de l'avertisseur.

– Merde, les flics !

Les occupants de la voiture sortirent en trombe et se lancèrent à leur poursuite.

– Police, arrêtez-vous !

Les deux jeunes, n'ayant nullement l'intention d'obéir, les entendaient s'exprimer derrière eux.

– Fais le tour du pâté de maisons pour les prendre à revers.

Ils couraient presque sans sentir leurs jambes, sans ressentir la fatigue occasionnée par la distance déjà parcourue. L'adrénaline décuplait leurs forces. En tournant au coin d'une rue, Gabriel glissa et s'étala sur le trottoir. Franck le vit tomber, mais il ne pouvait lui porter secours sans se mettre lui-même en danger. Il préféra continuer sa course en tentant de semer ses poursuivants.

À terre, Gabriel n'eut pas le temps de se relever, un des gardiens de la paix arrivait sur lui.

– Police ! Ne bouge plus !

Sans réfléchir, il sortit son arme pour le menacer et la braqua en direction du flic. Celui-ci, se sentant en danger immédiat, voulut sortir la sienne, mais n'eut pas le temps d'agir ni de prononcer le moindre mot. Le coup partit, le touchant à la cuisse. Il s'effondra au moment où son collègue arrivait, pointant son pistolet en direction du gamin. Gabriel jeta immédiatement son revolver et leva les mains.

– J'ai pas fait exprès, j'ai eu peur, j'voulais pas tirer, dit-il en se mettant à pleurer.

– Ne bouge plus ! Allonge-toi sur le ventre !

Le policier le bloqua avec son genou et réunit ses deux mains afin de le menotter, puis il s'accroupit près du blessé. Victime d'une plaie hémorragique, ce dernier perdait beaucoup de sang, déjà livide, les lèvres décolorées, les yeux révulsés. Son collègue se précipita pour comprimer la blessure.

– Tiens le coup Jean-Claude, tu vas t'en tirer. Regarde-moi, Jean-Claude, regarde-moi, accroche-toi…

Alertés par les cris, les occupants des immeubles donnant sur la rue ouvraient leurs fenêtres, les unes après les autres.

* * *

Franck courait aussi vite qu'il le pouvait, les poumons en feu. Se retournant à plusieurs reprises, il s'aperçut qu'il était seul, personne ne le suivait. Avaient-ils abandonné ? Lorsqu'il parvint au bout de la rue, croyant la partie gagnée, il n'avait pas envisagé que les deux policiers lancés dans la course-poursuite aient pu faire le tour du pâté de maisons pour le prendre à revers. Il se jeta pratiquement dans leurs bras.

Encore essoufflés, les gardiens de la paix revenaient, encadrant le deuxième gamin, menotté.

– On l'a coincé à l'angle de l'autre rue.

– Jean, occupe-toi de Jean-Claude et continue de comprimer sa blessure, je retourne à la voiture appeler les secours, il a tellement perdu de sang qu'il doit avoir l'artère fémorale touchée.

Le brigadier-chef de patrouille essuya ses mains pleines de sang, puis saisit le micro pour appeler le policier de permanence au standard du commissariat.

– P.C. de Fox-trot.

– Parlez Fox-trot.

– Brigadier Raspail, on a un collègue blessé par balle, envoyez SAMU au 27 allée Cochin. On a aussi besoin de renfort suite à l'interpellation de deux jeunes en fuite, dont le présumé tireur sur le collègue.

– Bien reçu. On envoie les secours. Nature des blessures.

– Suspicion d'hémorragie fémorale, magnez-vous !

– On fait au plus vite, terminé.

Pendant que le brigadier rejoignait le lieu du drame, après avoir diffusé son message, le gardien de la paix, affecté au standard du commissariat, contactait le lieutenant de permanence pour lui rapporter les faits.

Samedi 19 mai, vingt et une heures quarante

Le lieutenant de police de permanence, Gérard Bouleau, avait pris son service à vingt heures, espérant passer une nuit au calme, ou presque.

Là, c'était la tuile et il allait devoir « se bouger le cul », comme il aimait à le dire à ses collègues.

– Jacques, dis-moi quel est le proc. de perm ?

– C'est Dubert.

– Bien, je l'appelle tout de suite.

Il saisit son téléphone et composa le numéro du procureur. Compte tenu de l'heure tardive, il lui fallut attendre plusieurs sonneries avant qu'il ne décroche.

– Monsieur le procureur, lieutenant Bouleau à l'appareil. Nous avons deux mineurs avec nous, arrêtés pour une tentative d'assassinat sur un policier en fonction. Ils sont encore sur les lieux du drame.

– Comment va le policier blessé ?

– Il est mal en point, il semble avoir été touché à l'artère fémorale et a perdu beaucoup de sang. Depuis, je n'ai pas d'autres informations, mais son pronostic vital semble engagé.

– Bien, je vous remercie. Tenez-moi au courant des suites de l'affaire.

Peu de temps après, l'officier de police judiciaire présent dans le commissariat à cette heure tardive, reçut l'appel provenant du procureur l'informant des évènements venant de se dérouler. Prenant acte des faits, il désigna un chef d'enquête qui, lui-même, nomma des enquêteurs chargés dc l'affaire.

Dans le même laps de temps, le chef d'enquête contacta l'identité judiciaire afin qu'ils se rendent immédiatement sur place pour effectuer les relevés sur la scène de crime, indispensables à l'enquête

Samedi 19 mai, vingt et une heures cinquante

Au poste de police du Raincy, la nuit s'annonçait mouvementée. Confrontée à un délit de fuite, une patrouille avait dû faire face à une grave blessure par balle sur un de leurs brigadiers. La situation nécessitant des renforts, une deuxième voiture de police, quittait aussitôt le commissariat pour se rendre sur les lieux.

Et voilà qu'un appel téléphonique allait mettre le feu aux poudres.

– Commissariat du Raincy, j'écoute.

– Allo, m'sieur, y'a des gens couchés par terre, y' a des morts, j'ai peur…

– Calmez-vous madame. Où demeurez-vous ?

– J'suis dans la cité des Bosquets, au Raincy.

– À quel endroit se passent les évènements que vous me décrivez ?

– Là, c'est en face de chez moi, dans le hall de l'immeuble. J'l'ai vu parce que le soir, comme j'suis toute seule, j'regarde souvent à la fenêtre, ça bouge beaucoup. J'ai vu que ça s'agitait et puis j'en ai vu un tomber, puis un autre, puis encore un autre. Ils ne se relèvent pas. J'ai peur, depuis qu'il y a eu des émeutes…

– Quelqu'un vous a-t-il vu ?

– Je ne crois pas, mais peut-être. C'est difficile à dire.

– Restez chez vous madame, ne cherchez pas à vous approcher, je vais envoyer une patrouille. Donnez-moi vos coordonnées.

* * *

Le gardien de la paix chargé du standard vint frapper à la porte du bureau du lieutenant de permanence.

– Nous venons de recevoir un appel nous informant qu'une tuerie vient d'avoir lieu à la cité les Bosquets. D'après le témoin, il y aurait quatre individus à terre.

– Qui vous a prévenus ?

– Une femme d'un immeuble voisin.

– Elle a vu quelque chose ?

– Oui, apparemment, elle aurait assisté à une scène de règlement de compte en regardant par sa fenêtre. Il faut qu'on envoie une patrouille sur place.

– Faites le nécessaire. Quant à cette dame, il va falloir l'interroger. Vous avez ses coordonnées ?

– Oui, bien sûr.

– Bon, vous me la convoquez pour demain. Pas question pour le moment de se rendre chez un témoin avec ce merdier.

Gérard Bouleau, dépité, se dit que le sort s'acharnait sur lui.

« Ça fait beaucoup pour une seule nuit. Ça pue ! Si c'est un règlement de compte, les gars de la cité vont vouloir se venger. Ça va tourner à l'émeute dans peu de temps ! ».

* * *

Quelques minutes plus tard, une patrouille accédait aux abords de la cité. L'endroit bouillonnait déjà d'une effervescence inhabituelle.

– Ici P.C. de Fox-trot V3, appelle autorité. On ne peut pas pénétrer les lieux, c'est trop risqué, il nous faut des renforts.

Les policiers durent faire demi-tour pour ne pas mettre leur vie en danger. Ce n'est qu'avec l'arrivée d'une seconde équipe qu'ils purent progresser, essuyant les premiers projectiles, lancés de toutes parts. Parvenus devant le hall, les brigadiers durent quitter leurs véhicules, des individus casqués chevauchant des scooters leur barraient la route.

Équipés de leurs gilets pare-balles, ils tentèrent de gagner du terrain, mais des dizaines de jeunes bloquaient le chemin, leur interdisant toute approche. D'autres, regroupés dans le hall, s'interpellaient sans ménagement, dans un brouhaha épouvantable. Dès qu'ils aperçurent les policiers, ils se mirent à les injurier, descendant vers eux. Un homme un peu plus âgé que les autres, tentant de faire office de médiateur, s'avança. Le brigadier, chef de patrouille, l'interpella.

– Que s'est-il passé ?

– Y'a eu un règlement de compte, il y a trois morts et un qu'il faut emmener tout de suite aux urgences.

– On ne peut pas monter s'en occuper si vous ne nous laissez pas approcher.

– Je ne peux pas leur demander ça, ils sont surexcités, je ne peux pas les contrôler. Je peux juste leur dire de vous laisser appeler les secours.

Mais en attendant, reculez-vous, c'est plus prudent.

Il s'adressa aux jeunes en arabe, tandis que ceux-ci continuaient d'invectiver les policiers. Cet affrontement dura plusieurs minutes avant qu'ils concèdent à remonter dans le hall. Le chef de patrouille rappela le commissariat.

– Ici P.C. de Fox-trot V3, appelle autorité. C'est plus grave que je ne pensais. Il y a quatre corps à terre. Ce serait trois personnes décédées et un blessé grave, mais on ne peut pas l'évacuer, ils ne nous laisseront pas approcher. Il nous faut une patrouille supplémentaire et une compagnie de C.R.S. pour sécuriser les lieux et boucler la cité. Envoyez une première ambulance qui sera sur place dès qu'on aura accès au blessé. Lorsque les C.R.S. seront présents, il faudra envoyer trois ambulances pour les autres personnes. Je vous tiens au courant. Terminé.

Vingt minutes plus tard, une troisième voiture de patrouille détachée du commissariat d'un département limitrophe parvint sur les lieux, suivie de peu par le premier véhicule de secours qui resta en retrait, prêt à intervenir.

Les gardiens de la paix, plongés dans un climat d'insécurité absolue, ne pouvaient toujours pas approcher des lieux du drame.

Vendredi 18 mai, vingt et une heures cinquante-cinq

Sur place au moment du drame, un des policiers de la première patrouille fit se relever Gabriel, sans ménagement.

– S'il meurt, tu es mal mon garçon.

– Merde, il vient de s'évanouir ! Jean-Claude, reste avec nous… Jean-Claude… Putain, il ne revient pas… Son pouls est faible.

Le brigadier Raspail jeta un coup d'œil sur le revolver au sol.

– Une arme avec un silencieux, vous avez fait un coup ?

Ils collèrent brutalement les deux garçons contre un mur afin d'effectuer une palpation.

– Pas d'arme sur eux, mais un beau paquet de billets. Par contre, il y a un truc bizarre, c'est beaucoup de grosses coupures ! Ça sent pas le casse, ça sent la came !

La fouille du sac à dos ne leur permit pas de découvrir de drogue. Leurs papiers d'identité permirent au moins de les identifier et de confirmer qu'ils étaient bien mineurs.

– Tu as quel âge ?

– Dix-sept ans.

– Et toi ?

– Seize ans.

– Vous allez pouvoir connaître les joies de la prison, les gars ! Tirer sur un flic ça va vous coûter cher !

Alertés par le bruit et le reflet bleuté du gyrophare, de nombreux résidents des immeubles assistaient à la scène depuis leurs balcons. D'autres, d'une curiosité excessive, étaient descendus dans la rue et devaient être canalisés afin d'éviter qu'ils ne s'approchent au plus près de la victime. Un homme, vêtu d'une robe de chambre et chaussé de mules, interpella les policiers.

– Je suis médecin, je peux vous venir en aide en attendant les secours.

– Oui, prenez la place de mon collègue. Je pense que le blessé est touché à l'artère fémorale.

L'avertisseur sonore de l'ambulance du SAMU retentit au loin, s'intensifiant peu à peu, jusqu'à devenir assourdissant.

Les urgentistes prodiguèrent immédiatement les premiers soins, l'état du blessé s'étant considérablement dégradé. L'un deux se tourna vers le brigadier.

– Son état est préoccupant. Il est intransportable pour le moment, nous allons le stabiliser pour pouvoir le diriger vers l'hôpital.

Dans le même intervalle, l'équipe de renfort parvint sur les lieux. Les deux ados menottés, assis à même le sol, encadrés par les brigadiers, étaient effondrés, réalisant la portée de leur acte.

– Qu'est-ce qui s'est passé ?

– On a surpris les ados en train de courir, en faisant une ronde. Quand on a voulu les interpeller, ils ont continué à courir. L'un d'eux est tombé. Au moment où Jean-Claude intervenait pour l'appréhender, le gamin a sorti une arme de son sac à dos et a tiré sur lui.

– Comment va-t-il ?

– Pas fort, son pronostic vital est engagé. Il a été touché à l'artère fémorale.

– Putain de loubards !

– Ça ne semble pas être des loubards, on dirait plutôt deux ados en fuite.

– Peu importe, ils ont tiré sur un flic, encore une fois on en prend plein la gueule. Même avec les gilets pare-balles, on n'est pas assuré de s'en sortir. Bon aller on va isoler la zone pour éviter que tous ces voyeurs viennent polluer la scène de crime. Jean, tu fermes la zone avec le ruban de signalisation et tu condamnes la rue pour empêcher toute circulation.

Puis, semblable à une scène de pièce de boulevard, lorsque le rideau se lève et qu'apparaissent les acteurs, se succédèrent la police judiciaire et l'identité judiciaire, ainsi qu'un véhicule du SAMU et enfin les pompiers.

L'O.P.J. signifia au brigadier qu'il prenait l'enquête en main et lui demanda de gérer les curieux.

– Ça, c'est un truc que j'ai jamais compris, comment à une heure aussi tardive, les gens sont capables de sortir de leur lit pour descendre dans la rue et venir jouer les curieux et nous emmerder dans notre boulot !

Suffisamment irrité par la situation, il se tourna vers les badauds.

– Rentrez chez vous, il n'y a rien à voir, laissez-nous faire notre boulot et allez vous recoucher.

Mais c'était sans compter sur les inquisiteurs qui ne bougèrent pas d'un centimètre, estimant ne pas en avoir assez vu.

Le technicien P.T.S. interrogea le brigadier Raspail.

– Personne n'a touché au revolver ?

– Non, il est resté exactement à l'endroit même où le gamin l'a balancé.

Muni du matériel nécessaire, le P.T.S. déposa une règle au sol près de l'objet et commença par effectuer plusieurs clichés de l'arme et des lieux du crime. Il termina par les taches de sang, maculant le trottoir, une fois le policier évacué.

Pendant ce temps, son collègue effectua une recherche d'empreintes sur l'arme. Muni de gants, il diffusa une poudre blanche, très fine, à base de talc, sur la crosse du revolver. Puis, au moyen d'un pinceau, il réalisa un léger brossage en effectuant un mouvement circulaire, afin d'enlever l'excédent de particules. Pour terminer, il décolla partiellement un adhésif de son support et l'appliqua sur la crosse en déplaçant le pouce vers le bas pour éviter toute trace de bulle d'air. Le relevé effectué, il le retira et le referma sur son support de manière à l'analyser.

Toujours avec précaution, il saisit le revolver afin de récupérer la douille subsistante dans le barillet et déposa l'arme à l'intérieur d'un sac pour être envoyée au labo.

Le médecin urgentiste ayant réussi à stabiliser le policier blessé, s'apprêtait à l'évacuer.

– Comment va-t-il ?

– Pour le moment, son état est stable, mais son pronostic vital est toujours engagé.

Ils se mirent à plusieurs pour le déplacer avec précaution et l'installèrent sur la civière afin d'être dirigé vers l'hôpital le plus proche.

– Vous l'emmenez où ?

– Au G.H.I. le Raincy.

Lorsque le technicien de l'identité judiciaire eut pris les photos qui lui manquaient, il laissa la place à un des pompiers qui, au moyen de sciure, retira une importante trace de sang qui subsistait sur le trottoir.

– Nous, on a terminé.

La P. J., de son côté, ayant recueilli les renseignements dont ils avaient besoin, s'apprêtait à repartir également.

– Bon les gars, on embarque les deux gugusses et on rentre au bercail.

Les officiers firent monter les deux gamins chacun à bord d'une des deux voitures de patrouille pour les séparer et prirent la direction du commissariat.

La montre du tableau de bord affichait vingt-trois heures quarante-neuf.

Durant le trajet, parmi les nombreux messages diffusés sur le canal radio Acropol, il en est un qui les interpella. L'information annonçait une tuerie dans la cité des Bosquets et faisait état de quatre individus à terre, sans pour autant pouvoir préciser leur état.

La cavale des deux ados venait de prendre fin et ils n'étaient pas prêts de retrouver leur liberté.

Le brigadier se retourna vers Franck.

– Dis-moi mon gars, il n'y aurait pas un rapport avec vous par hasard ?...

Vendredi 18 mai, vingt-deux heures cinquante-cinq

Ce n'est qu'au bout d'une heure qu'une compagnie de C.R.S., composée d'une centaine d'hommes parvint sur les lieux de la cité des Bosquets. Cette arrivée massive de policiers eut pour effet d'aggraver la situation et l'ambiance dégénéra rapidement. Des jeunes sortaient de toute part, semblables à une véritable éclosion. La cité se remplissait à une vitesse vertigineuse, tandis que les policiers, complètement débordés, tentaient de se protéger.

– Ici P.C. de Fox-trot V3, appelle autorité, les C.R.S. sont sur place, vous pouvez envoyer les trois ambulances.

Le commandant de la C.R.S se dirigea vers le chef de patrouille.

– Quels sont les faits ?

– Il semble qu'il y ait eu un règlement de compte qui aurait dégénéré avec trois morts et un blessé grave, mais on ne peut pas approcher pour l'évacuer.

– Ok, on va faire un cordon pour permettre au véhicule de secours de s'approcher du blessé.

Les ambulanciers gravirent les marches, encadré des C.R.S. qui leur offraient un bouclier de protection. Le jeune, blessé par balle, gisait dans une mare de sang. Les premiers soins furent impossibles à prodiguer sur place, tellement la haine qui entourait les policiers les plaçait en insécurité totale. L'évacuation du blessé vers l'ambulance se fit sous le feu des projectiles, plus ou moins évités grâce à la protection des boucliers des C.R.S.

Nouvelle attente, aussi longue qu'insupportable. Le chef de patrouille de la voiture 28 se tourna vers le commandant.

– Vous pensez que vous allez pouvoir les contenir ?

– J'ai déjà demandé à ce que des renforts se tiennent prêts à intervenir, si la situation venait à se dégrader. Je pense que nous allons être fixés très rapidement.

Bien qu'à cette heure-ci, la fluidité du trafic permette aux véhicules de secours de se déplacer aisément, une quinzaine de minutes furent tout de même nécessaires aux trois ambulances pour parvenir jusqu'au lieu du drame.

Cibles de poubelles enflammées, de jets de pierres, de bouteilles et de cocktails Molotov, les policiers tentaient de maîtriser la situation. Dans le même temps, des groupes vengeurs incendiaient les voitures stationnées sur les parkings.

Les C.R.S. ne possédant guère d'autre solution à leur portée, le même mode opératoire fut utilisé pour parvenir jusqu'aux personnes décédées. Des femmes descendues des étages, à genoux, pleuraient les victimes, accrochées à leur cou. L'évacuation devenait compliquée, les mères de famille ne voulant pas être séparées des corps sans vie. Les policiers s'interposaient et devaient faire face à la rébellion de ceux qui les entouraient. Après maintes entraves, les ambulanciers parvinrent à extraire les corps sans vie pour les acheminer vers les ambulances.

– Ici P.C. fox-trot V3, appelle autorité, des containers poubelles et des voitures sont en feu sur le parking, prévenez la caserne de pompiers.

Le commandant de la C.R.S. sentant le débordement arriver, sollicita l'autorisation d'employer les gaz lacrymogènes conte les émeutiers.

– Ça va être une belle pagaille dans peu de temps. Je vais encore avoir des gars sur le carreau ! Il faut absolument qu'on les empêche de se rendre dans d'autres cités. Ils savent qui a fait le coup ?

– Non pour l'instant on n'en sait pas plus. On a arrêté deux ados qui ont flingué un de nos gars. Il est possible qu'il y ait un lien entre eux et ce carnage, mais ce n'est qu'une supposition. Pour le reste il faut attendre qu'ils soient interrogés

Samedi 19 mai, zéro heure trente-six

Parvenus au commissariat, les deux ados furent immédiatement séparés, chacun mis dans un bureau différent, toujours menottés. Le lieutenant de permanence leur signifia, l'un après l'autre, leur mise en garde à vue.

– Franck Durieu c'est bien vous ?

– Oui.

– Je vous signifie que votre garde à vue débute à partir de maintenant, samedi 19 mai, zéro heure trente-six, pour une durée de vingt-quatre heures. Vous allez être interrogé sur les faits qui vous sont reprochés : délit de fuite suite à une interpellation, détention d'arme à feu, possession d'une importante somme d'argent et tentative d'assassinat sur un policier dans le cadre de ses fonctions. Je suppose que vous n'avez pas d'avocat ?

– Non.

– Vous allez être assisté d'un avocat commis d'office. L'interrogatoire va faire l'objet d'un enregistrement audiovisuel. Jacques, tu m'appelles l'avocat et tu lui demandes de venir tout de suite, afin d'assister les deux adolescents lors de leur interrogatoire. Tu appelleras aussi la femme de Jean-Claude pour la prévenir qu'il est à l'hôpital. Tu ne t'étends pas sur la blessure, tu restes évasif.

Le policier sortit de la pièce pour se rendre dans son bureau. Il saisit son téléphone et composa le numéro du procureur d'astreinte. Il lui fallut patienter avant qu'il décroche.

– Monsieur le procureur, lieutenant Gerber à l'appareil. Nous avons ramené les deux mineurs avec nous. Au délit cité précédemment, on peut ajouter la possession d'une arme à feu pour l'un des deux, ainsi qu'une importante somme d'argent, notamment des billets de cent et deux cents euros, ce qui laisserait à penser un lien avec le trafic de drogue. D'autre part, nous venons d'être informés d'une tuerie dans la cité des Bosquets qui aurait fait quatre victimes, sans connaître leur état. Il est possible que ces deux jeunes soient impliqués dans ce massacre. Pour l'instant, ce n'est qu'une hypothèse. Nous ne les avons pas encore interrogés, nous attendons leur avocat. Je vous tiendrai au courant de la suite des évènements.

– Merci Gerber.

Cette démarche étant faite, il entreprit de taper le procès-verbal de saisine afin de l'adresser au procureur. La démarche verbale devant être entérinée par un P.V. écrit, rédigé le plus rapidement possible.

Un des deux fonctionnaires de l'identité judiciaire de retour au poste, s'adressa à Gilles.

– Gilles, tu me fais la totale.

Dans le langage familier, « la totale » signifiait prendre leurs empreintes, réaliser les photos de face et de profil et effectuer des recherches sur le fichier F.P.R. (Fichier des Personnes Recherchées), permettant également de consulter leur casier judiciaire, dans la mesure où ces individus seraient déjà fichés.

Le fonctionnaire s'occupa de l'arme qu'il ressortit du sac dans lequel il l'avait glissée. Il inséra une ficelle dans le pontet et avant de faire un nœud, ajouta une étiquette portant un numéro d'identification, correspondant au numéro de scellé. Il appela un des brigadiers présents dans la pièce.

– Tu prends une voiture et tu files à l'institut médico-légal, ils y sont déjà, occupés avec les cadavres. Tu déposes cette pièce à conviction à la recherche balistique ainsi que la douille qui est avec et le document qui l'accompagne sur lequel je demande l'examen des traces papillaires latentes sur les armes à feu, l'examen des traces d'A.D.N. et la comparaison, de la douille avec les données balistiques contenues dans l'I.B.I.N. *(Informations Balistiques d'Interpol)*.

Samedi 19 mai, une heure vingt-huit

Quarante-cinq minutes après avoir été convoqué, l'avocat se présenta au commissariat. Un laps de temps déterminé lui fut accordé lui permettant de s'entretenir avec son client, afin de connaître les faits reprochés.

Gabriel fut ensuite conduit dans la salle d'audition, tandis que Franck intégrait la cellule, dans laquelle on l'obligea à retirer ceinture et lacets.

Gabriel n'avait certainement pas été choisi par hasard, mais bien parce qu'il était l'instigateur de la tentative d'homicide sur le policier.

– Bien, l'interrogatoire va pouvoir commencer. Gabriel Sérié, vous serez assisté de maître Debord, votre avocat.

L'officier de police judiciaire activa la caméra afin d'enregistrer l'interrogatoire et prit la parole.

– Ce jour, samedi 19 mai, une heure vingt-huit du matin, nous, capitaine Coppo, en présence de l'avocat maître Debord, débutons l'audition de Gabriel Sérié, âgé de dix-sept ans, pour les faits suivants : délit de fuite, détention d'arme à feu munie d'un silencieux, possession d'une importante somme d'argent et tentative d'assassinat sur un policier dans le cadre de ses fonctions.

Gabriel n'avait pas l'intention de jouer les durs. Il venait de cumuler les délits et, le pire de tout, avait involontairement tiré sur un policier. Un crime fermement condamné qui risquait de le conduire vers une peine capitale. Bien qu'il ait tiré accidentellement, il n'obtiendrait pas facilement les circonstances atténuantes. Alors inutile d'aggraver son cas en refusant de répondre aux questions.

– Monsieur Sérié, d'où vient cette arme ? Ce n'est pas un revolver courant. Comment vous l'êtes-vous procurée ?

– Je l'ai prise à mon père lorsque je suis retourné chez moi.

– Pourquoi être retourné chez vous ?

– J'étais au pensionnat Robert Gentil et on avait le droit de sortir tous les quinze jours.

– Pourquoi votre père était-il en possession de cette arme ?

– Il est policier et il collectionne les armes à feu.

– Bravo, un fils de flic ! C'est le pompon. Dans quel commissariat exerce-t-il ?

– À Bondy.

– Pour quelle raison avez-vous volé ce revolver ?

– Emprunté !

– Pour moi, c'est pareil.

– Au pensionnat, il y avait un dur qui nous rançonnait. Si on voulait avoir la paix, il fallait lui filer 200 euros.

– Et personne n'est intervenu ?

– Les surveillants étaient de mèche, ils devaient se partager le fric.

– Ça ne m'explique toujours pas pourquoi ce revolver.

– Quand Franck est arrivé, il ne s'est pas laissé impressionner par ce type et je me suis dit qu'il allait nous aider. J'ai eu envie de me venger et c'est pour ça que j'ai piqué le flingue.

– Il était rangé où ?

– Dans une armoire fermée avec un cadenas à code.

– Ok, je comprends mieux. Et ensuite ? Vous vouliez le tuer ?

– Non, pas du tout. On a mis au point une combine pour qu'il me rende mon fric et ensuite on voulait se tirer du pensionnat.

– C'était quoi cette combine ?

– On l'a attiré dans un coin, tout seul et je l'ai menacé avec le revolver.

– Que lui avez-vous dit ?

– Je lui ai dit que s'il ne me rendait pas mon fric, j'allais tout raconter sur son manège et que s'il nous dénonçait, il plongerait avec nous.

– Et ça a suffi pour qu'il vous redonne votre argent ?

– Oui.

– Vous n'étiez pas enfermés ?

– Si, mais on pouvait sortir pendant une demi-heure le soir à partir de dix-huit heures.

– Bon, il vous a rendu votre fric, vous vous êtes tirés et après.

– Après, on a dormi le soir chez une copine et on est reparti le lendemain. On a zoné dans Paris parce qu'on pensait qu'on aurait plus de mal à nous retrouver.

– La copine, où habite-t-elle ?

– Au Raincy, dans un pavillon avec ses parents. C'est au dix-sept rue Mozart.

– Ok, on vérifiera. Vous me dites que vous avez dormi chez elle dans la maison de ses parents. Ils ne vous ont pas vus ?

– Non, ils étaient absents et elle nous a planqués dans le sous-sol. Le matin on est ressorti par une lucarne.

– Comment l'avez-vous connue ?

– Nous étions au collège ensemble. Je suis sorti avec elle.

– Bon, ensuite…

– Je vous l'ai dit, on a zoné et on s'est rendus à Paris, pour passer plus facilement inaperçus.

Gabriel avait volontairement omis de parler de l'agression du commerçant pour ne pas alourdir les charges pesant sur son copain.

– La deuxième nuit, vous avez dormi où ?

– Sur les quais de Seine.

– Vous avez dormi dehors ?

– Oui.

– Ça, je n'y crois pas trop. Tu veux que je te dise ce que je pense, je crois que vous avez dormi chez quelqu'un, mais que tu ne veux pas m'en parler. C'est ça ? Tu sais, plus tu me cacheras de choses, plus tu aggraveras ton cas.

Le ton venait de changer, le vouvoiement préconisé fit place au tutoiement, beaucoup moins formaliste. L'avocat intervint.

– Vous n'êtes pas obligé de répondre.

– Non, on a dormi dehors.

– Comme tu voudras. Alors, dis-moi pourquoi si vous étiez à Paris, ce que vous faisiez au Raincy, près de la cité des Bosquets ?

Nouvelle intervention de l'avocat.

– Vous n'êtes pas obligé de répondre.

– …

La tuerie de la cité, c'est vous ?

– …

– Non, il n'est pas obligé de répondre, mais il y a tout de même quatre individus à terre avec suspicions de quatre homicides et un policier dans un état grave. Lorsqu'ils ont été arrêtés, ils étaient très proches de l'endroit où la tuerie a eu lieu. Alors il n'est peut-être pas obligé de répondre, mais permettez-moi de penser qu'il est peut-être impliqué dans ce carnage !

De plus en plus mal à l'aise, Gabriel se tortillait sur sa chaise. D'un côté cet avocat qui l'incitait à en dire le moins possible, de l'autre ce policier qui cherchait la vérité par tous les moyens, en fouillant tous les recoins. Et puis devant ses yeux, revenait sans cesse l'image du policier s'effondrant sur le trottoir. Il ne pouvait pas continuer à nier.

– Oui, c'est moi. J'ai pas voulu que Franck vienne avec moi, on avait qu'une seule arme. Et puis moi on me connaissait, pas lui.

– Comment ça ?

– J'avais un copain au collège qui était de la cité et son frère faisait partie des dealers.

– Bravo, de mieux en mieux !

– Je l'ai appelé. On avait besoin de fric. Alors j'ai eu l'idée de lui monter un bobard pour que je puisse rentrer dans la cité.

– Tu sais que tu risquais ta peau ?

– Oui, mais j'avais une arme.

– Foutaise ! Tu as vraiment de la chance aujourd'hui d'être encore en vie. Tu ne sais pas qui sont ces types, d'ailleurs si tu l'avais su, tu n'aurais jamais osé te rendre dans leur ghetto. Même les flics ne veulent pas y aller. C'est quoi ce bobard ?

– Je lui ai dit que j'étais prêt à vendre de la drogue pour eux.

– Et il t'a cru ?

– La preuve que oui.

– Bon, après.

– J'ai retrouvé mon pote et il m'a emmené devant des dealers. Il m'a dit que je verrais pas les gros, qu'ils étaient planqués. Mais je m'en foutais, ce que je voulais c'est du fric, pas de la drogue. Je savais que ceux qui sont dans les halls ils ont plein de fric sur eux.

– Et tu pensais vraiment qu'ils allaient te donner de la drogue que tu allais refourguer bien gentiment pour avoir du fric ?... Tu as fait comment ?

– Je les ai braqués.

– Et ils ont sorti leurs armes ?

– Ben oui.

– Et tu t'en doutais pas ?

– J'pensais qu'ils auraient peur de mon revolver. Mais ça devait pas se passer comme ça.

– Vous êtes vraiment inconscients vous les mômes, vous n'êtes pas du même monde. Et alors, tu as tiré.

– Ben oui, j'allais pas me faire tuer. C'est quand ils ont voulu me fouiller que j'ai dégainé. C'était pas prévu, mais si je les laissais faire, j'étais mort.

– Et tu as réussi tout seul à en abattre quatre ?

– J'ai été plus rapide qu'eux, c'est tout.

– Incroyable ! Toi, tu es une vedette ! Comment as-tu appris à tirer ?

– C'est mon père qui m'a montré quelques fois. Et comme ils n'étaient qu'à deux ou trois mètres, c'était facile.

– Et le copain qui t'avait emmené jusqu'à eux ?

– Il a piqué le fric dans leurs poches et je me suis servi de lui pour ressortir en le menaçant avec mon flingue.

– Et il est où maintenant ?

– Quand je me suis éloigné de la cité, je l'ai laissé repartir.

Le policier n'en revenait pas. Comment un ado venant de l'extérieur, sans expérience, sans connaissance des lieux ni du milieu, avait-il pu réussir un coup pareil ? C'était hallucinant.

– Ton copain, il va avoir de sérieux ennuis.

– C'est pas vraiment un copain. Je me suis servi de lui pour rentrer dans la cité. Il s'en sortira, son frère, c'est un gros dur.

– Gros dur ou pas, il va falloir qu'il fournisse de sérieuses explications s'il veut s'en sortir vivant. Ces gars-là, ils ne pardonnent pas facilement. Mais dis-moi, un truc que je ne comprends pas, personne n'est intervenu ?

– Non, personne n'a entendu les coups de feu avec le silencieux et puis il y avait de la musique dans les étages, du rap.

– Bon, quand tu es sorti de la cité, tu as retrouvé ton copain ?

– Oui et comme j'avais peur qu'ils nous rattrapent, j'ai remis des balles dans le revolver.

– Tu penses à tout, toi. Donc il y a des douilles sur le trottoir quelque part entre la cité et l'endroit où on vous a chopés ?

– Oui.

– Et on vous a chopé alors que vous étiez en train de vous enfuir ? C'est ça ?

– Oui.

– Et pourquoi as-tu tiré sur le policier ?

– Quand j'suis tombé, que j'l'ai vu arriver, j'ai eu peur, il faisait nuit, j'ai cru qu'il avait son arme, j'ai juste voulu le menacer et le coup est parti tout seul. J'vous jure que j'voulais pas lui tirer dessus !

Gabriel se mit à pleurer. L'interrogatoire le faisait craquer. Il avait utilisé son arme et les conséquences désastreuses ne pouvaient que le faire regretter. Il avait agi par peur, instinctivement, presque sans s'en rendre compte, ne réalisant la portée de son geste qu'au moment où le policier s'était écroulé. À cet instant, c'était déjà trop tard, plus rien ne permettait de revenir en arrière.

– J'espère que ton copain va être aussi loquace que toi. Maître, avez-vous quelque chose à ajouter ?

– Non, je n'ai rien de plus à ajouter.

– Alors, nous cessons la procédure d'interrogatoire du jeune Gabriel Sérié, il est deux heures dix-neuf du matin.

Samedi 19 mai, deux heures quarante-deux

L'officier de police judiciaire fit sortir Gabriel du bureau et le remit entre les mains d'un gardien de la paix qui le conduisit en cellule. Avant d'y pénétrer, Franck en fut extrait et l'échange eut lieu en présence de deux autres policiers afin de leur interdire tout contact, aussi bien verbal que physique. Il dut, tout comme son camarade retirer les lacets de ses chaussures, ne portant pas de ceinture.

Franck pénétra dans la salle d'audition. C'était à lui maintenant de raconter sa version des faits.

– Bien nous allons débuter l'interrogatoire de Monsieur Durieux. Vous serez assisté de votre avocat, maître Debord.

L'officier de police judiciaire activa la caméra et prit la parole.

– Ce jour, samedi 19 mai, deux heures quarante-deux, capitaine Coppo, en présence de votre avocat maître Debord, débutons l'audition de Franck Durieux, âgé de seize ans, pour les faits suivants : délit de fuite, détention d'arme à feu et possession d'une importante somme d'argent.

L'interrogatoire se déroula à peu près de la même manière, les questions posées dans un ordre volontairement différent. Il fut moins éloquent que son camarade, mais répondit de bonne foi, espérant que le policier en ferait état dans son rapport.

Il ne put évoquer la tuerie puisqu'il n'était pas présent à ce moment-là et se garda bien de parler de l'agression de l'épicier, avouer un délit supplémentaire ne lui semblait pas nécessaire.

Lorsque l'O.P.J. le questionna pour connaître l'endroit où ils avaient passé leur deuxième nuit, il se trouva en difficulté pour lui répondre. Qu'avait bien pu dire Gabriel ? Quelles déclarations avait-il fournies ? Il se contenta de dire qu'ils avaient dormi dehors, ce qui corroborait avec les dires de son camarade, mais sa réponse ne satisfit pas le policier.

– Où dehors ?

– Je sais plus exactement.

– C'était hier et tu ne te souviens plus ? Tu me prends pour un imbécile !

– Non, c'est vrai, on a tellement marché dans Paris, que je sais plus où c'était.

L'O.P.J. était maintenant persuadé que quelque chose clochait dans leur parcours. Ils n'avaient certainement pas dormi dehors, alors pourquoi cachaient-ils la vérité ?

– Tu sais ce que je pense, c'est que tu es en train de me monter un crack. Je repose la question : où avez-vous dormi la deuxième nuit ?

– J'vous l'ai dit, dehors.

– Dehors, où ?

– J'sais plus moi !

– Tu sais je peux te poser la question autant de fois que j'en ai envie. Tu te fatigueras avant moi et il faudra bien que tu lâches le morceau à un moment ou à un autre, que tu le veuilles ou non.

Avant qu'il ait pu reformuler sa question comme il le laissait entendre, un policier pénétra dans la pièce et se pencha à l'oreille de l'O.P.J. Celui-ci l'écouta attentivement puis son regard s'assombrit soudainement.

– Un élément important vient de m'être communiqué par un officier. Il est suffisamment marquant pour être ajouté au dossier et enregistré.

Il consulta sa montre.

– À trois heures douze, je viens de recevoir l'information suivante : le brigadier Jean-Claude Drouot est décédé des suites de ses blessures. Je suspends temporairement l'audition du témoin.

L'O.P.J. ressortit de la pièce pour prendre l'air, choqué parce qu'il venait d'apprendre, laissant Franck et son avocat surveillés par un policier qui prit place à ses côtés.

Le décès de son collègue fit monter la colère en lui. De rage, il frappa la cloison, puis s'approcha de la cellule et apostropha Gabriel.

– Tu m'entends petit con, le flic sur qui tu as tiré cette nuit est décédé ! Tu entends, il est mort, il laisse une femme et deux enfants. Putain de mômes de merde, qu'est-ce que vous avez dans le cigare pour agir ainsi…

Gabriel fut secoué de sanglots, anéanti par ce qu'il venait d'entendre. Plus encore que le décès du policier, ce furent les conséquences qui l'ébranlèrent.

Le policier laissa s'écouler quelques minutes afin d'évacuer son emportement. Tout juste calmé, il retourna dans la salle d'audition.

– Remettez monsieur Durieux en cellule et ramenez-moi Gabriel Sérié !

L'échange effectué, la caméra enregistreuse fut de nouveau activée.

– À trois heures vingt-sept, suite au décès du brigadier Jean-Claude Drouot, je reprends l'interrogatoire de Gabriel Sérié. Il y a quelque chose qui ne colle pas dans vos réponses. Vos versions sont différentes. Mais là, mon gars, nous ne sommes plus dans la même configuration ! Le policier sur lequel tu as tiré est mort. Ce n'est plus un accident, c'est un crime et ce n'est pas n'importe quel quidam, c'est un flic ! C'est un copain, un collègue, un mec de chez nous, tu entends ça petit morveux, c'est un de nos gars qui, il y a encore quelques heures, bossait avec nous, riait ou gueulait avec nous ! Il n'est plus là et c'est toi qui l'as descendu ! Alors tu as intérêt à me dire la vérité, sans oublier un seul détail, sinon, je te jure que je vais te mener la vie dure ! Je pose encore une fois ma question : où avez-vous dormi, Franck Sérié et toi, durant votre deuxième nuit de cavale ?

– Je vous l'ai déjà dit, sur les bords de la Seine, à même le sol. On avait acheté des sacs de couchage, vous les avez vus dans nos sacs à dos.

L'O.P.J. frappa la table du poing, si violemment que tout le monde sursauta.

– Alors, explique-moi pourquoi ton copain ne s'en souvient pas ?

Gabriel se sentit pris au piège. S'il se refusait à dénoncer son copain, il ne lui restait d'autre solution que de mentir.

Le policier, fort de son expérience, ne se laissait pas berner facilement. Il n'était pas dupe de leur mensonge et refusait de croire en cette explication qui ne tenait pas la route. Une chose dont il ne pouvait douter, c'est qu'ils n'avaient pas eu le temps de se concerter pour donner la même version des faits.

Gabriel préféra se taire.

– Alors… J'attends…

– …

– Comme tu voudras. Fin de l'audition de Gabriel Sérié, à trois heures quarante-quatre. Remettez-le en cellule et ramenez-moi l'autre !

L'O.P.J. commençait à perdre patience.

« Qu'a-t-il bien pu se passer, cette deuxième nuit pour qu'ils ne veuillent pas en parler… ».

De retour dans la salle d'audition, Franck ne comprenait pourquoi le policier voulait l'interroger de nouveau. Il pensait avoir tout dit.

– Bon, reprise de l'audition de Franck Durieux à trois heures cinquante et une, suite au décès du brigadier Jean-Claude Drouot. Va falloir que tu te mettes à table, ton copain a parlé ! Tu es dans la même merde que ton pote. Le flic qu'il a descendu est mort et c'est comme si toi aussi tu avais appuyé sur la détente. Tu es complice ! Tu as tué un des nôtres et ça, on ne peut pas te le pardonner ! C'est comme si tu nous avais amputés d'une main, d'une jambe… Je ne vais pas te faire de fleur à toi non plus, tu vas vraiment me dire ce qui s'est passé, parce que tant que tu n'auras pas parlé, tu ne retourneras pas en cellule ! Tu veux jouer au plus fort, mais avec moi ça ne marche pas. Quand on fait une connerie, on l'assume jusqu'au bout et continuer à nier ça ne te mènera nulle part. Alors, pour te mettre sur la voie, je te repose toujours la même question, mais avec moins d'empathie tu vois, où avez-vous dormi durant votre deuxième nuit ?

– Je vous l'ai dit tout à l'heure, dans Paris, mais je ne me souviens plus où. On s'est posé quelque part, mais j'ai pas regardé le nom de la rue.

– Tu mens ! Ton copain a fini par nous le dire. Putain de merde ! Tu vas parler !!!

– Alors si vous savez, pourquoi vous me le demandez ?

– Pour l'entendre de ta voix. Vous avez deux versions différentes ! Ou alors vous n'étiez pas ensemble ? C'est ça, vous n'étiez pas ensemble !

– Si, on s'est pas quitté.

– Tu me prends vraiment pour un con ! Il est allé seul dans la cité et tu me dis que vous ne vous êtes pas quittés !

– Oui juste à ce moment-là.

– Comment veux-tu que je te croie. Tu n'as rien d'autre à me dire ?

– Non.

– Ce n'est pas bon pour toi. Devant le juge si tu persistes, tu vas plonger mon garçon. Votre situation n'est pas vraiment enviable, mais s'il y a bien quelque chose que les juges n'aiment pas, ce sont les mensonges et le maquillage de la vérité. Tu retournes en cellule, tu réfléchis et si, par miracle, la mémoire te revient, tu m'appelles. Fin de l'audition de Franck Durieux, à quatre heures douze. Remettez-le en cellule, il finira bien par parler à un moment ou un autre.

Il en savait suffisamment pour rappeler le proc et ce n'était pas ce dernier détail non encore élucidé qui allait changer les choses.

– Monsieur le procureur, l'audition d'un des deux ados nous a permis de corroborer notre idée. L'un des deux est bien l'instigateur de la tuerie de la cité des Bosquets. Nous venons d'apprendre avec tristesse à l'instant le décès du policier blessé lors l'interpellation. Dernière chose, le tireur en question est le fils d'un officier de police du commissariat de Bondy. D'après ces éléments, monsieur le procureur, je les maintiens en garde à vue.

– Les faits sont suffisamment graves pour que je décide d'ouvrir une information judiciaire pour assassinat. Un juge d'instruction va se mettre en rapport avec vous.

– Nous avons fait parvenir l'arme à la balistique. Je leur ai demandé d'effectuer les examens le plus rapidement possible.

– Craignez-vous des représailles de la part des gens de la cité ?

– J'en ai peur. Nos brigadiers qui ont constaté les décès ont été obligés de rebrousser chemin, ils ont été caillassés. Une ambulance a pu tout de même extraire le blessé, il est actuellement à l'hôpital dans le coma. Ce qui est le plus à craindre, c'est qu'ils décident de s'affronter entre bandes. Deux compagnies de C.R.S. sont sur place. Et ce ne sera peut-être pas suffisant, si cette émeute s'amplifie, il va falloir envoyer de nouveaux renforts.

– Bien, tenez-moi informé de la suite de cette affaire, ça me tracasse. Je vais prévenir votre commissaire pour qu'il avise le Préfet, si ce n'est déjà fait.

L'O.P.J. se leva pour fermer la porte de son bureau, il lui restait une dernière chose à faire, prévenir l'épouse du policier décédé.

C'était la deuxième fois dans sa carrière qu'il se trouvait confronté à cette démarche.

Il repensa, quelques années plus tôt, à cette dramatique affaire qui avait entraîné la mort de trois policiers dont l'un était un ami proche.

Il savait qu'elle ne pourrait voir son mari tant que l'autopsie ne serait pas terminée. Une privation bien difficile à accepter.

Il était hors de question de lui annoncer par téléphone, ce n'était pas de cette façon que l'on prévenait les familles lors de ces dramatiques accidents.

Il cherchait les mots qu'il allait bien pouvoir utiliser pour annoncer la terrible nouvelle. Il se sentait impuissant face à cette tragédie.

Il était conscient que lorsqu'il se présenterait à son domicile, avant qu'il ait pu prononcer le moindre mot, elle aurait déjà compris.

Samedi 19 mai, trois heures cinq

Après avoir obtenu la commission rogatoire du juge d'instruction, au vu de l'importance des faits, l'officier de police judiciaire dut faire appel à deux centres médico-légaux, dans le cadre d'une procédure exceptionnelle, afin de recevoir les victimes et procéder à leur autopsie dans les plus brefs délais.

Parmi les légistes appelés en renfort, un jeune médecin, récemment diplômé en tant que technicien de scène de crime, effectuait ses premières armes aux côtés d'un vieux routard. Celui-ci, doté d'un côté paternaliste plutôt développé, se crut obligé de lui redire ce qu'il savait déjà.

– Je vais te rappeler les principes de base, ici nous ne sommes plus à l'école, nous sommes sur le terrain. Ce soir, c'est un gros coup, nous sommes deux labos sur l'affaire, il y a eu trois décès dans une cité et un policier dans le cadre de son travail. Tu sais que plus la prise en compte des paramètres utiles à l'estimation du délai post mortem est précoce, meilleure sera la réponse, permettant ainsi de lutter contre le dépérissement des preuves. Compte tenu du lieu où les crimes ont été commis, il n'a pas été possible d'effectuer de premières constatations ni d'examen sur place.

– Pour quelle raison ?

– Ça s'est passé dans une cité et cela a provoqué une émeute. Les services de secours n'ont pu retirer les corps qu'avec la protection des C.R.S. Une fois les corps extirpés, ils ont été déposés dans des housses plastifiées propres, préservant ainsi tout indice qui s'en détacherait. Donc, nous avons chez nous le policier décédé ainsi qu'un des dealers, l'autre labo prenant en charge les deux autres trafiquants. Il va nous falloir procéder aux examens des défunts le plus rapidement possible. On peut d'ores et déjà retenir la cause criminelle avant toute constatation. Alors mon gars, tu peux te retrousser les manches, car une grande partie de la nuit va être nécessaire pour effectuer une analyse clinique des causes et des circonstances des décès. Première chose, avant de pratiquer l'autopsie, si tu te souviens de ce que tu appris … examiner les plaies puis les photographier.

* * *

Afin de connaître la véritable origine de la mort, soit par balle, soit par une affection inconnue qui aurait pu contribuer au décès, soit encore à la suite d'un arrêt cardiaque, les cadavres furent étudiés avec une précision chirurgicale : crâne ouvert, torse éventré, organes vitaux extirpés,

Au terme de l'autopsie médico-légale, une dernière étape, primordiale, fut réalisée. Il s'agissait de la restauration du corps permettant de lui redonner un aspect à peu près normal. Les organes non prélevés furent remis à l'intérieur du corps et celui-ci suturé, y compris pour les lésions profondes.

Il fallut également identifier les corps. Hormis le policier, les trois autres individus ne possédaient aucun papier sur eux, leur téléphone ayant été subtilisé avant l'arrivée des forces de l'ordre.

Au terme de l'examen, les médecins légistes fournirent un compte-rendu oral et un rapport écrit de levée de corps dans lesquels ils mentionnèrent leurs constatations ainsi que les hypothèses quant aux causes et aux circonstances du décès.

Samedi 19 mai, huit heures

Lorsque le lieutenant Malric prit son service le matin et qu'il apprit la triste nouvelle, il s'effondra sur sa chaise en larmes. L'officier de police ayant trouvé la mort lors de l'interpellation était, bien sûr, un collègue, mais surtout un ami. Lorsqu'on lui relata les circonstances dans lesquelles le drame s'était produit, il demanda à voir les deux adolescents.

– Mais je les connais ces deux mômes !

– Comment ça tu les connais ?

– Oui, le pensionnat Robert Gentil nous a appelés mercredi pour une disparition, c'est moi qui m'en suis occupée.

L'O.P.J. qui avait mené l'interrogatoire s'approcha de lui.

– On n'a pas eu besoin de les cuisiner, ils se sont mis à table tout de suite. Ce sont deux ados qui se sont mutuellement entraînés et qui se sont vite rendu compte qu'ils venaient de faire une grosse connerie. Les interrogatoires se sont passés comme une lettre à la poste. Mais ils ont mis le feu aux poudres dans la cité.

– Comment ça ?

– Tu n'es pas au courant ?

– Non, cette nuit je dormais.

– Ils ont abattu quatre mecs. Il y en a un à l'hosto qu'on devrait pouvoir interroger. Il est connu de nos services, il s'agit de Mohamed Ben Karim, dit Momo.

– Putain, ils ont pas fait semblant. Ça va péter dans la cité !

– C'est déjà fait, ça a pété cette nuit et il a fallu deux compagnies de C.R.S. pour réussir à extraire les quatre mecs. Mais le calme n'est pas revenu pour autant. Les médiateurs tentent de les apaiser. Ça s'est embrasé comme d'habitude : poubelles cramées, voitures incendiées, jets de toutes sortes sur les policiers, y compris cocktails Molotov.

– Il y a de la casse chez nous ?

– D'après ce que je sais, cinq policiers à l'hosto dont un sérieusement touché, d'autres pour des brûlures superficielles.

Le policier préposé au standard s'interposa.

– Je viens d'avoir l'hôpital, le jeune de la cité a été opéré, son état est stationnaire, mais il devrait s'en tirer. Par contre, on ne pourra pas l'interroger avant demain. Ils ont mis à notre disposition la balle qu'ils lui ont retirée et des sachets de poudre qu'ils ont trouvés sur lui.

– Bien, envoyez une voiture récupérer la came et surtout la balle et portez le tout au labo. Qu'ils fassent les analyses entre celle-ci et celles qui sont dans le revolver. Surtout, vous mettez bien la balle sous scellé. Je ne pense pas que l'on devrait avoir beaucoup de surprises. Je vais rappeler le proc. Il faut qu'il nous prolonge la garde à vue de vingt-quatre heures le temps que l'on obtienne tous les résultats des analyses et que l'on puisse interroger le dealer à l'hosto avant qu'on présente les mômes devant le juge.

– D'autre part, à neuf heures, suite à sa convocation, madame Roy se présentera.

– Madame… ?

– Madame Roy. C'est la personne qui a assisté à la tuerie de la cité des Bosquets depuis sa fenêtre. Elle va peut-être nous en apprendre un peu plus.

Samedi 19 mai, neuf heures

L'O.P.J. chargé de l'enquête relative à la tuerie qui eut lieu dans la nuit à la cité des Bosquets, se mit en rapport avec la personne témoin des faits.

– Bonjour madame Roy, je suis le capitaine Coppo. Pouvez-vous me relater les faits.

– Oh c'est facile, le soir quand il n'y a rien d'intéressant à la télévision, je regarde souvent par la fenêtre, il se passe toujours quelque chose avec tous ces jeunes vauriens vendeurs de drogue. Des fois ils mettent le feu aux voitures et ça me fait peur.

– Qu'avez-vous vu cette nuit ?

– C'était juste devant ma fenêtre, dans l'immeuble d'en face, j'ai vu deux jeunes arriver et discuter avec ceux qui étaient dans le hall. Je n'entendais pas ce qu'ils se disaient, mais ils ne semblaient pas se connaître. Et puis j'en ai vu un tomber, puis deux et encore deux autres. Il y en a un qui leur a fait les poches et ils sont partis.

– Avez-vous entendu des coups de feu ?

– Non, mais comme je vous l'ai dit, ma fenêtre était fermée.

– C'est tout ?

– Oui, que voulez-vous de plus ?

– Pensez-vous que c'était des jeunes d'une autre cité ?

– Comment voulez-vous que je sache, ce n'est pas écrit sur eux. Maintenant que vous me le dites, un des deux n'était pas habillé pareil.

– Comment ça ?

– Ben oui, il faisait propre sur lui, pas comme les autres.

Le policier lui tendit les deux photos des adolescents.

– Reconnaissez-vous quelqu'un ?

– Oui, il me semble bien que c'est celui-là, désignant Gabriel, qui était mieux habillé que les autres et c'est lui que j'ai vu repartir avec un autre. Je reconnais ses vêtements. L'autre ne me dit rien.

– Je vous remercie madame Roy. Une dernière question qui n'a rien à voir avec l'enquête. Pourquoi restez-vous si vous avez peur ?

– Je suis née là, monsieur le policier, bien avant la construction des immeubles et puis dans cet appartement, on a vécu quarante ans mon mari et moi. Depuis qu'il est mort, je le vois tous les jours, j'ai l'impression qu'il est toujours avec moi, alors je ne veux pas partir.

Samedi 19 mai, dix-sept heures

Les premiers résultats balistiques parvinrent au commissariat. Les ingénieurs de la police technique et scientifique avaient travaillé une partie de la nuit pour fournir leurs conclusions rapidement.

D'abord, ils avaient retrouvé des traces de sang sur l'arme. Celles-ci n'avaient pas été effacées complètement. Plus anciennes, elles ne pouvaient provenir de la tuerie de la cité, car elles ne correspondaient à aucun des quatre individus. Ce point-là devait encore être élucidé.

Ensuite, la douille retrouvée dans le revolver lors de l'arrestation des deux jeunes, ainsi que la balle extraite du corps du policier décédé, étaient bien identiques et correspondaient en tout point avec celles présentes dans le barillet du revolver saisi et celles des munitions conservées dans le sac à dos.

La balle provenant du corps du jeune dealer, extirpée au moment de son opération et celles extraites des corps des trois jeunes de la cité abattus, correspondaient également en tout point à celles contenues dans ce même revolver.

En conclusion, il s'agissait bien d'une seule et même arme qui avait été utilisée pour abattre quatre jeunes dans la cité des Bosquets ainsi que le policier blessé lors de l'interpellation.

Quand l'O.P.J. eut pris connaissance du rapport, il se demanda d'où pouvait bien provenir le sang découvert sur l'arme.

Plongé dans sa réflexion, Archimède lui vint en aide. Eurêka ! Un détail remonta jusqu'à sa mémoire. Détail fourni par le lieutenant du commissariat de Bobigny qui l'avait contacté pendant la fugue des deux jeunes. Il lui avait parlé de l'agression d'un commerçant et d'une blessure reçue au visage.

« Il est bien possible que ce sang sur le revolver provienne du visage de cet homme. On a vingt-quatre heures de plus, ça nous laisse le temps de le convoquer pour un prélèvement ».

Samedi 19 mai, dix-sept heures quarante-six

De retour dans son bureau, Coppo composa le numéro de l'épicerie.

– Monsieur Dupain, capitaine Coppo, commissariat de Bobigny, à l'appareil. Je vous appelle concernant l'affaire qui vous concerne, à savoir l'agression dont vous avez été victime. Vous avez bien déposé plainte ?

– Non, je l'ai pas fait finalement.

– Pour quelle raison ?

– Un ami m'a dit que cela ne servirait à rien. L'argent qu'on m'a volé ne me sera jamais remboursé, alors j'ai laissé tomber.

– Je ne sais pas qui vous a incité à ne pas déposer plainte, mais si tout le monde fait comme vous, on n'arrêtera plus personne !

– Je sais, mais j'en ai plus envie.

– Réfléchissez monsieur Dupain, ce serait tout de même bien que nous puissions nous appuyer sur vote déposition pour enquêter. Je vais même aller plus loin en vous demandant si vous accepteriez de vous soumettre à un prélèvement sanguin.

– Pourquoi faire une prise de sang ?

– Vous avez bien été blessé lors de l'agression ?

– Oui, au visage.

– On a retrouvé du sang sur une arme, on voudrait savoir s'il s'agit du vôtre. Ce que je vous propose, c'est de vous rendre dans nos locaux demain matin à huit heures. Vous déposerez plainte et y subirez un examen sanguin. Nous en profiterons pour effectuer une présentation à témoin. Vous me demanderez en arrivant.

– Ah non, ça je ne peux pas, à cette heure j'ouvre mon magasin. De plus le dimanche, je ne suis ouvert que jusqu'à treize heures. Et puis je vous l'ai dit, je ne veux pas déposer plainte.

– J'insiste, monsieur Dupain, c'est extrêmement important. Quelqu'un peut peut-être vous remplacer le temps de votre absence ?

– … Je vais venir… Mais je veux voir personne !

– Ne vous inquiétez pas, ça se passe dans l'anonymat le plus total. Merci de votre compréhension. À demain, monsieur Dupain, je compte sur vous.

Dimanche 20 mai, huit heures

Homme ponctuel, Raymond Dupain, arriva à son rendez-vous au commissariat de Bobigny, cinq minutes avant l'heure.

– Bonjour, j'ai rendez-vous avec le lieutenant Malric.

– Bonjour, vous êtes monsieur… ?

– Monsieur Dupain, Raymond Dupain.

– Vous avez été convoqué ?

– Oui pour une audition.

– Il n'est pas encore arrivé, asseyez-vous en attendant.

A contrario, le lieutenant Malric, beaucoup moins à cheval sur les horaires, n'arriva qu'à huit heures quinze. Dupain regarda sa montre, exprimant un signe de contrariété.

– Désolé, mais je ne suis pas du matin. Je vous remercie d'être venu.

– Vous ne m'avez pas laissé le choix !

– Bien, en attendant l'infirmière, on va commencer par le dépôt de plainte.

Dupain dut à nouveau raconter ce qu'il avait déjà dit au policier qui s'était rendu sur place, ce qui eut pour effet de l'agacer. Entre deux questions, il dut se soumettre à la prise de sang.

– Résultat ce soir, lui dit l'infirmière en repartant.

– Ce soir, c'est trop tard, il me le faut dans la journée. Voyez avec le labo.

L'interrogatoire terminé, après avoir relu son dépôt de plainte et vérifié qu'il correspondait en tout point à ce qu'il avait décrit, il le signa.

– Une dernière chose avant de vous laisser repartir, nous allons effectuer la parade.

– La parade ?

– Oui, si vous préférez, la présentation à témoin. Je vais vous laisser patienter dans la salle d'attente, le temps que tout se mette en place. Comme je vous l'ai dit au téléphone, personne ne vous verra. De votre côté, vous serez devant une glace sans tain, derrière laquelle seront présents un certain nombre d'individus de taille, et d'allures semblables appelés « distracteurs ». Ces personnes seront alignées devant un mur possédant une graduation destinée à faciliter l'identification de l'individu recherché en fonction de sa taille Ce sera à vous de reconnaître vos agresseurs et de nous les désigner par le numéro qu'ils porteront.

– Ah oui, comme au cinéma.

– Oui, si vous voulez, mais là, votre réponse les conduira en prison. Il ne s'agit pas de répondre à la légère.

* * *

Après une demi-heure d'attente, Raymond Dupain fut conduit devant un miroir. Six individus prirent place debout, les uns à côté des autres, portant chacun un écriteau, numéroté de un à six. Malric et l'O.P.J. se tenaient près de lui.

– C'est à vous maintenant. Observez-les bien, réfléchissez et ne me donnez une réponse que si vous êtes absolument sûr que ce sont bien vos agresseurs.

Il lui fallut peu de temps pour répondre.

– C'est eux, le deux et le cinq, j'en suis sûr. Le deux, c'est Franck, un petit merdeux qui m'a toujours nargué.

Les deux policiers échangèrent un regard complice.

– Vous me dites donc que vos agresseurs portent les numéros deux et cinq. C'est bien ça ? Pouvez-vous le confirmer ?

– Oui, oui, c'est bien eux, j'en mettrais ma main à couper. Mais y'en a qu'un qui m'a frappé, c'est le numéro deux, c'est Franck.

– Je vous demande de vous rasseoir dans la salle d'attente, le temps que l'on tape le procès-verbal afin de vous le faire signer et cette fois vous pourrez repartir.

– C'est plus long que je pensais, j'ai ma boutique à rouvrir, moi. Vous ne me l'avez pas dit que ce serait aussi long. C'est toujours pareil avec vous, vous dites jamais la vérité !

Dupain avait monté le ton, énervé de devoir attendre aussi longtemps.

– Calmez-vous monsieur Dupain,

– Vous n'avez pas à me dire de me calmer, je fais ce que je veux. Je n'ai rien à me reprocher moi. Si j'ai envie de partir maintenant vous ne pourrez pas m'en empêcher !

– C'est une affaire importante, monsieur Dupain et on ne peut pas prendre les choses à la légère. Le policier décédé, il ne faisait que son travail lui aussi et il était marié et père de deux enfants. Il n'avait pas décidé de mourir ce soir-là. Alors, je vous conseille de rester calme. Asseyez-vous, ce ne sera pas long.

Dimanche 20 mai, onze heures quarante-cinq

À midi moins le quart, accompagné d'un collègue, le capitaine Coppo franchit les portes de l'hôpital G.H.I. le Raincy (Groupe Hospitalier Intercommunal). Parvenu à l'accueil, il s'adressa à une des hôtesses, lui présentant sa carte professionnelle.

– Bonjour, police judiciaire, nous voulons nous rendre au chevet du jeune Mohamed Ben Karim afin de l'interroger.

La sonnerie du téléphone ne cessait de retentir.

– Un instant s'il vous plaît.

Après avoir répondu à l'appel, la jeune femme consulta le fichier.

– Chambre quatre-cent vingt au quatrième étage. Je préviens le médecin de l'étage.

– Merci.

En sortant de l'ascenseur, ils furent reçus par le médecin qui les attendait.

– J'avais prévenu votre collègue qu'il ne devait pas être interrogé avant demain.

– Nous n'avons pas le temps d'attendre. On a quatre morts sur les bras dont un policier, la cité au bord de l'explosion et deux jeunes à déférer devant le juge d'instruction. Alors, je suis désolé docteur, mais il va falloir qu'il parle.

– S'il en est capable…

– Comment va-t-il ?

– Il est encore très faible, mais il devrait s'en sortir. Par contre, vous ne restez pas plus de dix minutes avec lui.

– Ça devrait suffire. Nous n'avons que peu de questions à lui poser. S'il coopère, ce ne sera pas long.

– Bien, allez-y, chambre quatre-cent vingt.

Le policier en faction devant la chambre voulut faire du zèle en réclamant leur carte professionnelle.

Le jeune homme, connu des services de police, était un témoin oculaire indispensable. Il était hors de question qu'il tente de s'échapper et encore moins qu'il n'ait des visites inopportunes, destinées à le faire taire.

Les yeux fermés, il paressait dormir. Malgré son teint mat, il affichait un visage d'une pâleur extrême. À son bras, une perfusion et de son nez sortaient un tuyau d'oxygène. Le lieutenant posa la main sur son épaule et le secoua légèrement.

– Mohamed… Mohamed Ben Karim …

Celui-ci entrouvrit les yeux.

– Police judiciaire, lui dit-il, montrant sa carte.

– J'ai rien fait m'sieur ! dit-il d'une voix à peine audible.

– On te connaît Momo, on connaît ton passé, alors ton baratin il ne nous impressionne pas. Mais nous ne sommes pas là pour ça. Si nous venons te voir, c'est suite à la tuerie qui a lieu dans ta cité samedi soir.

– J'suis fatigué m'sieur.

– Si tu réponds à nos questions, ce ne sera pas long. Bon alors tu étais dans la cité ou pas ?

– Je passais par hasard !

– C'est ça et tu as vu passer les oies sauvages.

– Quelles oies sauvages ?

– Laisse tomber, tu ne peux pas comprendre. Bon, admettons, tu es passé là au moment où il y a eu des coups de feu et tu t'es pris une balle par hasard ?

– Ouais, c'est ça.

– Et les gars qui sont morts tu ne les connais pas ?

– Je sais pas de qui vous parlez.

– Les trois gugusses qui se sont pris eux aussi une balle, c'est par hasard ! On va te montrer des photos et tu vas nous dire si tu reconnais quelqu'un.

Le policer lui présenta les photos des deux adolescents arrêtés.

– Tu les reconnais ?

– Ouais, c'est eux ! C'est eux qui ont fait le coup !

– Quel coup ? Je croyais que tu passais là par hasard ?

– Ouais, j'ai entendu des coups de feu et puis j'ai reçu une balle. J'sais pas pourquoi ils étaient là.

– Et tu as eu le temps de les voir… Arrête de me baratiner, tu n'as pas pu entendre des coups de feu, le revolver était muni d'un silencieux. Tu veux que je te dise ce que je crois, tu étais avec les autres dans le hall de l'immeuble quand ça s'est produit. On n'a pas retrouvé d'armes, ce sont tes copains de la cité qui ont dû les récupérer.

– Non, j'te jure, j'étais tout seul.

– Regarde mieux les photos. Tu es sûr de les avoir vus tous les deux ?

– Oh ça oui !

– Ça m'étonnerait, car il n'y en avait qu'un. Tu sais qu'on peut te faire plonger pour faux témoignage. On a de quoi avec tes copains morts que, soi-disant tu ne connais pas, et puis ce nouveau craque que tu nous racontes. Regarde bien ces photos une nouvelle fois.

– Je suis sûr du premier, l'autre, j'me souviens plus.

En parlant du premier, il désignait la photo sur laquelle apparaissait le portrait de Gabriel.

– Tu vois en y mettant de la bonne volonté, on y arrive.

Le médecin entra dans la chambre.

– Je vous avais dit pas plus de dix minutes.

– C'est bon, on a terminé. Par contre nous n'en avons pas fini avec toi, il va falloir que tu nous expliques d'où provient la came que tu avais sur toi. On est appelé à se revoir monsieur Ben Karim. Repose-toi, tu vas avoir besoin de ton énergie pour répondre à nos questions. Allez, à bientôt.

L'enquêteur ressortit satisfait. Au moins, contrairement à beaucoup d'autres affaires alambiquées, celle-ci s'élucidait facilement. Le témoignage du dealer confirmait les dires de Gabriel lors de son interrogatoire.

Dimanche 20 mai, neuf heures

Depuis son interrogatoire, Franck, prisonnier de sa cellule, confronté à sa solitude, ne cessait de repasser dans sa tête le film de ses dernières heures. Le temps s'était écoulé tellement vite depuis que Gabriel et lui avaient quitté le pensionnat, depuis qu'ils avaient fui vers l'inconnu.

Comment en l'espace de quelques jours avait-il pu se lier à Gabriel, lui qui ne côtoyait jamais personne ?... Comment avait-il pu devenir presque son ami aussi rapidement ?... Pourquoi l'avait-il accompagné, écouté, obéi ?... À dater du jour où il l'avait rencontré, il s'était senti comme anesthésié, au point de ne plus être capable de prendre des décisions. Et pourtant, ce projet, il l'avait échafaudé tous les deux, apportant chacun leurs idées pour mettre toutes les chances de leur côté.

Pour autant, il ne regrettait rien. Il n'était pas surpris de ce qui était arrivé, c'était presque inévitable. La chance aurait pu néanmoins les aider. Ils avaient joué à quitte ou double et avaient perdu. Le plan de la cité, il ne le sentait pas, comme si la suite semblait préméditée. Les risques encourus étaient trop grands.

Il fit défiler devant ses yeux ces images tellement proches, mais qui lui semblaient aussi tellement lointaines. Annie, cette jolie brunette vêtue de sa jupe courte ; l'épicier qu'il avait maltraité avec un certain plaisir ; la journée dans Paris à flâner en oubliant presque qu'ils étaient deux ados recherchés ; l'après-midi au cinéma où il s'était senti tellement bien dans cette obscurité protectrice ; Gabriel le quittant pour se rendre dans la cité et la crainte de ne plus le revoir ; la fuite, les flics, l'arrestation… Et maintenant cette cellule aux murs gris et sales et cette porte qui s'était refermée sur leur liberté…

Cette porte refermée s'ouvrit soudainement sur un policier. Il ne l'avait même pas entendue introduire la clé dans la serrure.

– Tu veux une boisson, un café ?

– Oui, j'veux bien un coca

– S'il vous plaît, merci, ça t'écorche pas !

Dimanche 20 mai, dix heures vingt-deux

Au terme de la confrontation concluante entre les ados et le commerçant, Coppo contacta le procureur.

– O.P.J. Coppo, bonjour monsieur le procureur. Nous venons d'effectuer une présentation à témoin entre les deux jeunes impliqués dans nos deux affaires et le commerçant qui a été agressé.

Ce dernier témoin les a formellement reconnus. D'autre part, j'attends les résultats de la prise de sang et les conclusions des médecins légistes pour les examens des quatre corps.

– Vous pensez avoir les résultats aujourd'hui ?

– Oui pour la prise de sang, j'ai bien précisé qu'il me les fallait en urgence.

– Bien, appelez l'identité judiciaire pour qu'il fasse le maximum, il nous faut les résultats dans l'après-midi. Il n'est pas question de prolonger encore la garde à vue. Ils doivent être absolument présentés au juge d'instruction demain dans la journée.

Fort d'avoir obtenu l'accord du juge d'instruction, Coppo fit venir Franck, de nouveau menotté, dans son bureau.

– Alors, toujours pas décidé à me dire où vous avez dormi le deuxième jour ?

– J'peux pas inventer un endroit, j'vous ai dit que c'était à Paris, mais j'sais plus où. Ça fait trois fois que j'vous répète la même chose !

– Tu n'aurais pas oublié de me parler de quelqu'un ?

– J'vois pas.

Franck sentit la souricière se refermer sur lui. C'était donc ça la confrontation, c'était avec le vieux con de l'épicerie. Mais, doutant de la perspicacité du policier, il décida de jouer les naïfs.

– Raymond Dupain, ça te dit quelque chose ?

– Non, j'vois pas.

– Te fous pas de moi. N'aggrave pas ton cas, tu es déjà suffisamment dans la merde comme ça, alors je te conseille de parler. Je repose ma question pour la dernière fois, est-ce que Raymond Dupain, ça te dit quelque chose ?

Franck s'engluait dans le piège. Il pouvait toujours continuer de nier, mais ça ne servirait pas à grand-chose. Il préféra tout de même en dire le minimum.

– Oui, j'le connais, c'est l'épicier chez qui je faisais mes courses.

– Tu vois, en réfléchissant un peu, ça te revient. Et… il s'est passé quoi quand vous avez fugué ?

– On a dormi dans sa boutique.

– Putain ! Tu vas me raconter ce qui s'est vraiment passé ! Il a parlé ce monsieur Dupain, alors ça ne sert à rien que tu te taises, on sait tout ! Qu'avez-vous fait le soir où vous vous êtes rendus chez lui ?

– Gabriel, il y'est pour rien, il y'a qu'moi qui l'ai agressé.

Franck se décida enfin à raconter en détail comment il avait braqué l'épicier, comment il l'avait agressé et obligé à passer la nuit dans l'arrière-boutique, ligoté.

– Tu vois, quand tu veux, c'est tellement simple. Alors maintenant je vais te dire ce que l'on sait. On a trouvé des traces de sang sur le revolver qui a servi à tuer le policier. Et ces traces de sang, moi je pense qu'elles proviennent de monsieur Dupain. On va le savoir rapidement. Et pour que tu ne t'inquiètes pas trop, je vais te donner le résultat de la confrontation. Il vous a formellement reconnus. Et d'après ce que j'ai cru comprendre, vous ne vous aimez pas beaucoup tous les deux.

– C’est un vieux con.

– Ça, je te laisse libre de tes opinions. Je voulais aussi te signifier la prolongation de votre garde à vue à tous les deux, de vingt-quatre heures, le temps que les analyses en cours nous parviennent et que nous obtenions tous les témoignages. Vous serez présentés au juge d’instruction lundi. Voilà, vous pouvez le remettre en cellule.

Gabriel fut également convoqué afin de l’informer, tout comme son camarade, de la prolongation de la garde à vue.

* * *

Le soir, même, comme il l’espérait, les derniers résultats des examens parvinrent à l’O.P.J. Il n’y avait plus de doute possible, tout concordait.

Les traces de sang découvertes sur l’arme et l’analyse sanguine effectuée sur le commerçant révélaient le même groupe.

Les trois dealers décédés ainsi que le policier avaient bien trouvé la mort par homicide, provoquée par une arme à feu.

Par contre, un détail ne collait pas. Les empreintes trouvées sur le revolver provenaient de trois personnes différentes. Une première, inconnue, qui pouvait appartenir au propriétaire de l’arme et deux autres avérées, étant celles de Gabriel et de Franck. Or, ce dernier n’avait participé à aucune action ayant entraîné le décès d’un ou plusieurs individu(s).

Il le fit aussitôt extraire de sa cellule pour l’interroger de nouveau.

– Tu m'as bien dit que tu ne t'étais pas servi de l'arme que possédait Gabriel ?

– Oui.

– Alors comment tu expliques que l'on a retrouvé tes empreintes sur le revolver ?

– Quand Gabriel me l'a montré, je l'ai pris dans mes mains pour le regarder.

– Tu l'as tenu en visant quelque chose ou tu l'as juste pris comme ça ?

– Non, je n'ai visé personne.

– Tu mens ! Tes empreintes sont sur la crosse ! Donc tu t'en es servi ! Tu ferais mieux de parler.

Franck hésitait à raconter la vérité, mais il ne voulait pas non plus mettre l'agression de l'épicier sur le dos de son copain.

– Quand j'ai agressé l'épicier, je l'ai frappé.

– Et bien voilà. Tu t'es servi de l'arme ?

– Oui, d'abord pour le menacer.

– Et comme il ne voulait pas te donner l'argent, tu l'as frappé avec le revolver ? C'est bien ça.

– Oui.

– Tu l'as frappé avec le canon ?

– Oui.

– Ce qui explique tes empreintes sur la crosse et les traces de sang sur le canon. Tu sais, on arrive toujours à tout savoir, c'est notre métier. Bon, remettez-le en cellule.

L'O.P.J. Coppo relut le rapport du labo et ne trouva aucune mention faisant référence au relevé des empreintes du lieutenant Durieux. Ennuyé, il contacta l'identité judiciaire.

– Capitaine Coppo, vous avez bien transmis les empreintes de Durieux du commissariat de Bondy au labo ?

– Oui, ça été fait dès l'interrogatoire terminé.

– Comment se fait-il que le légiste ne le mentionne pas dans le rapport ?

– Ça, il faut le lui demander, nous on a fait notre boulot.

– Ok merci.

La question fut posée au médecin légiste, qui confirma avoir effectué les examens, mais avoua avoir omis de les inclure dans le compte-rendu. Les empreintes encore inconnues, trouvées sur l'arme du crime, correspondaient bien à celle du propriétaire de l'arme.

Le lieutenant Malric entra dans le bureau. Coppo, satisfait de la tournure de l'enquête, lui en fit le résumé.

– Je viens d'avoir les derniers aveux de celui qui a frappé le commerçant. Le labo nous a envoyé les résultats. La boucle est bouclée, les deux ados sont bons pour être transférés à la maison d'arrêt de Fresnes.

– Ils se sont mis dans une belle merde tous les deux.

– J'en ai vu des mômes faire des conneries. Ceux-là, ils ne sont pas méchants, ils ont juste dérapé.

– Oui, mais c'est un sacré dérapage : agression d'un individu avec préméditation, coups et blessures, vol, quatre homicides dont trois ayant entraîné la mort et pour finir un homicide involontaire sur un représentant de l'état. Ouaou, ça fait quand même beaucoup. À mon avis, ils vont prendre cher, entre cinq et dix ans. Celui qui est complice devrait avoir plus de chance.

– S'il n'y avait eu que les dealers de la cité, ça rendait service à tout le monde.

– Va expliquer ça au tribunal…

Lundi 21 mai, quinze heures

Lorsqu'ils quittèrent le commissariat, toujours menottés, pour monter chacun dans une voiture, il pleuvait, comme pour accentuer la mélancolie de cette journée.

Quelques heures avant la fin de leur garde à vue, convoqués chez le juge d'instruction, ni l'un ni l'autre ne se faisaient beaucoup d'illusions sur le sort qui les attendait. Leur seul espoir résidait en la plaidoirie de leur avocat qui allait tenter d'éviter leur incarcération.

Hélas pour eux, le juge était… une femme. Hélas, car contrairement à un juge masculin, elle possédait une fibre maternelle beaucoup plus développée. Le décès du policier laissant derrière lui une femme et deux enfants ne pouvait la laisser indifférente, bien au contraire.

Ils durent se soumettre, chacun leur tour, aux questions de celle-ci et de nouveau relater les faits, sans rien omettre, propos et arguments enregistrés par la greffière durant la durée de l'instance.

Au terme de l'interrogatoire, leur avocat insista sur le fait qu'ils étaient mineurs, sans casier judiciaire, qu'ils n'avaient jusqu'alors commis aucun délit et réclama leur mise en liberté provisoire. Bien tenté… mais comme nous pouvions le supposer, la juge en décida autrement. Les crimes étaient suffisamment graves pour qu'elle décide de la mise en détention provisoire immédiate.

En ressortant du palais de justice, après trois heures d'audience, ils furent dirigés vers la prison de Fresnes, située dans la banlieue sud de Paris. Ils savaient, pour avoir été informés, qu'on les transférait dans un établissement pénitentiaire à l'intérieur duquel séjournent des prévenus, c'est-à-dire les personnes en attente de jugement.

Une heure de trajet et vingt-cinq kilomètres à parcourir en traversant l'A86, le périphérique, l'A3, la porte de Bagnolet, l'A6b, Rungis, l'Haÿ les Roses avant de parvenir à Fresnes.

Cette ultime balade leur laissait un goût amer. À travers les vitres du véhicule, ils observaient les dernières images de la rue, celles qu'ils n'auraient plus l'occasion de voir avant de longs mois, de longues années. Ils tentaient de les emmagasiner, de les stocker dans leur mémoire, afin de pouvoir se les projeter lorsqu'ils seraient retenus captifs dans leur cellule.

Arrivés sur les lieux, ils pénétrèrent à l'intérieur de l'établissement et furent remis entre les mains du personnel, leurs menottes aussitôt retirées. À cet instant précis, ils eurent la certitude d'être véritablement incarcérés.

Ils furent d'abord dirigés vers le greffe afin de se soumettre à l'enregistrement des identités et du document justifiant les incarcérations, la prise des empreintes et les photos indispensables à la biométrie. Un numéro d'écrou leur fut attribué, afin que l'on ne puisse pas les confondre avec une autre personne qui porterait le même nom qu'eux. Ce numéro d'identification, présent sur leur photo, leur serait réclamé tout au long de leur détention.

Puis ce fut le passage obligé au vestiaire pour y déposer les papiers d'identité et tout objet qu'ils ne pouvaient conserver sur eux, à l'exception de leur montre. Une fiche d'inventaire précisant l'ensemble des effets retenus leur fut présentée pour signature.

Dans la chronologie des règles rendues obligatoires lors d'une entrée, une fouille fut effectuée. Toutefois, étant donné qu'il n'existait pas de risque pour la sécurité des biens et des personnes, cette fouille ne fut pas intégrale. Ils eurent également la possibilité de prendre une douche. Enfin, une trousse d'hygiène leur fut remise avant qu'ils fussent soumis à une visite médicale.

Le directeur de l'établissement pénitentiaire entra dans le bureau.

– Bonjour, messieurs. Avant de regagner vos cellules, je vais vous fournir quelques explications concernant votre mise en détention. Vous êtes détenus dans un quartier d'hébergement spécifique, le quartier des mineurs, réservé aux moins de 18 ans. Vous allez être reçus par un éducateur de la protection judiciaire de la jeunesse (P.J.J.). Le chef d'établissement informera vos parents sur le déroulement de votre détention. Vous serez encadré par une équipe de surveillants qui travaillent uniquement avec des mineurs. Ils seront vos interlocuteurs. Vous participerez à l'élaboration de votre emploi du temps que vous vous engagez à respecter. Il comprend des horaires de cours, de formation, d'activités sportives et socioculturelles. En cellule, vous disposerez d'un téléviseur. Le soir, vous ne pouvez la regarder que jusqu'à l'heure fixée par le règlement intérieur. Fumer est interdit, même dans votre cellule. En cas de procédure disciplinaire, vos parents ou représentants légaux seront informés. Vous devez compter une moyenne de cinq mois avant d'être jugé. Parfois c'est moins, parfois c'est plus.

Précédés d'un gardien, ils pénétrèrent au cœur de l'établissement pénitentiaire, franchissant de nombreuses portes et grilles pour parvenir à l'endroit tant redouté. Ce qu'ils avaient pu voir en photo se trouvait désormais devant eux. Comme dans un mauvais rêve. Sauf que le réveil n'aurait pas lieu, le cauchemar était bien réel et la vision qui semblait les aveugler incontestable.

Un large couloir desservait les cellules, réparties de chaque côté et se faisant face. Ils empruntèrent un escalier menant aux étages, où les pièces toutes aussi nombreuses étaient distribuées par une coursive.

Depuis chaque couloir, impossible de se jeter dans le vide, la partie centrale étant équipée d'un filet anti-suicide.

Ils gravirent deux étages avant de s'engager dans le couloir. Le gardien s'arrêta devant l'une des cellules et déverrouilla la porte. À l'intérieur d'une pièce réduite à sa plus simple expression, deux autres détenus occupaient déjà les lieux. Il désigna Gabriel qui franchit le seuil, adressant un dernier regard à Franck.

Quand se reverraient-ils ? Pour le procès bien sûr, mais avant ?...

La porte refermée, ils gravirent un nouvel étage et continuèrent leur progression jusqu'à parvenir devant une nouvelle porte. Cette fois, c'était son tour. Franck s'avança, dévisagé par deux autres jeunes hommes.

La porte se referma derrière lui et le bruit de la serrure retentit comme dans une chambre d'écho. Alors il s'assit sur un des lits et se mit à pleurer.

Deuxième Partie

Maman

Sa libération venait d'avoir lieu. Cinq ans de taule, cinq ans ferme. Cinq années de sa vie perdues à jamais. Soixante mois à côtoyer des gens pires que lui. Mille huit cent vingt-cinq jours pendant lesquels il fut plongé dans l'univers carcéral. Une immersion dont Franck se serait bien passée.

La lourde porte métallique venait de se refermer, le laissant désemparé. Devant lui, la rue, derrière lui, le mur de l'enceinte pénitentiaire. Entre les deux, lui, désorienté. Un sentiment de désarroi lui donnant l'impression de débarquer d'une autre planète, d'arriver dans un monde qu'il croyait connaître, mais qui n'était plus le même.

Il se mit à marcher sans trop savoir quelle direction prendre. Le soleil, absent, n'avait pas décidé de fêter sa sortie. Quelqucs nuages gris alourdissaient le ciel et accentuaient son vague à l'âme.

Qu'avait-il bien pu se passer au domicile de ses parents ? Cinq ans sans nouvelles. Il avait mûri en prison, comment ne peut-il en être autrement. Il avait souvent pensé à eux, comme à tant d'autres choses : son enfance, le collège, l'épicier, la maison de redressement, Manu, Gabriel, la fuite… Il n'avait que ça à faire, penser, toujours penser, au point de devenir fou entre ses quatre murs. Sa peine, il la méritait, il ne revenait pas là-dessus. Mais jamais, oh grand jamais il n'aurait pensé que c'était aussi difficile de survivre dans cet univers.

Il pleura, souvent, longtemps, jusqu'à ce que ses yeux deviennent secs et que la peine ne puisse plus s'évacuer. Les larmes, tant versées, s'étaient volatilisées. Par moment, le regard fixe, les yeux rivés sur la petite fenêtre munie de barreaux, il s'envolait au gré de ses pensées. Petit à petit, cette évasion de l'esprit lui permettait de ne pas succomber à la tentation de suicide.

Il n'arrivait pas à réaliser qu'il marchait dans la rue, qu'il était libre que ce soir il ne dormirait plus enfermé derrière cette porte à guichet. Ses pensées revinrent vers ses parents. Il hésitait encore à se rendre chez lui… chez eux. Sa chambre ne devait plus exister. Ses souvenirs avaient certainement disparu.

La prison ne lui avait pas appris l'amour. Ils ne l'avaient jamais aimé, comment aurait-il pu du jour au lendemain leur pardonner et les serrer dans ses bras comme si de rien n'était. C'était au-dessus de ses forces. Mais un petit quelque chose au fond de lui le poussait à vouloir savoir ce qu'ils étaient devenus. Il chercha un moyen de transport qui le conduirait à Bobigny.

Assis à l'intérieur du bus, la tête appuyée contre la vitre, les yeux dans le vague, il renouait avec son passé. Cinq ans en arrière à l'annonce du verdict, il s'effondrait sur son siège, condamné à une lourde peine.

– Monsieur Franck Durieux, après en avoir délibéré, la cour vous condamne, à une peine de six années d'emprisonnement, dont cinq ans ferme !

– Monsieur Gabriel Série, après en avoir délibéré, la cour vous condamne à une peine de dix années d'emprisonnement !

Ce jour-là, ce n'était pas trop la peine qui l'atterrait, mais la séparation d'avec Gabriel. C'était la dernière fois qu'il le voyait.

Le jugement rendu, ils furent immédiatement transférés à Fleury-Merogis dans le département de l'Essonne, chacun dans un quartier différent du C.J.D. (Centre de Jeune Détenu) jusqu'à leur majorité. Du jour où il pénétra dans l'enceinte, il cessa définitivement de voir Gabriel.

* * *

Sa ville, son quartier, avait changé. En cinq ans, des boutiques avaient disparu, d'autres étaient nées. Un immeuble abattu avait fait place à une résidence verdoyante. Bien sûr, les rues étaient toujours là, mais il manquait quelque chose, comme si on lui avait enlevé l'atmosphère qui avait baigné son enfance.

Il parvint près de la boutique de l'épicier et s'arrêta de marcher, suffisamment loin pour ne pas être vu. Elle n'était plus pareille, l'enseigne défraîchie remplacée par une autre. Il s'approcha prudemment.

« Pourquoi prudemment ? se dit-il, je n'ai rien à me reprocher, j'ai payé ma dette ».

Mais il continua d'avancer doucement, comme un enfant pris en défaut et qui n'ose pas revenir. Il aperçut derrière le comptoir un couple plutôt jeune.

« Il serait parti à la retraite ce vieux con ? Après tout, ils ne me connaissent pas, je peux entrer leur demander ».

À peine venait-il d'envisager cette démarche, qu'il regrettait presque d'y avoir pensé.

« Qu'est-ce que ça peut bien te faire espèce d'idiot ! Qu'il soit à la retraite ou qu'il soit mort, ça va changer quoi pour toi ? »

En prison, il avait appris à parler à sa conscience, à faire d'elle son alliée, à ne pas prendre de décision sans l'informer.

« Oui, c'est vrai que ça ne va rien changer, mais je voudrais tout de même savoir. Alors, ne me demande pas mon avis, vas-y ! ».

Il prit un grand bol d'air, marcha d'un pas décidé et, au moment de pousser la porte… continua son chemin, s'arrêta une dizaine de mètres plus loin, se retourna et cette fois, décidé, pénétra dans le magasin. Délaissant les clients à la caisse, il fit un tour dans les allées. Rien n'était plus pareil, la disposition, les produits, les marques, les rayons. Une extension avait été ajoutée, augmentant ostensiblement la surface dédiée aux denrées. Peut-être avait-il été racheté. Il prit un paquet de chips et attendit son tour.

– Excusez-moi, monsieur Dupain n'est plus là ?

– Oh non, cela fait trois ans qu'il est décédé. Vous le connaissiez ?

– Ou… oui, enfin non, je venais juste faire des courses quand j'étais plus jeune. Il est mort de quoi ?

– On sait pas trop, une crise cardiaque apparemment. Nous on le connaissait pas, mon mari et moi on a juste repris la boutique en gérance.

– Excusez-moi, je ne voudrais pas vous déranger, mais auriez-vous vu une dame, assez mince avec peut-être les cheveux un peu grisonnants venir faire des courses ?

– Mon pauvre monsieur, des dames comme celles-là, on voit des dizaines par jour. Ici il y a beaucoup de retraités, de personnes âgées.

– Ça fait rien, merci tout de même.

En sortant de l'épicerie, il était trop près de chez lui pour ne pas s'y rendre. Ça le démangeait depuis qu'il avait franchi la porte de la prison. Il fallait qu'il sache. Il ne voulait pas les voir, il voulait juste savoir s'ils étaient encore là, encore… vivants.

La maison n'avait pas changé, elle avait juste vieilli. Le crépi défraîchi, les volets à la peinture écaillée, le jardin en friche, tout laissait à penser qu'elle était abandonnée. Pas de lumière à l'intérieur. Il était encore tôt, à peine dix-huit heures. Il ne savait que faire. Rester ou partir ? Attendre ou reprendre sa route ? Il s'était dit qu'il ne voulait pas les voir, mais était-ce bien cela qu'il désirait ? Il continua à marcher, s'éloignant petit à petit du pavillon.

Après avoir parcouru une centaine de mètres, il s'arrêta et fit demi-tour. Revenir en arrière, c'était remettre ses pensées, ses idées en question. C'était se renier soi-même. Qu'importe, il reprit le chemin inverse et… il l'aperçut, au loin, ce petit bout de femme mince avec les cheveux grisonnants. Elle était là, vivante, avait-il vraiment l'envie de l'ignorer maintenant qu'il l'avait aperçue ? Un sentiment naissait en lui. Pas de l'amour, mais peut-être de la compassion.

Pris soudainement d'un élan d'attendrissement, il se mit à marcher plus vite, puis à courir. Il arriva devant la porte, essoufflé. Ces quelques mètres parcourus aussi vite qu'il le put le tétanisèrent. Il n'osait plus bouger, il n'osait plus avancer. Elle ne l'avait pas vu, il savait qu'elle était là, derrière cette porte. Il lui suffisait de faire encore trois pas et d'appuyer sur le bouton de la sonnette.

Alors, s'armant de courage, d'audace, d'impudence, il poussa son corps à bouger, il força son âme à trancher, il contraint son doigt à appuyer sur ce bouton…

Les secondes s'écoulaient sans que rien ne se passe et soudain, la porte s'ouvrit… Lequel des deux prononça le premier mot ? Elle ? Lui ? Eux deux ensembles ? Franck !... Maman !...

Il se jeta dans ses bras et se mit à pleurer.

* * *

Assis sur le canapé, ils avaient entamé un dialogue comme deux inconnus qui se découvrent. Elle vivait seule désormais, son mari était décédé l'an dernier.

– Tu sais, il ne s'était jamais vraiment remis de sa chute et en gardait des séquelles physiques. Il ne buvait plus, l'alcool et les médicaments ne faisaient pas bon ménage. Il avait pourtant recommencé en sortant de l'hôpital, mais cela le rendait tellement malade qu'il dut se résigner à abandonner la boisson. Il était devenu irascible. Et puis, un soir, il s'est effondré sur la table, victime d'un arrêt cardiaque foudroyant. Les pompiers n'ont rien pu faire.

Cette nouvelle l'attristait, lui qui n'avait jamais eu de sentiment pour celui qui le tabassait.

– Tu sais je ne t'en ai jamais vraiment voulu, le soir où tu l'as fait tomber. Car c'est bien toi qui l'as poussé dans l'escalier, n'est-ce pas ?

– Oui

– Je sais tout le mal qu'il t'a fait. Je sais qu'il ne t'a jamais aimé. Il n'était pas comme ça quand on s'est connu. Quand je lui ai annoncé que j'étais enceinte, il est devenu insupportable. Ma vie est devenue un enfer. Je peux bien te l'avouer maintenant, je ne voulais pas d'enfant. Alors, le fait de vivre cette grossesse, d'accoucher toute seule, de t'élever comme une mère célibataire n'a fait que renforcer ce sentiment d'aversion que j'avais envers toi. Et puis il s'est mis à boire, je suis devenue son souffre-douleur. Alors on t'a abandonné. Tu vivais avec nous comme quelqu'un que l'on héberge. Je me rends compte aujourd'hui de toute la souffrance que tu as pu ressentir…

– J'ai beaucoup souffert, maman, c'est vrai, je me suis renfermé sur moi-même.

Il venait de l'appeler maman pour la deuxième fois ce soir. Que se passait-il donc dans son cerveau meurtri ?

– Tu sais, lorsqu'il est mort j'ai beaucoup pleuré. Je l'aimais encore, même s'il était devenu méchant avec moi. C'est dur de vivre seule.

Une larme s'échappa de son œil et descendit lentement sur sa joue. Elle l'essuya d'un revers de main, espérant qu'il ne l'aurait pas remarqué.

– Tu veux rester dîner ?

– Oui, je veux bien.

– Tu peux aussi dormir si tu ne sais pas où aller, ta chambre est restée intacte.

– J'ai pas d'endroit où aller.

– Est-ce que tu veux bien que je fasse une photo de nous deux avec mon téléphone ?

– Bien sûr dit-il, prenant place à ses côtés.

Ils restèrent longtemps à table après le repas, à discuter. Ils avaient tellement de choses à se dire. Par moments, il dévisageait cette femme auprès de qui il avait vécu et qu'il n'avait pas connue. Il la sentait presque heureuse. Pour la première fois de sa vie, il eut le sentiment d'avoir fait quelque chose de bien.

* * *

Le matin, lorsqu'il se leva, il trouva un mot sur la table. Sa mère, partie travailler, l'avait écrit à son attention.

« Franck, je suis heureuse de t'avoir retrouvé. Tu peux rester ici aussi longtemps que tu le voudras. Cette maison est aussi la tienne. Tu trouveras tout ce dont tu as besoin dans les placards. Je te laisse un peu d'argent, si tu veux faire quelques courses. À ce soir. Maman ».

Il se sentit ému. Un sentiment tout nouveau, qu'il découvrait depuis hier.

La prison

Il n'avait rien fait de sa journée. Juste une absence d'une trentaine de minutes pour se rendre à la supérette, comme il avait l'habitude de le faire plus jeune, avant que tout cela n'arrive.

Au moment où il s'apprêtait à rentrer chez lui, profitant de sa liberté, il choisit de rester dehors à l'attendre. Ils feraient le chemin du retour ensemble, après qu'elle eut quitté son travail.

Ils dînèrent, en tête à tête puis allumèrent le téléviseur, sans trop savoir quoi regarder.

C'est seulement à ce moment qu'elle osa lui demander.

– C'était comment la prison ?

Il était presque content qu'elle lui pose cette question. Après tant d'années de silence, il prenait du plaisir à parler, à lui parler.

– Tu sais, nous étions obligés de respecter des horaires fixes : à sept heures, les gardiens nous réveillaient. Venaient ensuite le petit déjeuner, la toilette et l'entretien de la cellule. Puis on allait travailler. Moi j'avais choisi la menuiserie. D'autres étaient en promenade ou pratiquaient du sport, ou se rendaient à la bibliothèque. C'était aussi le moment du parloir, mais moi j'ai jamais eu personne. Après le déjeuner et la promenade, on reprenait le travail ou les activités. Avant le repas du soir, il y avait la douche tous les deux jours et à dix-neuf heures ils fermaient les cellules. Ce bruit de verrou, je l'entends encore résonner et je pense qu'il ne me quittera jamais. Je sais pas comment te l'expliquer. On savait qu'on était enfermé, mais c'est comme si on nous livrait à un tortionnaire qui allait tout faire pour que nos nuits soient un enfer. Le jour, on s'occupe, on pense à autre chose, on discute avec d'autres prisonniers, ça fait un peu oublier pourquoi on est là, oublier aussi qu'on va y rester un bon bout de temps. C'est le soir que reviennent les démons, surtout au début. C'est un peu comme la lèpre. Ça te mine, ça te ronge, ça s'imprègne en toi jusqu'à la moelle et ça ne te quitte qu'au petit matin. Ça te suit dans tes rêves, dans tes cauchemars, toutes tes idées deviennent noires. Et puis au fil du temps, tu t'habitues, tu fais avec et ton génie du mal tu apprends à l'appréhender, à le maîtriser et tu finis presque par l'oublier. C'est ça ou tu deviens à moitié barge quand t'es tout seul dans une cellule de dix mètres carrés. Après tu fais connaissance avec d'autres gars. Tu discutes avec eux, tu les écoutes, ils t'écoutent. Tu te sens moins seul. Mais faut faire gaffe à qui tu parles, ils sont pas tous à fréquenter. Ça m'a fait beaucoup réfléchir, tu sais.

Il la regarda, ému. Des larmes s'écoulaient doucement sur ses joues. Il ne voulait pas lui faire de la peine, mais il n'osait pas non plus se lever pour la prendre dans ses bras. Il lui restait encore de cette pudeur, comme un sentiment de honte, une gêne à extérioriser son amour, enfoui tellement profondément qu'il n'avait jamais eu de véritable sentiment. Il ne savait pas ce que c'était. Il avait fallu le baiser d'Annie pour que cela révèle en lui quelque chose. Comme l'étincelle d'un vieux briquet qui ne parvient pas à allumer la mèche.

Il lui tendit sa main pour lui montrer qu'il était là. Elle avança la sienne vers lui et il l'emprisonna entre ses doigts.

– C'est fini maintenant, c'est du passé.

– Je ne l'ai jamais récité à personne, mais j'avais écrit un court poème. Tu es la première à qui je vais le dire.

Les portes se sont fermées
Sur ma chère liberté
Le ciel s'est obscurci
Sur mon visage meurtri
La pluie s'est répandue
Sur mon âme perdue
Et mes larmes ont coulé
Et des sillons bleutés
Ont fait briller mes yeux
Comme les étoiles des cieux

Elle fut tellement bouleversée qu'elle éclata en sanglots. Franck serra sa main un peu plus fort, conscient qu'elle avait certainement longuement souffert de son côté.

* * *

Une semaine s'était écoulée depuis son retour à son domicile. Il s'y sentait bien et sa mère retrouvait un peu de joie de vivre auprès de lui. Pendant qu'elle travaillait, il sortait s'aérer, comme s'il avait besoin de se réapproprier l'environnement.

Mais il n'allait pas pouvoir rester ainsi indéfiniment et il le savait. En prison, il avait appris la menuiserie, à se servir des machines. Il savait travailler, mais ses connaissances restaient limitées et il ne possédait pas de diplôme.

C'est lors d'une de leurs conversations, qu'il s'emporta alors qu'elle l'interrogeait sur son avenir.

– Franck, as-tu une idée de ce que tu vas faire ?

– Comment ça ?

– Pour le travail, est-ce que tu as pensé à ce que tu pourrais faire ?

– Non, pas encore maman.

– Maintenant que tu as retrouvé une vie normale, il faudrait peut-être que tu trouves un travail.

– Oui, je vais y réfléchir.

– Ce serait bien que tu t'y intéresses.

– Je t'ai dit que j'allais le faire, je ne vais pas trouver un boulot là, maintenant, alors arrête d'insister comme ça.

– Je ne disais pas ça pour te fâcher… Je disais cela pour ta santé mentale et pour que tu bâtisses enfin quelque chose.

– Ma santé mentale, elle va très bien ! Je monte me coucher, bonne nuit !

Monique ne fut pas choquée de sa réaction, tout juste étonnée de cet emportement. Elle en avait tellement vu avec son mari, tellement vécu de situations comme celle-ci et même bien pires, que plus grand-chose n'arrivait à la surprendre. Elle ne se laissait plus impressionner que ce soit dans son travail, dans la rue ou chez un commerçant. Elle avait appris à répondre, à se défendre verbalement et elle y réussissait plutôt bien. Si elle n'avait rien dit ce soir, c'est bien parce que c'était son fils.

De son côté, Franck, allongé sur son lit, regrettait de s'être emballé. Si elle lui avait fait cette remarque, c'était pour son bien. Il le savait, mais il n'aimait pas qu'on le mette dans l'embarras. Dès qu'il se sentait agressé, il était vite déstabilisé. Plus jeune, il ne répondait pas, c'était sa façon de réagir. Mais depuis qu'il avait côtoyé la prison, il n'était plus le même. Il prenait sa revanche. La taule l'avait changé.

* * *

Sa nuit entrecoupée de cauchemars, Franck avait mal dormi. Il n'avait cessé de ressasser ce moment où il s'était pris la tête avec sa mère. Contrarié, il n'avait toutefois pas l'intention de supporter d'autres réflexions, d'autres remarques du même genre. Il n'était pas prêt non plus à s'excuser.

Un mot griffonné devant son bol le rendit de mauvaise humeur dès le matin.

– Franck, c'est pour ton bien que je t'ai dit ça. Tu pourrais peut-être aller à l'A.N.P.E. ce matin. Je t'embrasse, maman.

Il ne lui en fallut pas plus pour le faire réfléchir sur sa situation. Finalement, était-ce une bonne solution d'être revenu ? Il avait renoué avec sa mère, certes, mais elle prenait le dessus et des scènes comme celle d'hier soir risquaient de se reproduire de plus en plus souvent.

De toutes les manières, il n'allait pas pouvoir rester ainsi à glander indéfiniment. Il envisageait sérieusement de repartir, mais pour aller où ? Même s'il trouvait un emploi, il faudrait qu'il se loge et ce ne serait pas possible du jour au lendemain.

Il quitta le domicile et partit droit devant lui, sans réfléchir. Ce n'est qu'en chemin qu'il se mit à repenser à Gabriel. Il lui manquait. Il était vraiment son seul copain, presque un ami. Ils avaient partagé tellement de choses en si peu de temps.

Que se serait-il passé s'ils n'avaient pas quitté le pensionnat ? Que seraient-ils devenus ? Il n'y avait pas de machine à remonter le temps et toutes les suppositions devenaient plausibles.

Sur le chemin du retour, une affichette apposée sur la devanture de la supérette attira son attention. Il se força à la consulter.

« Recherchons employé de rayon pour un mi-temps. S'adresser au magasin ».

Planté devant la feuille de papier, il resta ainsi un long moment. Le travail ne lui faisait pas peur, mais sans diplôme il ne voyait pas trop comment il allait pouvoir se présenter. Pas de c.v. non plus. En prison il avait appris à en rédiger un, mais il n'avait rien à mettre dessus, alors à quoi bon. Lors d'un entretien, il ne pouvait évoquer la prison, c'était rédhibitoire. Et puis un mi-temps ne lui permettrait pas de trouver de quoi se loger. Il faillit laisser tomber, mais se ravisa. S'il voulait travailler, il fallait bien commencer par quelque chose. Il respira un grand coup et entra dans la boutique, se glissant dans la file d'attente, jusqu'à ce que son tour arrive.

– Bonjour, je viens pour l'annonce.

– Attendez, j'appelle mon mari. Georges, tu peux venir ?

– Bonjour monsieur.

– Bonjour, j'ai vu l'annonce sur la vitre.

– Oui, venez avec moi, on va s'installer derrière.

Lorsqu'il pénétra dans l'arrière-boutique, il eut un pincement au cœur. Il se revit cinq ans plus tôt, en compagnie de Gabriel et du vieux. Le décor n'avait pas beaucoup changé, cela leur servait juste pour déjeuner le midi, leur permettant ainsi de rester ouverts toute la journée. Le commerçant lui tendit une chaise.

– Asseyez-vous. Le poste vous intéresse ?

– Oui, mais j'ai pas de diplôme.

– C'est pas forcément un handicap. Vous avez déjà travaillé ?

– Oui, j'ai fait des petits boulots en magasin comme ici. J'ai eu pas mal de soucis et j'ai dû m'arrêter quelque temps.

Le commerçant l'étudiait au fur et à mesure qu'il parlait.

– Vous savez que ce n'est qu'un mi-temps. Vous devrez être là le matin à six heures pour réceptionner la marchandise qui arrive par camion et ensuite la mettre en rayon. Et le soir, vous devrez faire le ménage après la fermeture du magasin, c'est-à-dire de dix-neuf à vingt heures. Ça vous convient ?

– Oui, ça me va. C'est payé combien ?

– C'est payé 11,07 € de l'heure. Vous travaillerez vingt heures. Cela vous fera environ 880 euros par mois. Vous serez à l'essai pendant une semaine et on fera le point à la fin. Toujours partant ?

– Oui.

– Alors, on va remplir les papiers.

Il faillit lui dire qu'il avait fait de la prison, mais se ravisa au dernier moment. Cela n'apporterait rien et risquait même de faire obstacle à sa candidature.

Lorsqu'il ressortit de la pièce, le marchand le présenta à son épouse.

– Monique, voici monsieur Durieux, il va s'occuper de la mise en rayon, il commence demain matin.

– C'est bien, ça va nous enlever une belle épine du pied. On s'est pas déjà vu ?

– Si sûrement, j'habite pas très loin.

– Bon, à demain monsieur Durieux. Six heures, n'oubliez pas, le livreur est toujours à l'heure. Je serai avec vous pour la première journée.

Franck ressortit de la supérette, la clé du magasin au creux de sa main.

* * *

À peine eut-il franchi la porte du pavillon que sa mère vint l'embrasser. Elle devait certainement s'en vouloir pour hier. Il ne lui laissa pas le temps de parler.

– J'ai trouvé du boulot.

Bouche bée, stupéfaite d'entendre ces paroles déconcertantes, elle resta quelques secondes ainsi.

– C'est bien Franck, je suis contente pour toi. C'est où ?

– La supérette, ils cherchaient quelqu'un pour mettre en rayon. C'est pas payé très cher, mais je travaille que vingt heures.

Elle ne trouvait pas les mots qu'il aurait fallu employer pour lui dire combien elle était contente de sa démarche. Comme elle ne voulait pas non plus risquer d'être maladroite, elle préféra se taire.

* * *

Franck pensait souvent à Gabriel. Il lui arrivait même de rêver de lui. C'était toujours le même songe, à l'intérieur duquel ils étaient poursuivis. Il n'arrivait jamais à le rattraper et plus il courrait derrière lui, plus il s'éloignait pour finalement disparaître de sa vue dans un trou béant, alors que des mains géantes l'emprisonnaient.

Au début de leur détention, ils entretenaient une correspondance régulière et Franck signait ses lettres «*Castro*», un clin d'œil à leur fugue du pensionnat. Et puis, brutalement, sans aucune raison, Gabriel cessa de répondre à ses messages. Il tenta de savoir ce qu'il devenait, mais personne ne lui donna de nouvelles. Longtemps, il craignit le pire. Et puis il se résigna et ne conserva de lui qu'une photo punaisée au mur.

Depuis sa sortie de prison, il avait envisagé lui rendre visite, mais quelque chose le retenait. Était-il toujours en vie ? Il redoutait de découvrir ce qu'il ne voulait pas savoir.

Il s'était rangé, travaillait, avait payé un lourd tribut et ne voulait surtout pas que ça recommence.

Comment Gabriel était-il devenu de son côté ? Mieux ou pire ? La prison ne rend pas forcément les gens meilleurs. Aller le voir, c'était un peu lui tendre la main, renouer avec ce passé qu'il essayait d'oublier et lui faire espérer quelque chose, une promesse qu'il ne serait pas forcément capable de tenir. Alors, il renonçait à chaque tentative, sans pour autant abandonner.

Et puis un jour, il se dit qu'il avait peut-être entretenu une correspondance avec Annie. Le plus simple serait de lui poser la question. Il se souvenait de son adresse, mais était-elle encore chez ses parents ? Annie, comment d'ailleurs ? Il ignorait son nom.

Profitant d'un moment de repos, il retourna au Raincy. Le pavillon n'avait pas changé, juste un peu défraîchi. Il ressentit un pincement au cœur en se revoyant cinq ans plus tôt, pénétrant dans le sous-sol avec son ami Gabriel. Il n'avait alors que seize ans…

Une longue hésitation avant d'appuyer sur la sonnette et puis il se décida d'un coup. Une dame aux cheveux blancs, certainement sa mère, vint ouvrir.

– Bonjour madame, je suis un copain d'Annie, mais ça fait longtemps que je ne l'ai pas vue, je… j'étais parti à l'étranger.

– Annie, elle n'est pas là. Comment vous appelez-vous ?

– Franck.

– Franck comment ?

– Oh mon nom ne vous dirait rien. Je suis un copain de Gabriel.

– Ah le petit Gabriel, on l'aimait bien, il était gentil avec elle. Comment va-t-il ?

– Justement je voulais poser la question à Annie, car je l'ai perdu de vue. Peut-être a-t-elle de ses nouvelles ?

– Annie, elle a quitté la maison, elle travaille et elle a son appartement. Elle passe nous voir de temps en temps.

– Ça vous ennuierait de me dire où je peux la trouver ?

– Je ne peux pas vous donner son adresse comme ça, ce n'est pas que je n'ai pas confiance en vous, mais je ne vous connais pas. Si vous voulez, je lui poserai la question lorsque je l'aurai au téléphone, vous n'aurez qu'à repasser.

– Bien sûr, madame, je comprends. Quand je pourrai repasser ?

– Disons la semaine prochaine, elle nous appelle toujours le dimanche. Vous m'avez dit que vous vous appeliez…

– Franck.

– Ah oui, c'est ça, Franck et vous voulez avoir des nouvelles de Gabriel ?

– C'est ça madame.

– On fait comme ça et vous revenez la semaine prochaine. Au revoir monsieur.

– Merci, au revoir madame.

Il repartit déçu, espérant que sa démarche lui aurait permis d'obtenir des réponses immédiates. Rien n'était perdu, il devrait juste patienter quelques jours de plus.

* * *

Qu'il semblait loin ce mardi ! Fébrilement, il comptait les jours, regrettant que le temps ne s'écoule pas plus vite.

C'est en sifflotant qu'il quitta son boulot pour retourner au Raincy et obtenir les explications tant attendues.

La dame aux cheveux blancs le reçut. Était-elle seule, veuve ?... Non, ils devaient être tous les deux, car elle lui avait dit « elle nous téléphone le dimanche ».

– Bonjour, je suis venu vous voir la semaine…

– Oui, je vous reconnais. Entrez, monsieur Franck.

« C'est bon signe, si elle me fait entrer, c'est qu'elle en a parlé à sa fille ».

– Asseyez-vous monsieur. Voulez-vous boire quelque chose ?

– Non merci madame.

– J'ai parlé de vous et de Gabriel à Annie. Elle se souvient bien de vous. Elle a eu de ses nouvelles, mais elle m'a dit que ce serait trop long à m'expliquer au téléphone, alors elle vous propose de la rencontrer. Je vais vous donner son numéro. Comme ça vous pourrez l'appeler et vous verrez avec elle.

C'était inespéré. Non seulement Annie possédait des informations, mais en plus elle consentait à lui parler.

* * *

Encore sous le coup de la jubilation, Franck s'empressa de lui téléphoner. Bien vite, son exaltation retomba, sans réponse de sa part. Il laissa un message, puis un autre, la rappela, n'obtenant toujours pas de retour. Finalement, c'est elle qui le contacta, alors qu'il se laissait envahir par le désespoir.

Lui proposant aussitôt de la rencontrer, afin de la mettre en confiance, il lui laissa le choix du lieu de rendez-vous. Ce fut un café, place Georges Pompidou à Levallois Perret, qui fut choisi. Ils se retrouveraient vendredi soir vers dix-sept heures. Pour pouvoir s'y rendre, il se ferait remplacer. Elle lui avait fourni un indice en signe de reconnaissance. « Je porterai un blouson rouge ».

* * *

L'attente jusqu'au vendredi lui parut de nouveau interminable. À quelques minutes de la retrouver, il devenait anxieux. Sa timidité allait-elle le déstabiliser ? Il ne s'était encore jamais retrouvé en tête à tête avec une jeune fille. Il tenta de se reprendre en main en se disant que ce n'était pas non plus un rendez-vous galant, il voulait juste avoir des nouvelles de son copain. Certes, il l'avait trouvée mignonne la première et unique fois où il l'avait vue. Bien que préoccupé, il devait bien reconnaître qu'il éprouvait tout de même un certain plaisir à renouer avec elle.

En sortant de la station de métro Pont de Levallois, il emprunta l'avenue Georges Pompidou jusqu'à la place. Assise, de dos, à la terrasse du café, vêtue d'un blouson rouge et d'une mini-jupe qui dévoilait ses jolies jambes croisées, elle patientait en sirotant une boisson.

Les mains moites, il se présenta devant elle.

– Bonjour, je suis Franck.

– Bonjour, oui je vous reconnais.

Elle est était encore plus jolie que cinq ans auparavant.

– Je peux m'asseoir ?

– Bien sûr, vous êtes venu pour ça.

Si lui se sentait empoté, elle, bien au contraire, paraissait plutôt expansive.

– Tu bois… excusez-moi, vous buvez quelque chose ?

– Oui, un diabolo fraise. Vous pouvez me tutoyer.

– Alors on se tutoie. Je vais être directe, quand tu es venu avec Gabriel il y a quelques années…

– Cinq ans.

– Oui, c'est ça cinq ans, vous aviez fait une bêtise ? Vous vous étiez enfui du pensionnat, c'est bien ça ? Et après ?

– Oh, ça s'est plutôt mal passé. Je ne sais pas si ça vaut le coup d'en parler. Mais est-ce que tu as eu des nouvelles de Gabriel ?

– Oui, au début quand il est arrivé en prison !

Elle était donc au courant. Mais que savait-elle exactement ?...

– Que t'a-t-il raconté ?

– Tout. Ça lui faisait du bien d'écrire. Il était très malheureux d'avoir tué ce policier. Il s'en voulait terriblement. On correspondait régulièrement la première année, puis petit à petit nos lettres se sont espacées et puis un jour je n'ai plus eu de nouvelles. J'ai continué à lui écrire jusqu'au moment où j'ai moi aussi cessé de lui envoyer des lettres.

– Moi aussi je lui écrivais et comme toi, un jour il a cessé de me répondre. Donc, tu ne sais pas s'il est toujours en prison ?

– Non, j'avais bien pensé aller le voir, mais ce milieu carcéral me fait peur. Et toi, tu n'as plus de nouvelles non plus ?

– Non, j'ai bien pensé moi aussi à aller lui rendre visite, mais je veux tirer un trait sur le passé, alors… J'aurais pensé que tu voulais plus entendre parler de nous après ce que l'on a fait.

– Je ne suis pas comme ça. Vous n'êtes pas des voyous. Et puis avec Gabriel on a vécu de chouettes moments.

– Pourquoi vous vous êtes quittés ?

– C'est moi, ado j'avais un sacré caractère, j'étais très exigeante. Depuis, j'ai changé. Tu sais, lorsque je t'ai vu avec lui ce soir-là, j'ai flashé sur toi.

Franck ne sut pas quoi répondre. Il avait surmonté sa gêne, mais là, c'était trop, il devint rouge de confusion, ce qui la fit éclater de rire.

– Faut pas te vexer, je suis sincère.

Il n'osa pas lui demander si elle était en couple, ni où elle habitait, ni quel métier elle exerçait. Ils discutèrent de la pluie et du beau temps, de son petit boulot de mise en rayon, de ses parents… Il parla beaucoup de lui et de cette profonde détresse qui l'avait habité durant une grande partie de sa vie. Ils se quittèrent deux heures plus tard, se promettant de se revoir.

Sur le chemin du retour, il avait l'impression d'être en lévitation. Pour la première fois de sa vie, il venait de passer un long moment à discuter avec une fille. Une jolie fille de surcroît. Il ressentait quelque chose d'indéfinissable qui le faisait planer. Il s'imaginait qu'elle voudrait bien de lui, il rêvait qu'il la tenait dans ses bras et qu'il osait l'embrasser, qu'il la déshabillait, qu'il…

– Bonsoir monsieur, contrôle des billets s'il vous plaît.

Blop. Fit le beau rêve.

Le boulot

Il venait de fêter sa deuxième année à la supérette. Son travail, loin d'être passionnant, l'occupait tout en lui laissant du temps libre.

Tellement satisfaits de l'assiduité de Franck, les gérants avaient transformé son contrat de vingt heures en vingt-cinq heures. Outre ses attributions premières, il travaillait désormais le mercredi matin, permettant ainsi à la jeune femme de prendre un repos bien mérité et d'assumer pleinement sa grossesse. Mais ils lui avaient signifié que cet aménagement ne serait que temporaire. Dès le retour de la patronne, il retrouverait son contrat initial.

Depuis un an, il habitait un petit logement au premier étage d'un pavillon, à un quart d'heure à pied de l'épicerie. Une cliente du magasin avait fait paraître une petite annonce, spécifiant qu'elle était à la recherche d'une personne de confiance pour tenir compagnie à sa mère âgée et ainsi la maintenir à son domicile.

Franck avait saisi l'opportunité et ils s'étaient entendus sur les conditions. Elle habitait le rez-de-chaussée et lui demeurerait à l'étage. Il prendrait ses repas avec la vieille dame et lui ferait ses commissions. Par moments, il ne se reconnaissait pas. Jamais il n'aurait pensé qu'un jour il se comporterait comme un scout !

* * *

Au fil du temps, la relation avec sa mère s'étant peu à peu dégradée, il s'enfermait de plus en plus souvent dans sa chambre. Comme un remake, il revivait ce qu'il avait connu quelques années auparavant. Alors cette aubaine était arrivée à point. Ils s'étaient quittés sans animosité, sans tristesse, d'un commun accord. C'était ce qu'il y avait encore de mieux à faire. Depuis, il retournait souvent lui rendre visite. Quant à elle, elle profitait de son fils quelques instants, le mercredi et le samedi en faisant ses courses à la supérette. Cette courte relation lui suffisait.

Les filles, il n'y pensait pas plus que ça, il ne paraissait pas en éprouver le besoin. De celles qu'il côtoyait, aucune ne semblait lui convenir. S'il avait grandi, mûri, sa timidité se cramponnait comme une ventouse. Quand elles étaient trop belles, il se disait que ce n'était pas pour lui. Et si leur physique laissait à désirer, il se disait… que ce n'était pas pour lui non plus ! Il jouait les délicats, alors qu'il était incapable d'en aborder une… sauf Annie. C'était ainsi, il n'en faisait pas cas et ne se sentait pas amoindri pour autant.

* * *

Le destin, qui semblait lui avoir donné une nouvelle chance, se ravisa soudainement. Qu'avait-il fait pour que son existence soit de nouveau perturbée ?

La vieille dame décéda. De ce fait, il ne pouvait plus occuper son logement. Il dut quitter le pavillon, destiné à être vendu. La seule solution qui s'offrait à lui, revenir habiter chez sa mère.

Une résolution difficile à accepter, loin d'être un enchantement. Même si cette décision n'était que provisoire, il savait que la durée du provisoire ne dépend pas toujours de la volonté humaine. Provisoirement définitif ou définitivement provisoire ?...

Il dut pourtant se résoudre à réintégrer sa chambre. L'occasion qui s'était présentée une première fois n'allait pas se renouveler. Il ne retrouverait pas un logement comme celui-ci. S'il voulait un véritable « chez lui », il allait devoir travailler davantage.

Il se mit à la recherche d'un nouvel emploi. Sa marge de manœuvre étant limitée, il savait qu'il ne retrouverait une place équivalente que dans des supermarchés. S'il avait acquis une bonne expérience dans la supérette, il se rassurait en se disant qu'ailleurs ce serait pareil, mais en plus grand. Sauf que… lorsqu'il s'était fait embaucher dans l'épicerie, on ne lui avait pas demandé de fournir de diplômes, ni de c.v., ni de lettre de motivation. Pour un poste similaire dans une structure aussi importante que celle d'une grande surface, il était impératif de présenter ces documents.

Il se rendit donc à l'A.N.P.E. et dut patienter une bonne heure avant de pouvoir rencontrer une conseillère.

– Bonjour madame, je voudrais trouver un travail.

– Bonjour monsieur. Vous n'aviez pas rendez-vous ?

– Non. Il le fallait ?

– Oui, c'est la règle. Vous êtes en recherche d'emploi si j'ai bien compris ?

– Oui, enfin non. J'ai déjà un travail et je voudrais en changer.

– Ce que je vous propose c'est que nous prenions rendez-vous ensemble pour en discuter.

– Pas maintenant ?

– Non monsieur, ce n'est pas le même bureau.

– Ça ne sera pas avec vous ?

– Non, ça sera avec un de mes collègues.

– Dommage, vous étiez gentille.

– Mes collègues sont aussi gentils. Alors, je vous propose mardi prochain à 10 h 15. Ça vous convient ?

– Je préférerais l'après-midi, le matin je travaille.

– Ah d'accord. Alors ce sera mercredi 15 h. Je vous le note. Surtout, prenez bien l'accueil réservé aux rendez-vous, c'est indiqué sur le panneau d'affichage. Cela vous évitera d'attendre inutilement.

– Oui. Merci, au revoir madame.

* * *

La semaine suivante, à l'heure indiquée, Franck se rendit à l'agence A.N.P.E. et prit la précaution de bien de choisir l'accueil qui lui était destiné. Lorsque ce fut son tour, un assistant le prit en main.

– Bonjour, ce ne sera pas la dame de la dernière fois ?

– Non monsieur. Ce sera moi à moins que cela vous pose un problème ?

– Non, non, pas du tout.

– Bon alors tout est parfait. C'est pour ouvrir un dossier n'est-ce pas ?

– C'est ça.

– Alors nous allons procéder à l'inscription.

Une vingtaine de minutes plus tard, les choses sérieuses purent commencer.

– Je vous écoute.

– Voilà, actuellement je travaille dans une petite épicerie, mais je n'ai qu'un contrat de vingt heures, enfin non, vingt-cinq heures. Je voudrais trouver un emploi avec un trente-cinq heures.

– Vous travaillez vingt ou vingt-cinq heures ?

– J'ai été embauché pour vingt heures, mais comme la patronne est enceinte, je la remplace le mercredi matin et ça me fait vingt-cinq heures.

– D'accord. Que faites-vous ?

– Je réceptionne les marchandises, le matin et je les mets en rayon et le soir, je fais le ménage après la fermeture.

– Possédez-vous un permis de cariste ?

– Un permis de… ?

– Cariste. Déplacez-vous votre marchandise au moyen d'un engin de levage.

– Non, y'en a pas.

– Vous voudriez donc trouver l'équivalent sur une durée de travail plus longue ?

– Oui, pour pouvoir me loger, actuellement je suis chez ma mère.

– Avez-vous un c.v., une lettre de motivation ?

– Non, j'en ai pas et je sais pas trop comment faire.

– Pour vous aider, nous proposons des ateliers-guide de préparation à la recherche d'emploi.

– Ça coûte cher ?

– C'est entièrement gratuit monsieur. Par contre le prochain est complet, il faudra attendre le mois suivant. Comme vous avez déjà un emploi, ce n'est peut-être pas trop gênant ?

– Non, ça ira.

– il faut mettre toutes les chances de votre côté. La lettre de motivation est déterminante si vous voulez décrocher un entretien. Elle doit mettre en avant les savoir-faire que vous avez exposés dans votre c.v. Celui-ci doit être clair, bien présenté, aéré et structuré. Il doit faciliter le travail de l'employeur. Dans nos ateliers, vous apprendrez à rédiger un c.v. et une lettre de motivation et à vous présenter lors d'un entretien. Je note votre rendez-vous pour le mois prochain ?

– Oui.

– Ce sera le lundi matin à 8 h dans nos locaux.

– Mais je travaille le matin.

– Ah, il faudra vous libérer monsieur, cette formation dure la journée.

Le supermarché

Franck avait beaucoup progressé ces derniers temps. La formation à l'A.N.P.E. lui avait été bénéfique, lui permettant d'avoir en poche, non seulement une lettre de motivation, mais également un c.v.

Bien sûr son parcours professionnel était des plus rudimentaires, et, lors de l'entretien, il devrait expliquer pourquoi n'apparaissait qu'un seul emploi. Alors, devant l'écran de l'ordinateur, il songea tricher. Ajouter une ligne ou deux, c'était facile. Il fallait juste trouver des sociétés bidon, pour que l'on ne puisse pas retrouver de traces de son passage.

Quant à sa lettre de motivation, il ne comptait plus le nombre incalculable de fois où il dut la recommencer. L'assistante était intraitable.

– Non, ça ne va pas monsieur Durieux, ce n'est pas comme ça que vous allez pouvoir trouver du travail. Recommencez, il faut que ce soit parfait.

Il finissait par la détester. Comme la première journée de formation ne fut pas suffisante, il lui fallut participer à une seconde.

À la fin du stage, il pouvait prétendre répondre à des annonces et se sentait prêt à subir des entretiens.

La grande surface la plus proche de chez lui, distante de cinq kilomètres, venait de terminer sa rénovation. Les portes allaient bientôt rouvrir et l'agrandissement qui leur permettait de passer d'un supermarché à un hypermarché allait générer de nouveaux emplois.

Plusieurs postes d'employés de rayons étant vacants, Franck, qui attendait ce moment depuis plus de six mois, s'empressa de déposer sa candidature.

Il resta discret auprès de son employeur. Tant qu'il n'avait pas été convoqué pour subir un entretien, rien ne lui permettait de croire qu'il serait retenu parmi les nombreux postulants. Si la chance était de son côté, il serait toujours temps de l'avertir et peut-être de s'arranger avec lui pour réduire son préavis.

* * *

La chance, redevenue favorable, Franck occupait depuis trois mois un poste au sein de l'hypermarché, titulaire d'un contrat de trente-cinq heures. Le revers de la médaille, ses journées étaient entrecoupées d'interruptions lui laissant plusieurs heures d'inactivité. Compte tenu de cet emploi du temps, qui ne perturbait en rien son organisation, il avait recours aux transports en commun plusieurs fois par jour.

Les conditions de travail ne correspondaient en rien à ce qu'il avait connu dans son libre-service. Interdiction d'échanger quelques mots avec ses collègues, la mise en rayon devait avoir lieu dans un laps de temps des plus courts, a fortiori lorsque celle-ci avait lieu dans la journée, le magasin rempli de clients, les pauses minutées ne toléraient aucun débordement. Loin de la liberté acquise dans la supérette, il regrettait parfois le temps d'avant.

Il savait qu'il pouvait retrouver son emploi à tout moment, en revanche ses anciens patrons lui avaient laissé entendre qu'il n'obtiendrait jamais un trente-cinq heures chez eux.

Lorsqu'il avait annoncé à ses ex-employeurs qu'il voulait les quitter, ce fut, pour eux, une véritable déception. Outre son aptitude au travail, une confiance mutuelle s'était installée. Espérant le faire changer d'avis, ils avaient même été jusqu'à lui proposer un contrat de vingt-huit heures. Franck leur avait alors expliqué qu'il désirait louer un appartement et qu'il devrait présenter des fiches de paye déclarant un temps plein pour pouvoir y prétendre.

Les relations avec sa mère s'étaient apaisées et pour cause. Bien qu'habitant sous le même toit, ils se côtoyaient le moins souvent possible afin de ne pas engendrer de conflit. Elle en bas, lui en haut, juste les repas ensemble.

Le principal avantage qu'il tirait de cette cohabitation, était la possibilité de faire de substantielles économies. Il subvenait juste aux besoins alimentaires. Ainsi, lorsqu'il déciderait de se rendre dans l'agence immobilière, il posséderait suffisamment d'argent pour répondre aux exigences des bailleurs et de ce fait, obtenir satisfaction. Du moins, c'est ce qu'il pensait.

Depuis quelques semaines, il avait fait la connaissance d'un trentenaire, embauché pour exercer le même métier.

Cet individu, le dépassant d'une tête, extrêmement musclé, arborait un torse recouvert de tatouages. Ces dessins qu'il portait sur sa peau lui étaient apparus dans le vestiaire, lorsqu'ils changeaient de vêtements. À son égal, il parlait peu et ils se croisaient plus qu'ils ne se voyaient. Ce fut pourtant lui, qui lui adressa la parole le premier.

– Tu ne parles pas beaucoup.

– Toi non plus.

Sa réponse le fit sourire. Comme chaque jour, il retira son tee-shirt blanc pour revêtir celui du magasin, dont le dos portait la mention en lettres majuscules « Puis-je vous aider ». Il dévoila son corps musclé et ses pectoraux firent presque rêver Franck. « Dommage que je ne suis pas une fille », se prit-il à penser avec amusement. Intrigué, il osa le questionner.

– Tu as beaucoup de tatouages.

– Oui, mais quand on aime, on compte pas

– Ça doit faire mal ?

– On apprend à supporter.

– Tu dois y laisser beaucoup d'argent ?

– Oui. Bon je vais bosser, tchao.

Franck se fit la réflexion.

« On aurait dit qu'il ne voulait pas répondre. C'est vrai qu'avec un salaire comme le nôtre, je me demande comment il peut se payer autant de dessins ».

Ils avaient pris l'habitude de se retrouver quelques minutes dans les vestiaires, lorsque l'un arrivait et que l'autre partait, n'échangeant alors que quelques banalités. Jusqu'à présent, il n'avait pas prêté attention à sa main, son regard plutôt intéressé par son buste, couvert de peintures.

C'est incidemment qu'il vit au niveau de ce que l'on appelle la tabatière anatomique, un tatouage qui attira son attention. Il s'agissait de quatre points, espacés chacun d'environ un centimètre, formant un carré au centre duquel apparaissait un cinquième point. La signification de ce tatouage, surtout connue des détenus, représentait une personne, ayant probablement déjà effectué une peine de prison. Le point du milieu symbolisant le prisonnier et les quatre autres, les murs au centre desquels il est enfermé.

Il ne fit aucun commentaire, constatant toutefois que la première personne qui s'intéressait à lui depuis sa sortie de prison était probablement un ex-taulard !

Annie

Sans nouvelles d'Annie depuis plus de deux semaines, Franck voulut la joindre à maintes reprises. Tenaillé par cette peur au ventre qui s'installait en lui, il se ravisait toujours au dernier moment. Alors, à force de faire volte-face, il finit par abandonner, amer et déçu.

Trop belle pour lui, il ne la méritait pas. Et à quoi bon se faire des films, elle n'avait tout simplement peut-être pas envie de sortir avec lui. À moins qu'elle n'eut pitié de lui, mais alors dans ce cas, il devenait juste un copain.

Ce fut elle qui l'appela. Lorsque son téléphone sonna, sans connaître le numéro, il sut qu'il s'agissait d'elle. Il n'avait pas osé lui dire qu'il habitait encore chez sa mère. Entendre sa voix lui fit du bien. Il n'osa pas lui avouer qu'il mourrait d'envie de la revoir. Lorsqu'elle lui proposa de dîner ensemble, cette invitation inattendue dépassa toutes ses espérances.

* * *

Adepte de la cuisine asiatique, elle avait choisi un établissement chinois. Hormis les cantines fréquentées pendant sa scolarité et celle du pensionnat, en omettant celle de la prison, il n'avait jamais mis les pieds dans un véritable restaurant. Persuadé qu'elle ne l'invitait pas sans raison, il avait fait un effort vestimentaire, il n'était pas question de la décevoir.

Le repas terminé, laissant le restaurant derrière eux, ils avançaient lentement dans la rue déserte. La nuit les entourait d'une enveloppe protectrice. Annie apparaissait encore plus belle que la dernière fois. Sans vraiment s'en rendre compte, il était en train de tomber amoureux. Un sentiment encore inconnu pour lui. Elle venait de lui prendre le bras et se serrait contre lui.

– Tu veux venir boire un dernier verre chez moi ?

Désemparé par la question, il ne sut quoi répondre. Son cœur le poussait à accepter, son appréhension lui disait de refuser. Comprenant qu'elle l'avait décontenancé, elle fit elle-même la réponse.

– Allez, on y va. J'habite pas très loin, on a dix minutes de marche.

Franck se sentit soudain traversé par un éclair. Sa beauté, l'alcool absorbé lors de la soirée, la douceur de la nuit… Il s'arrêta et lui fit face. Leurs regards troubles semblaient vouloir exprimer la même chose. Il s'avança doucement vers elle et posa ses lèvres sur les siennes. Elle ne refusa pas son baiser, bien au contraire. Passant sa main derrière sa nuque, elle exerça une pression qui appuya sa bouche contre la sienne. Leur baiser dura longtemps, comme s'ils se soudaient l'un à l'autre.

Il ne pensait plus à rien. Il sentait monter en lui un bien-être, une félicité comme il n'en avait jamais rencontré auparavant. Le bonheur à l'état pur.

Lorsque leurs bouches se séparèrent, elle le serra dans ses bras, sans prononcer un mot. Puis lui prenant la main, elle l'entraîna.

– Viens.

Ils parcoururent les quelques centaines de mètres presque en courant et gravirent à la hâte les cinq étages les séparant de son appartement.

La porte à peine refermée, il l'embrassa de nouveau, sa main caressant son dos à travers sa robe. Il n'osait pas la déshabiller et ce fut elle qui alla au-devant de ses espérances. Elle déboutonna sa chemise puis retira sa robe, découvrant son corps vêtu seulement de sous-vêtements blancs. Il n'osait pas la regarder, il tremblait d'envie, de plaisir, de bonheur…

Quand elle apparut nue devant lui, il eut envie de pleurer, tellement cet enchantement lui apportait l'extase qu'il ne pensait jamais connaître.

Mika

Devenu un homme depuis qu'il avait fait l'amour avec Annie, Franck la retrouvait presque tous les soirs. Maintenant qu'il avait goûté aux plaisirs de la chair, il ne voyait plus les filles de la même façon.

Elle lui avait proposé d'emménager chez elle, mais il ne voulait pas brusquer les choses et préférait patienter.

Le désir de posséder son appartement lui tenait tellement à cœur, qu'il préférait remettre à plus tard cette vie en ménage.

Il lui avait même offert des fleurs et un joli poème. Chose totalement inimaginable quelques semaines auparavant.

Je pense à ma jeunesse
Et aux soirs de tristesse
Et à mon seul ami
Qui m'a sauvé la vie
J'ai connu le malheur
Et des peines dans mon cœur
J'ai sauvé mon honneur
Et connut le bonheur
J'ai couru vers l'amour
Qui n'a duré qu'un jour
Bien des fois j'ai pleuré
Pour cette femme tant aimée
Quelques jours de gloire

Et des années d'espoir
J'ai même appris à rire
Juste pour faire plaisir
Et quelquefois sourire
Pour éviter le pire
Et d'année en année
Voulant fuir mon passé
Je parcours mon chemin
En suivant mon destin
J'ai beau prié
J'ai beau pleuré
Le bonheur s'enfuit
Comme les jours de la vie

Elle aussi avait pleuré, comme l'avait fait sa mère lorsqu'il lui avait récité ces quelques vers écrits en prison.

* * *

Depuis qu'il s'était imaginé que ce personnage, rencontré dans le vestiaire, avait pu faire de la taule, Franck évitait de le fréquenter. Jusqu'à présent, rien n'avait pu les rapprocher, séparés par leurs horaires opposés.

Pourtant ce jour-là, ce fut son collègue qui eut envie de lui parler et il lui fut bien difficile de refuser.

– J'aimerais bien que l'on fasse plus ample connaissance. On pourrait boire un pot ensemble un soir.

– Tu sais, j'ai pas trop le temps. Quand j'sors du boulot, j'rentre chez moi.

– Tu peux tout de même trouver un moment pour boire un coup avec moi.

Il sentit qu'il n'apprécierait pas qu'il décline son offre.

« Après tout, ça m'engage à rien, j'suis pas obligé de m'en faire un copain ».

– Oui, si tu veux.

– Moi, c'est Mika.

– Et moi Franck.

– Ce soir vers 18 heures au café.

– Non, pas ce soir, il faut que je m'organise.

– Tu me dis que quand tu sors du boulot, tu rentres chez toi…

– Non, ce soir j'peux pas.

– Bon alors, demain ?

– Ok, va pour demain.

Ce rendez-vous, obtenu presque de force, l'ennuyait tout de même. Il allait être obligé de monter un bobard à Annie, il n'éprouvait pas le besoin de lui parler de ce gars-là.

Même s'il se sentait pleinement heureux avec elle, avoir un fil à la patte représentait une contrainte qui commençait à lui déplaire. Mais comment lui faire comprendre que cette idylle, aussi forte soit-elle, ne l'emprisonnerait jamais. Il avait besoin de cette liberté. Il n'en faisait pas grand-chose, mais elle lui était indispensable. Il ne ressentait pas non plus l'envie de se projeter. Se marier, avoir des enfants, rentrer chez lui chaque soir à la même heure, s'asseoir dans le canapé, regarder la télé, dîner tous les jours à la même heure… tout ça, ce n'était pas pour lui. Mais comment lui dire ? Il était encore trop tôt pour faire des plans sur la comète. Il fallait juste laisser au temps le temps qu'il prenne son temps.

L’appart

En quittant son travail, Franck se rendit dans une agence immobilière. Il n’avait pas encore choisi l’endroit où il souhaitait habiter, mais il désirait connaître les démarches nécessaires pour devenir acquéreur d’un appartement en location.

Comme il n’avait pas cru bon de prendre rendez-vous, il dut patienter une bonne demi-heure avant qu’un agent immobilier le reçoive.

Un studio ou un deux-pièces lui conviendrait parfaitement. Ensemble ils examinèrent les offres détaillant des logements récents.

Lorsque le commercial lui proposa quelques locations en rapport avec ses désirs, les prix affichés le déconcertèrent. Il ne s’attendait pas à des montants aussi exorbitants. Sa déconvenue dut se lire sur son visage, car la personne le questionna aussitôt.

– Cela ne vous convient pas monsieur? C’est l’endroit, l’étage ?...

– Non pas du tout, l’endroit me plaît, c’est… le prix !

– Ah oui, je dois reconnaître que l’immobilier a fait des bonds en avant. Vous aviez déjà loué un appartement ou bien est-ce la première fois ?

– Non, c’est la première fois.

– Ah, en effet. Je ne vous ai pas encore posé la question. Vous travaillez ?

– Oui, j’ai un emploi de trente-cinq heures, dit-il en tendant ses feuilles de paye.

Le commercial eut un petit mouvement de recul en découvrant le montant de son salaire.

– Vous êtes employé depuis quand exactement ?

– Cela fait trois mois.

– Trois mois… C'est récent. Avez-vous quelqu'un qui puisse se porter garant ?

– Garant ?...

– Se porter garant, c'est faire office de garantie financière. Pour se prémunir contre les loyers impayés, le locataire doit inclure un tiers dans le contrat de la transaction. Plus clairement, cette personne devra régler les loyers impayés à votre place, si cela venait à se produire.

– Mais j'ai personne qui peut m'aider.

– Ça va être compliqué alors. D'autant que pour ce type d'appartement, le bailleur réclame les loyers trimestriellement.

– Ça veut dire que je dois payer trois mois d'un seul coup ?

– C'est bien ça. Mais vous savez, cela revient au même. Vous mettez votre argent de côté chaque mois et vous réglez à la fin du trimestre.

– Mais alors pour avoir cet appartement je dois verser trois mois d'un coup ?

– Quatre plus les frais d'agence.

– Comment ça quatre ?

– Trois mois de loyer plus la caution équivalente à un mois de loyer et environ 400 euros de frais d'agence.

– Vous vous rendez-compte si je calcule bien, pour l'appartement que vous m'avez montré, cela fait… 3200 euros ! Où voulez-vous que je les trouve ?

– Je sais monsieur, mais c'est comme ça.

– C'est comme ça, c'est comme ça, c'est tout ce que vous avez à me dire ! Vous vous en foutez vous, vous avez votre maison ! Mettez-vous à la place des gens comme moi. On fait comment ?

– De toutes les manières, vos fiches de paye sont trop récentes, nous ne pourrons vous satisfaire, il nous faut des garanties.

Le commercial n'avait plus vraiment envie de discuter. Il referma son dossier et se leva de sa chaise, signifiant que l'entrevue était terminée. Ses collègues occupés dans les bureaux voisins avaient levé la tête, en entendant Franck vociférer.

– Vous êtes de sacrés voleurs ! J'suis pas prêt de remettre les pieds chez vous.

– Je suis désolé monsieur, mais le marché de l'immobilier est un peu compliqué en ce moment. Au revoir monsieur.

Franck quitta l'agence sans un mot, dépité.

Le rancard

C'est avec dix minutes d'avance que Franck s'installa à la terrasse du café. Il n'avait rien de particulier à faire et détestait arriver en retard à un rendez-vous.

Il commanda un verre d'eau pétillante. Même si lors de la soirée au restaurant avec Annie, il en avait consommé, l'alcool, ce n'était pas son truc.

Depuis qu'il avait fait l'amour avec elle, sa libido s'était réveillée, il prenait plaisir à profiter des charmes de celles qui, sans vergogne, les étalaient au grand jour.

Quelques tables plus loin, une charmante brunette conversait face à une autre jeune fille. Les jambes croisées, sa jupe remontée suffisamment haut, dévoilait de jolies cuisses galbées. Se sentant dévisagée, elle leva les yeux vers lui et lui sourit. Il pensa aussitôt aux jambes d'Annie qu'il avait découvertes ce premier soir lorsqu'elle s'était retrouvée nue devant lui…

Son fantasme s'évapora et avec lui la petite brunette, remplacée par Mika qui prit place face à lui.

– Tu sembles bien rêveur ?

– Je pensais à mon boulot. J'me disais que ça me permettait juste de manger.

– Comment ça ?

– J'ai beau mettre de l'argent de côté, je n'en aurais jamais assez pour prendre un appart.

– C'est sûr que si on reste à faire de la mise en rayon toute notre vie, on va pas devenir millionnaire. Pourquoi tu me dis ça, tu t'es déjà renseigné ?

– Oui, j'suis allé dans une agence, mais quand ils m'ont annoncé les prix des loyers, j'ai cru tomber de ma chaise.

– Mais tu vis où en ce moment ?

– …

– Oh, je veux pas jouer les curieux, si tu veux pas me répondre, ça n'a pas d'importance, c'était juste histoire de parler.

– Je suis encore chez ma mère.

– Il n'y a rien de déshonorant. Si tu t'entends bien avec elle.

– Ça peut aller, ça dépend des jours, mais je fais avec. À mon tour, j'voudrais te poser une question, mais si ça t'ennuie d'me répondre, j't'en voudrai pas. C'est quoi les cinq points que tu as sur la main ?

Mika le regarda l'air amusé.

– Ah, tu as remarqué. Ça signifie seul entre quatre murs. Autrement dit, j'ai fait de la taule. Voilà, tu sais tout.

Sans trop savoir pourquoi, Franck eut envie de se lâcher.

– Moi aussi j'ai fait de la taule.

– À ton âge, t'es jeune ?

– J'ai vingt-trois ans.

– Et t'a fait quoi pour ça ?

– Moi, pas grand-chose, mais j'étais complice et il y eut un flic de tué.

– Ouaou ! Là, c'est plus pareil. Les juges, ils aiment pas. Et au tribunal c'est pareil. T'as tiré combien ?

– Six ans, dont cinq fermes à Fleury. Et toi ?

– Pas mal de vols, de la drogue. J'ai fait deux ans. J'me suis rangé depuis.

– Ouais, moi aussi, j'ai pas envie d'y retourner. J'en ai trop bavé. J'voudrais encore te demander quelque chose.

– Au point où j'en suis, je peux tout te dire.

– Comment tu fais pour avoir autant de tatouages ? T'es comme moi, tu gagnes la même chose et ça vaut vachement cher.

– J'en avais déjà avant d'aller en taule et j'connais un pote qu'est tatoueur. J'me suis rangé, mais j'ai encore quelques magouilles.

« C'est bien ce que je pensais, se dit Franck. Il est pas complètement clean ».

– Si ça t'intéresse, je peux te faire rentrer dans des combines. Comme ça tu pourras avoir ton appart.

Il venait de toucher la corde sensible.

– J'sais pas. J'te l'ai dit j'veux pas replonger.

– Si on fait gaffe, on peut pas se faire piquer. Moi, j'fais ça pour les à côtés. Réfléchis, si tu te décides tu me le dis et on en parle.

La tentation… et la punition. D'un côté le plaisir, de l'autre la peine.

« Si je me fais gauler c'est de la récidive ».

Ils restèrent une bonne heure, attablés, à parler de choses et d'autres. Mika était avenant finalement, mais quelque chose l'empêchait de vraiment sympathiser avec lui. Quelque chose qu'il ne parvenait pas à définir.

La combine

La rencontre avec Mika l'avait laissé perplexe. Depuis sa sortie de prison, beaucoup de choses s'étaient passées et lui avaient permis d'oublier, même de manière temporaire, ses années douloureuses. Il s'était réconcilié avec sa mère, trouvé du travail, découvert l'amour. Tout allait pour le mieux.

Alors pourquoi avait-il fallu qu'il rencontre ce gars. Il n'avait pas besoin de copain, il était bien tout seul. D'ailleurs en prison, il n'avait sympathisé avec personne. Il préférait toujours sa solitude, comme par le passé. Avec Annie, ce n'était pas pareil. Il y avait la tendresse, l'amour, le mélange des âmes et des corps. Mais il n'était véritablement pas amoureux au sens propre pour autant. Il avait cru le devenir le premier soir et finalement s'était aperçu que ce qu'il prenait pour une exaltation amoureuse n'était autre qu'une frénésie temporaire.

Il l'aimait bien, mais pour lui, ces moments passés ensemble ressemblaient plus à un dérivatif qu'autre chose. Il n'envisageait pas de faire sa vie avec elle.

Pour en revenir à Mika, il ne s'était pas engagé non plus. Mais sa proposition le turlupinait. Il en avait besoin de cet argent. Et comment l'obtenir autrement que malhonnêtement. Car même s'il réussissait à louer cet appartement, il faudrait bien qu'il vive avec ce qu'il lui resterait après avoir payé son loyer, son électricité et ses impôts, c'est-à-dire pas grand-chose.

Alors, comment faire pour ne pas retomber dans la délinquance. Quelle que soit sa proposition, ce qu'il lui suggérerait serait forcément illégal. Ah si seulement il pouvait en parler à Gabriel…

* * *

À force de tergiverser, il se décida à faire appel à Mika. Entre deux vestiaires, il lui fit comprendre qu'il fallait qu'ils se parlent, se donnant rendez-vous un soir de semaine au même endroit que la première fois.

– Bon alors, t'as réfléchi ?

– Oui, il me faut de la tune sinon je l'aurai jamais cet appart.

– Ce qui paie le mieux, c'est la came.

– Mais je veux pas devenir dealer !

– Si tu fais ce que j'te dis, c'est sans risque. Et puis tu le veux ce fric oui ou non ?

– Bien sûr que je l'veux, mais la drogue c'est pas mon truc. J'en ai jamais consommé même en prison.

– T'as pas besoin d'être consommateur. Réfléchis et si t'es d'accord, on se file rendez-vous un soir et je t'explique. J'ai pas autre chose à te proposer. C'est ça ou rien.

– Ok ça marche.

* * *

Nouvelle réflexion, nouveau dilemme, nouvelle crainte de replonger. Était-ce bien raisonnable de l'avoir sollicité ? Il fit appel à sa conscience.

« Tu n'as rien décidé, tu peux choisir de tout arrêter, de stopper… ce qui n'a pas encore commencé. Oui, mais cette tentation, suffisamment présente, me plonge dans un raisonnement rempli de perplexité… Je suis toujours indécis, je veux cet appartement et je veux pas de la drogue ! Tu n'as pas vraiment le choix. L'un va avec l'autre, ou alors tu restes chez ta mère ! ».

Il ne pouvait s'endormir sans cette pensée obsédante en tête, son sommeil troublé, harcelé dès son réveil. Qui écouter ? Le bon samaritain ou son démon ?

Il n'y avait pas d'alternative possible. Comme disait Marcel Zanini dans sa chanson.

« Ou tu veux ou tu veux pas, si tu veux tant mieux, si tu veux pas tant pis ».

Dire non, c'était rester dans son petit monde, sans évolution, avec un train-train routinier et sa chambre à l'étage, chez sa mère. Dire oui, c'était devenir riche, envisager un appartement, une voiture et… la prison, si ça foirait !

Lorsqu'il se réveilla le matin, il décida de cesser de se torturer le cerveau. Sa décision était prise.

Il lui fallut attendre la semaine suivante avant de voir Mika. Les plannings avaient changé, ils ne se croisaient plus. Un mot sans équivoque, « j'ai bien réfléchi, je veux te voir » glissé dans son vestiaire, détermina son choix.

C'est lui qui l'attendit à la sortie du boulot.

– Alors, tu t'es décidé.

– Oui.

– T'as décidé quoi ?

– J'veux rentrer dans ta combine.

– C'est bien, t'as fait le bon choix. Plus tard, tu me remercieras.

– Bon, on fait comment ?

– On peut pas en parler ici, on se donne rendez-vous au square Maunoury, derrière l'hôtel de Ville, dimanche vers quinze heures, ça te va ?

– Ça m'va.

– On sera tranquilles pour discuter.

* * *

Comme convenu entre eux, le dimanche suivant, Franck et Mika se retrouvèrent à leur point de rendez-vous. Mika ne fut pas facile à trouver, installé près d'un kiosque, lui tournant le dos.

– Salut Mika.

– Salut Franck. T'es toujours décidé ?

– Plus que jamais.

– Alors, je vais t'expliquer. Première chose, as-tu un ordinateur ?

– Moi non, mais ma mère en a un.

– Il t'en faut un perso, un portable suffira. Pas besoin de mettre très cher, il te servira juste pour surfer sur Internet. Si tu dis que ta mère en a un, tu as donc une connexion et un fournisseur d'accès. Il suffira que tu te connectes en wifi et tu auras aussitôt accès à Internet.

– C’est un peu du chinois pour moi.

– T’inquiète pas pour ça, lorsque tu auras acheté ton portable, tu me le laisses deux ou trois jours et je te le configurerai. Je t’installerai Darknet.

– Dark… quoi ?

– Darknet, c’est un site qui utilise un réseau caché et qui ne peut pas être vu par n’importe qui. Ton adresse I. P. et ta localisation ne peuvent pas être tracés. Il y en a plusieurs, je te mettrai le même que moi, c’est Tor, le plus utilisé.

– J’y comprends rien. C’est quoi l’I. P. ?

– I. P., ça veut dire Internet Protocole, c’est un peu comme le nom de ta rue et son numéro. C’est pas grave si tu comprends pas tout. Ce réseau permet d’acheter des armes, de la drogue ou de visionner des sites pornographiques si ça t’intéresse. Et tout ça, sans que l’on puisse te localiser. Ainsi, tu peux échanger avec un tiers sans qu’il puisse identifier ton I. P., ni prendre connaissance de ton identité. Mais, parce qu’il y a toujours un mais, je te mettrai aussi une appli V.P.N. (Virtual Private Network) et que tu devras activer avant de te rendre sur Tor. Comme ça tes activités en ligne ne pourront être lues par personne.

– T’es vachement balaise.

– J’aime bien l’informatique et puis, quand tu sais que tu peux gagner plein de blé, ça vaut le coup de s’y intéresser. Bon, je continue. Pour ça je t’installerai Express V.P.N. et tu auras une autre adresse I.P. anonyme qui sera masquée.

– Heureusement qu’il faut pas que je répète tout ce que tu viens de me dire.

– Sur Internet, on trouve des forums qui fournissent des sites. Avec le site que j'utilise et que tu utiliseras, il suffira de t'enregistrer avec un nom d'utilisateur, un code pin et un mot de passe. Sur le site on trouve des forums consacrés aux achats de produits stupéfiants, de médicaments, de stimulants. Une fois l'adresse choisie, on la copie dans Tor pour accéder aux offres ou proposer des produits à la vente. Et c'est parti. Il te restera plus qu'à ouvrir un compte Bitcoin pour effectuer les transactions. Cette monnaie, virtuelle et légale, assure l'anonymat bancaire à ses utilisateurs. T'a pigé ?

– Pas grand-chose. Pour toi c'est simple, mais si je devais faire ça tout seul, ça me découragerait.

– Tu achètes ton P.C., tu me le donnes et je te prépare tout ça et t'auras rien à faire.

– Et pour les livraisons ?

– On a un réseau de livreurs. Dès qu'une transaction est effectuée, tu te mets en relation avec un numéro que je te donnerai et après tu ne t'occupes plus de rien.

– Tu me parles des Bitcoins, mais ce ne sont pas des euros ?

– Non, les transactions ne se font que dans cette monnaie. Mais après tu peux transformer tes Bitcoins en euros en fonction du cours.

– Quand on en sera, là je te redemanderai.

– Pas de souci. Encore une chose, sur tes transactions, je te prends vingt-cinq pour cent. C'est ma com pour t'avoir mis dans le coup, t'aider et te faire bénéficier de notre structure.

– C'est beaucoup…

– C'est à prendre ou à laisser.

– J'ai pas trop le choix ?

– Non. Dernière chose, tu n'essaies pas de me doubler, jamais. Je te fais confiance, mais si tu essayais, tu aurais affaire à moi. Ne l'oublie pas. J'attends de tes nouvelles, moi je rentre chez moi pour faire un peu de business.

Franck repartit un peu découragé. S'il avait su que ce serait aussi compliqué, il ne se serait pas lancé dans cette aventure. Et les dernières paroles de Mika le laissaient soucieux. Le gentil Mika, il avait bien caché son jeu, il n'était peut-être pas si gentil que ça finalement…

Pour un intermédiaire, il paraissait bien informé…

Le dealer

Devenu dealer, occupé à gérer ses transactions, Franck passait toutes ses soirées dans sa chambre.

Sa passion temporaire pour Annie, puisque l'on ne peut parler d'amour, s'amenuisait. Ils ne se voyaient qu'occasionnellement et ce revers de situation ne convenait guère à la jeune fille. D'autant qu'il ne pouvait pas lui avouer la vérité. Il lui avait laissé entendre qu'il s'était abonné auprès d'un organisme, pour recevoir des cours dispensés à domicile, étudiés le soir dans sa chambre.

Comme sa mère ne s'intéressait pas à ce qu'il faisait, elle ne pouvait découvrir son petit manège. Il agissait en toute quiétude.

Il se rendit rapidement compte qu'il était aisé de devenir vendeur de drogue. Alimenté régulièrement par Mika, il mettait ses produits en ligne et les commandes affluaient par dizaines. Dès le paiement effectué, les livreurs se chargeaient de remettre la marchandise, soit par le biais de la Poste, soit sur place dans les quartiers avoisinants. Contacté par des inconnus, il ne craignait pas pour sa sécurité.

– Tu verras, il y a beaucoup d'étudiants qui consomment. J'ai entendu dire qu'ils étaient plus de cinquante pour cent.

Ce second boulot payait bien. Le premier soir, il reçut 300 euros sur son compte. Puis, petit à petit, les clients se fidélisèrent. Le premier mois il encaissa un total de 3200 euros. Il n'en croyait pas ses yeux. Une telle somme était inespérée.

Mika lui avait conseillé de ne pas mettre d'argent à la banque, cela aurait pu attirer les suspicions. D'un autre côté, il était difficile de régler des achats importants au moyen de grosses sommes en liquide, beaucoup ne l'acceptait pas, à cause du blanchiment d'argent. Alors il ne déposait sur son compte que deux ou trois cents euros chaque mois afin d'obtenir le montant nécessaire pour acquérir son appartement.

* * *

En l'espace d'un an, Franck avait amassé suffisamment d'argent pour arrêter de travailler au supermarché. Mais, par précaution, il préféra conserver son emploi. Satisfaite de son travail, la direction l'avait promu chef d'équipe.

Il venait d'emménager dans son appartement. Pas le premier qu'il avait vu et qui l'aurait obligé à débourser trois loyers d'un coup. Non, un autre, aussi récent avec un loyer mensuel de 600 euros. Il avait tout de même dû verser deux mois de loyer, un troisième pour le dépôt de garantie et s'était acquitté des inéluctables frais d'agence.

Il n'était pas retourné où il s'était rendu la première fois. Les agences immobilières fleurissaient dans le quartier. Dès qu'un commerce alimentaire fermait, il était aussitôt remplacé par un établissement commercial du logement ou un salon de coiffure.

Il aspirait tellement à posséder sa propre voiture, qu'il s'était inscrit dans une auto-école et prenait des cours de conduite.

Son permis obtenu, comment allait-il pouvoir la payer ? En économisant, deux ou trois mille euros pouvaient être disponibles sur un compte bancaire. Mais vingt ou trente mille, voire plus, pour acheter la voiture de ses rêves, avec un salaire de magasinier, c'était impensable.

Il avait fini par se séparer d'Annie. Son détachement vis-à-vis d'elle n'avait pas favorisé leur rapprochement et elle ne l'avait pas supporté. C'était peut-être mieux ainsi.

Mais si sa vie avait radicalement changé, si du jour au lendemain, il s'était enrichi, il lui restait un problème de taille à régler. Comment continuer à vivre chichement, en abandonnant le domaine tellement prolifique des stupéfiants ?

Il désirait s'en écarter progressivement. Pour ce faire, il devait en parler à Mika. Connaissant le personnage, il attendait le moment propice.

Les premiers jours, il avait entamé son trafic, la peur au ventre. Si cette angoisse avait disparu peu à peu, c'est parce que tout se passait bien.

Il savait qu'en cas d'arrestation, il encourait une lourde peine, d'autant plus qu'il possédait un casier bien chargé.

« La vente de stupéfiants à une personne, en vue de sa consommation personnelle, est passible de cinq ans d'emprisonnement et 75 000 euros d'amende, la peine d'emprisonnement étant portée à dix ans lorsque les stupéfiants sont vendus à des mineurs ».

La prison, il ne voulait plus en entendre parler. Quant aux 75 000 euros, il ne les possédait pas.

En attendant de se résoudre à abandonner son trafic, il envisageait de monter son petit commerce en parallèle. L'idée en tête, il élaborait son plan petit à petit.

Être son propre patron, lui assurerait cent pour cent des gains. Pour devenir le P.D.G. de sa propre entreprise, il lui fallait trouver de la came. Sa maîtrise du Darknet lui permettait d'acheter de la drogue en quantité suffisante pour en faire son propre commerce. Mais dans ces transactions, il devait y trouver son compte.

S'il achetait les stupéfiants aux prix pratiqués, il ne pourrait pas les revendre suffisamment cher pour s'assurer une marge confortable. Il lui était donc indispensable de trouver un gros fournisseur qui lui procurerait la drogue à un prix intéressant.

Être son propre boss, offrait un autre avantage non négligeable. Effectuer soi-même les livraisons impliquait d'être payé de la main à la main en euros et non plus en Bitcoins.

Ainsi, il n'aurait plus à convertir ses Bitcoins qui, une fois transformés en monnaie européenne, ne lui rapportaient qu'une partie de la transaction. Ajoutés à cela les vingt-cinq pour cent redonnés à Mika, il pouvait récupérer un manque à gagner appréciable.

* * *

Finalement, il créa un nouveau compte, avec un nouvel identifiant et s'enfonça un peu plus dans l'illégalité. En parallèle, il continuait de travailler pour Mika afin de ne pas lui mettre la puce à l'oreille. Au moment où il s'apprêtait à lui en parler, il se ravisa, considérant que le moment n'était pas opportun.

Au fil des semaines, il lui fallut apprendre à fréquenter une clientèle exigeante. Pour satisfaire ses clients et les fidéliser, il dut, afin de s'aligner avec le marché et la concurrence, faire des cadeaux. Son réseau ne cessait d'évoluer, des gens moins familiers que d'autres se greffaient. Parmi ceux rencontrés, certains, imprévisibles, avaient clairement une relation problématique avec la drogue.

Et puis un soir, il fut contacté par un individu en manque, véritablement perdu. Il paraissait prêt à tout pour obtenir « sa dose ».

La négociation effectuée, le rendez-vous fixé, Franck se rendit au point de rencontre pour lui remettre la marchandise en main propre. Il fut immédiatement intrigué par son accoutrement. Vêtu d'une veste de jogging, le personnage avait revêtu la capuche afin de masquer une partie de son visage.

Pour une raison inconnue, après avoir réglé son achat, l'individu crut avoir été arnaqué.

Afin d'éviter d'entrer en conflit, se sentant menacé, Franck ne réussit à s'en débarrasser qu'en lui remboursant une partie de l'argent qu'il venait de lui verser. Tout aurait été simple si les choses s'étaient arrêtées là.

Sur le trajet du retour, il fut l'objet d'une filature, qu'il ne remarqua pas. Quelques jours plus tard, il reçut un SMS profanant des menaces destinées à l'intimider. Les propos subversifs comportaient des paroles d'intimidation allant jusqu'aux menaces de mort.

Puis ce furent des appels téléphoniques, débités par une voix déguisée, lui annonçant son décès prochain.

Il ne sut jamais de quelle manière ce malade avait réussi à obtenir son numéro. Le jour où il lui avoua connaître son adresse, par le truchement de son téléphone, il comprit qu'il avait affaire à un véritable psychopathe.

Bien que harcelé, il lui était impossible de porter plainte. Alors il se tourna vers Mika qui saurait certainement lui apporter des solutions pour résoudre le problème.

Pour en discuter tranquillement avec lui, il lui proposa de passer à son domicile. Une erreur qu'il n'aurait jamais dû commettre. Lui avouer qu'il était menacé, c'était lui avouer qu'il dealait de son côté !...

Mais Franck avait confiance en lui et il pensait qu'être vertueux envers son prochain, lui apporterait sa bénédiction.

* * *

Mika n'avait encore jamais mis les pieds chez son « disciple ». Franck, assis dans son canapé, persuadé d'agir honnêtement, lui expliqua comment il avait créé un marché parallèle lui permettant d'augmenter ses gains. Mika debout, les bras croisés, l'écoutait sans broncher. Lorsqu'il eut fini de tout lui raconter, il s'approcha de lui et le gifla !

Franck se leva d'un bond pour réagir, mais son détracteur, ayant anticipé sa réaction, avait reculé. Cette fois-ci ce n'était pas lui qui avait frappé le premier. Il s'était laissé surprendre. Faire trop confiance aux gens, ce n'est pas bon. Il venait, une fois de plus, d'en faire les frais.

– Je t'avais prévenu qu'il ne fallait pas essayer de me doubler.

– Je ne t'ai pas doublé, je me suis fait mon propre business. Tu continues à toucher ta com comme avant, alors qu'est-ce que tu veux de plus ?

– Ton petit marché, il nous fait perdre des clients.

– Tu me fais marrer avec tes clients, moi aussi j'ai envie de gagner plus de fric !

– Il fallait m'en parler avant, on aurait vu ce qu'on pouvait faire.

– Je ne suis pas non plus à ta botte. Je crois que je l'ai payé assez cher ta formation et ton aide si « précieuse » !

– Ça c'est pas à toi d'en juger.

– Il faut que je demande la permission aussi pour aller pisser ? On fait quoi maintenant ?

– Si tu veux te mettre à ton compte et quitter le groupe, pas de problème. Tu dois juste nous verser 25 000 euros. C'est notre dédommagement.

– Espèce d'enfoiré, tu veux que je les trouve où ?

– Je sais que tu les as, ne me raconte pas de craque.

– Et si je refuse ?

– On a tout un tas de moyens pour te faire plier. Ou alors tu abandonnes ton business et tu continues avec nous. Mais ce ne seront plus vingt-cinq pour cent que tu devras nous donner sur chaque transaction, mais quarante. Ce sera ta punition.

Franck n'en revenait pas. Il était complètement sidéré de ce qu'il venait d'entendre. Lui qui l'avait contacté pour lui parler du malade qui le menaçait, il se ravisa bien vite.

– Et si je te dénonce…

– Tu te dénonces en même temps. Et puis on a ce qu'il faut pour faire disparaître nos traces. Tu n'y gagneras rien à part retourner en taule. Et chez nous on a la rancune tenace, on t'attendra à la sortie. Je vais te laisser à tes réflexions, mon p'tit Franck, je dois retourner bosser. Tu vois ce que tu décides et tu m'en parles, tu sais où me joindre. À bientôt…

Franck s'effondra sur le canapé. Il fulminait. Sa joue le cuisait et son démon venait de se réveiller. Il faillit courir après lui, le rattraper et lui coller une bonne trempe, mais il était plus costaud que lui et le frapper ne suffirait pas à résoudre le problème. Il se vengerait inévitablement avec l'aide précieuse de ses amis. Il s'allongea pour tenter de se calmer.

Ah, si Gabriel était encore là…

Les menaces

Les menaces de Mika n'avaient pas suffi à le dissuader, bien au contraire. C'était plutôt l'effet inverse qui venait de se produire. Castro s'était emparé de l'esprit de Franck d'un coup de main énergique.

Bien ancré dans le monde de la délinquance, il n'était pas près de le quitter. Il l'aurait peut-être fait l'autre jour, si Mika ne s'était pas montré brutal envers lui, s'il ne l'avait pas menacé. Mais il était allé trop loin. Son attitude inacceptable dépassait l'insulte, pire que l'affront. Cette arrogance avec laquelle il s'était exprimé ne lui donnait pas le droit d'agir avec violence. Castro ne céderait pas au chantage !

Depuis, il se sentait en danger et de ce fait, l'idée de posséder une arme lui trottait dans la tête, le tourmentait au point de ne pouvoir s'en débarrasser. Il en avait même rêvé. Gabriel lui tendait son revolver qu'il avait du mal à saisir et lorsqu'il y parvenait, le coup partait créant un trou énorme dans le corps de son copain qui le regardait en éclatant de rire.

Pourtant, l'expérience malheureuse de Gabriel et ses conséquences désastreuses qui l'avaient conduit en prison devraient le faire réfléchir, l'aider à ne pas franchir la ligne.

Seulement le danger était bien réel. D'abord ce consommateur de daube qui le harcelait, le menaçait même et puis Mika qui l'avait introduit dans le réseau de la drogue et qui, depuis leur dernière rencontre, n'acceptait pas qu'il vole de ses propres ailes.

Si, quelques mois auparavant, il était un néophyte en informatique, depuis, il s'était rattrapé. Il maîtrisait parfaitement le Darknet et son compte Bitcoin explosait. Ce réseau, camouflant des activités illicites, permettait d'obtenir beaucoup de choses illégales et entre autres, des armes !

Il commença à surfer et découvrit que l'on pouvait se procurer plus facilement une Kalachnikov ou un fusil mitrailleur, qu'un pistolet. Mais en y passant un peu de temps, il finit par dénicher un revolver SIG-Sauer SP 2022 semi-automatique, modèle utilisé majoritairement par les forces de l'ordre dans le monde entier. Grâce à son compte Bitcoin, il en fit aussitôt l'acquisition. Aussi curieux que cela puisse paraître, il lui fut livré par la Poste quelques jours plus tard accompagné de munitions.

Il n'était pas question pour lui de devenir un criminel. Cette arme allait non seulement lui offrir un moyen de défense dissuasif, mais également assurer sa sécurité. Gabriel non plus ne voulait pas tuer et pourtant il l'avait fait.

Il lui fallait élaborer un plan d'action pour résoudre les deux affaires, sans pour autant se mettre en danger. Bien que ne possédant pas l'adresse de Mika, celle-ci ne devrait pas être très difficile à trouver. Il suffisait de le filer un soir dès qu'il quitterait le supermarché. Après il aviserait.

Pour le second personnage, la situation s'avérait beaucoup plus compliquée qu'elle ne le paraissait. Il ne connaissait rien de lui et hormis lui faire parvenir des messages par téléphone en numéro caché, le gugusse en question ne se montrait pas. Il ne possédait donc aucun moyen de remonter jusqu'à lui.

« Puisque pour le moment, je n'ai pas de quoi résoudre mon deuxième problème, je vais m'attaquer au premier ».

* * *

Vers dix-huit heures, vêtu de couleurs sombres, il se posta près du supermarché, à une distance raisonnable pour ne pas être reconnu. Il eut beau attendre plus que nécessaire, celui qu'il espérait voir apparaître, resta désespérément inexistant.

Le lendemain, en interrogeant d'autres manutentionnaires, il apprit avec amertume que Mika avait posé une semaine de congés.

Toujours dans le but de rester dans l'anonymat, il créa un nouveau compte avec un nouveau profil. Celui-ci lui permit de se rendre sur les forums de Darknet, dans le but d'interroger les utilisateurs sur le pseudo de l'individu véreux.

Sa demande à peine formulée, il reçut trois messages provenant de vendeurs mécontents. S'en suivaient des commentaires peu élogieux.

Il en déduisit que son agissement envers lui dépendait de son mode opératoire habituel.

Mais aucun des usagers du Darknet ne pouvait, ou ne voulait, fournir de renseignements sur l'individu indélicat. Lui seul l'avait rencontré, mais dans un contexte bien particulier : de nuit, le visage camouflé sous une capuche. Il serait bien incapable aujourd'hui de le reconnaître. Même sa voix ne possédait pas de particularité.

Dans la soirée, deux autres messages lui parvinrent, dont la teneur ressemblait fortement à celle des trois autres. Il était réputé pour sa mauvaise foi et agissait ainsi dans le but de ne payer qu'une partie de la marchandise. Mais ces agissements avaient leurs limites. Un vendeur mécontent ne le livrerait jamais une seconde fois. D'ailleurs, depuis, les participants insatisfaits du forum déclaraient n'avoir plus entendu parler de lui.

Voulant vérifier leurs dires, il saisit sur le clavier le pseudo de la fripouille et le massage « pseudo inconnu » apparu… Il avait bel et bien disparu. Ce qui laissait donc à penser qu'il utilisait différentes identités pour agir et tromper les vendeurs, puis les supprimait afin d'en créer des nouvelles et ainsi de suite.

« Donc, si je me crée un nouveau profil et propose de la daube à un prix attractif, j'ai peut-être des chances de retomber sur lui ».

* * *

Sa semaine de congés écoulée, Mika réintégra son poste. Le lundi soir, Franck se posta au même endroit que la dernière fois et attendit de voir son collègue sortir du supermarché. Cette fois, sa patience fut récompensée. Marchant sur le trottoir opposé, il lui emboîta le pas. S'il ressortait à pied, cela devait signifier qu'il habitait le quartier. Mais une fois de plus, il dut déchanter. Après avoir parcouru une centaine de mètres, il le vit s'arrêter devant une magnifique Audi et monter à l'intérieur. La filature s'arrêtait là.

Trois hypothèses s'offraient à lui. Soit il habitait bien le quartier et il se rendait dans un autre lieu, soit il habitait le quartier, mais se garait dans la rue pour ne pas éveiller la curiosité et laisser des soupçons s'installer entre son salaire et le prix de la voiture, soit, il habitait beaucoup plus loin, voire dans une commune voisine.

Ne possédant pas de véhicule, il se voyait dans l'impossibilité d'engager une filature. Convoqué à l'examen du permis de conduire, il avait brillamment obtenu son certificat, mais n'avait jamais fait l'acquisition d'une automobile. Pourtant il possédait suffisamment d'argent pour pouvoir s'en offrir une.

Alors, il se dit que c'était peut-être le moment. Mais pas une voiture neuve, une belle voiture comme il en avait rêvé. Non, quelque chose de discret. Une voiture d'occasion ferait très bien l'affaire.

Il se rendit chez l'agent Renault de son quartier et, parmi les voitures d'occasion, alignées sur le parking, il repéra une Mégane de couleur blanche, de cinq ans d'âge, affichant soixante-quatorze mille kilomètres au compteur. Après en avoir fait le tour, il s'adressa au garagiste et voulut l'essayer. Satisfait, bien que pressentant la réponse, il voulut, malgré tout, poser la question.

– Est-ce que je peux vous régler en liquide ?

– Non, monsieur. Moi, ça ne me dérange pas, mais la loi l'interdit, à cause du blanchiment d'argent. Il me faut un chèque de banque.

– Vous me la gardez, le temps que je vois avec ma banque.

– Oui, mais pas plus d'une semaine. Après si un autre client se présente, ce sera lui qui aura la primeur. C'est une excellente occasion et j'ai déjà eu des demandes. Elle ne restera pas longtemps.

– Je reviendrai bien avant.

– Pas de problème, pour l'instant je vous la mets de côté.

– Et pour les papiers ?

– Je m'occupe de tout, vous aurez la carte grise en même temps que le véhicule. Il faudra juste que vous attendiez deux ou trois jours, une fois la transaction effectuée.

La vengeance

Devenu propriétaire d'une automobile, Franck passait la plus grande partie de son temps libre sur la route, toujours par mont et par vaux, à n'importe quelle heure du jour ou de la nuit. Un court instant, il envisagea la montrer à sa mère, mais sa dernière visite remontait à plusieurs mois. Alors, à quoi bon ?

Ainsi, mais de manière temporaire, il délaissait ses « deux affaires », s'adonnant à sa nouvelle passion.

Moins fréquentes, mais toujours aussi hostiles, les menaces continuaient de s'afficher sur son téléphone. À part ces incessantes intimidations, rien d'autre ne s'était passé et il se sentait rassuré.

« S'il avait voulu agir, il l'aurait fait depuis le début ». Donc, il bluffait !

Quant à Mika, celui-ci ne l'avait pas relancé, alors qu'il continuait son business de son côté. Alors, pourquoi persévérer dans ses vengeances ? S'il lui arrivait de vouloir abandonner ses projets, Castro se chargeait de lui rappeler qu'il possédait les arguments pour.

« Premièrement, récupérer l'argent que le gugusse m'a soutiré. Deuxièmement, faire comprendre à Mika qu'il ne possède pas le monopole de la drogue et surtout lui faire payer cette gifle que je n'ai toujours pas digérée ».

* * *

Décidé à agir, il allait devoir faire un choix. Par qui commencer ? Mika s'avérait être le plus facile à coincer. Cette fois-ci, il stationna sur le parking, avec une vue sur la sortie des artistes. Comprenez par-là, ayant un regard donnant sur la porte d'entrée (et de sortie) réservée au personnel.

À l'heure dite, un groupe d'employés, hommes et femmes quitta la grande surface, dont sa cible. Il le laissa prendre de l'avance et lorsqu'il le vit disparaître dans la rue, il démarra, roulant au pas. Cette fois-ci, il marcha plus longtemps que prévu, sa voiture étant stationnée au loin.

Lorsqu'il quitta sa place de stationnement, il lui emboîta le pas. Trois voitures les séparaient, juste ce qu'il fallait pour ne pas être repéré. Il craignait tout de même qu'un feu tricolore passe au rouge au moment où il s'engagerait.

Trois ou quatre kilomètres plus loin, il vit l'Audi se garer le long du trottoir. Franck continua d'avancer, la dépassa puis réussit à s'arrêter une cinquantaine de mètres plus loin. Le regard tourné vers son rétroviseur, il eut juste le temps de le voir traverser la rue et pénétrer dans un hall d'immeuble.

Sans réfléchir, il sortit en trombe de sa voiture et courut vers l'endroit où l'homme venait de disparaître. Les portes vitrées franchies, le hall vide, seul le bouton clignotant de l'ascenseur indiquait que le dealer se dirigeait vers un des étages. Mais lequel ?

En ressortant, il prit la précaution de longer le mur avant de traverser pour récupérer son automobile. Si Mika s'était mis à la fenêtre, il l'aurait rapidement reconnu. Une fois assis, il se mit à réfléchir à la situation. Il n'y avait ni gardien ni interphone…

«… Suis-je bête ! Je n'ai même pas pensé à regarder les noms inscrits sur les boîtes aux lettres».

Risquant le tout pour le tout, il refit le même chemin. La lecture des étiquettes lui apporta la réponse : Drouvère Michael. Par contre, aucune autre information ne permettait de connaître l'étage.

Au même moment, les portes de l'ascenseur s'ouvrirent, le faisant sursauter.

– Vous cherchez quelqu'un, monsieur?

C'était une petite grand-mère qui venait certainement récupérer son courrier.

– Oui, j'ai un copain qui m'a invité pour l'apéro, mais il a oublié de me dire l'étage.

– Comment s'appelle-t-il?

– Drouvère, Drouvère Michael.

– Ah oui, il est gentil, il m'a déjà aidé à descendre mes poubelles. Il habite au troisième étage.

– Merci beaucoup madame.

Il ne lui restait d'autre solution que de monter dans l'ascenseur en espérant que la brave dame n'habite pas elle aussi au troisième.

– Ça fait longtemps que vous le connaissez?

– On travaille ensemble.

– Ah c'est pour ça.

– Vous allez où, lui dit-il afin d'appuyer sur le bouton?

– Comme vous, au troisième.

La tuile ! Et le comble de la malchance serait qu'elle habite l'appartement face au sien.

– Voilà, lui dit-elle, moi j'habite là et lui, il est au bout du couloir.

– Merci beaucoup, madame, bonne soirée.

– Bon apéro monsieur.

Il attendit que la porte se referme et reprit aussitôt l'ascenseur pour redescendre.

Lorsqu'il remonta dans sa voiture, un sourire de satisfaction se lisait sur son visage.

« Repérage réussi. D'ici quelques jours, nous passerons à la deuxième étape ».

* * *

Dans le même temps, il fit paraître une annonce alléchante sur Darknet. Il proposait aux consommateurs-acheteurs, résidents de la commune ou des communes avoisinantes, de procéder à la livraison sur un point de rendez-vous, permettant ainsi d'obtenir la marchandise quasi immédiatement.

Il savait que les réponses fournies ne lui permettraient pas de démasquer l'acheteur, car celui qu'il recherchait avait changé de pseudo, donc impossible à identifier. Il allait certainement devoir répondre à des acheteurs autres que ceux appartenant à sa clientèle et s'aventurer au petit bonheur la chance.

Ce nouveau compte ne produisit pas les résultats escomptés. Il aurait voulu que, dès la mise en ligne, le personnage indélicat se manifeste dans les cinq ou dix minutes suivantes. Mais l'individu en question devait être encore plus malin qu'il ne le pensait pour avoir arnaqué plusieurs personnes sans se faire prendre.

Finalement, devait-il s'obstiner et prendre des risques non mesurés, juste pour récupérer quelques centaines d'euros ? Franck s'apprêtait à abandonner. Castro l'incitait à aller jusqu'au bout.

En attendant d'obtenir des résultats et de prendre sa décision, il se pencha sur le cas Mika. Il entreprit d'échafauder son plan à haute voix.

« Je me rends chez lui et je pénètre dans son appartement… Encore faut-il qu'il me laisse entrer, car je suis censé ne pas connaître son adresse. Ensuite, dans la pièce, je sors mon arme… Non, je lui dis que je veux continuer mon business pour lui montrer que je ne suis pas à sa botte. Et là, comme les choses s'enveniment, avant qu'il ait eu le temps d'agir, je sors mon arme. Et si lui aussi il en possède une… Je n'ai pas de silencieux sur la mienne… Il faut que je tire le premier… Je ne suis pas obligé de le tuer, je peux simplement le blesser, lui tirer dans la jambe. Une fois à terre, je domine la situation. Je suis le plus fort. Mais jusqu'à quand ? Une fois guéri, il sait où me trouver et s'il me tombe dessus, c'est pas une balle dans la jambe que je recevrai, mais une en plein cœur ou en pleine tête. Bon, ça marche pas. Peut-être qu'il sera d'accord pour discuter et négocier après tout… Vu la gifle qu'il m'a collée l'autre soir, ça m'étonnerait. Je vais tout de même pas être obligé de le tuer… Je suis pas un assassin… La mort d'un dealer entraînera forcément une enquête de police.

Et je vais de nouveau me marginaliser… Gabriel n'était pas un tueur lui non plus et pourtant cela l'a conduit en enfer ! Mais j'ai pas envie non plus de laisser tomber, ce serait trop facile… ».

Il faut que Franck redevienne Castro, qu'il lui soit fidèle comme il l'a toujours été, qu'il prenne les choses en main.

Pas plus avancé, il décida de se coucher. La nuit porte conseil, soi-disant.

L'ultimatum

La nuit ne l'avait pas vraiment aidé. Il se réveilla comme il s'était endormi, toujours autant indécis. Plus il réfléchissait et plus il se persuadait qu'il ne pouvait pas seulement l'agresser. Le laisser en vie, comme lui avait dit Manu au pensionnat, c'était signer son arrêt de mort.

Il aurait bien aimé agir comme dans une scène de film policier, lorsque le personnage principal pénètre insidieusement dans un appartement et patiente tranquillement dans le noir, assis dans un fauteuil, en attendant l'arrivée de sa victime. Il ne possédait pas de passe pour crocheter la serrure et n'avait pas non plus la dextérité des rats d'hôtel.

Dans le vestiaire du supermarché, ils ne se croisaient plus, leurs horaires et leurs emplois du temps différaient.

Toujours perdu dans ses tergiversations, un soir de semaine, il entendit la sonnette de la porte d'entrée retentir. Le plus discrètement possible il s'approcha et retira légèrement le cache afin d'entrevoir la personne dissimulée derrière la porte. Il le referma aussitôt, le visage de Mika lui étant apparu. Un deuxième coup de sonnette, plus insistant, le fit sursauter. Peut-être valait-il mieux lui ouvrir et tenter d'avoir une discussion. C'est ce qu'il fit.

– Salut.

– Salut, je peux entrer ?

– Oui, mais tu ne recommences pas ce que tu m'as fait l'autre jour, cette fois je ne me laisserai pas faire.

Sa réplique sembla l'amuser.

– Tu veux quoi ?

– Je t'avais demandé d'abandonner ton business et je vois que tu ne l'as pas fait.

– Je vais le faire, laisse-moi un peu de temps, mentit-il !

– On est jeudi, je te laisse jusqu'à samedi.

– Et après ?

– Après, je ne serai plus aussi gentil.

– Tu te prends pour qui pour me menacer. Qui que vous soyez, tes copains et toi, sachez que vous ne me faites pas peur. Je ne me laisserai pas intimider et si je devais y rester, je ne serais pas le seul. Si c'est juste pour me dire ça que tu es venu jusqu'ici, si t'as rien d'autre à me dire, tu peux repartir.

Ce faisant, il lui ouvrit la porte, ne lui laissant pas d'autre alternative.

– N'oublie pas samedi, dernier carat.

Mika, le dos tourné, Franck lui fit un doigt d'honneur.

Il se trouvait désormais dans l'impasse. Ou bien il cessait son business, ou bien il se débarrassait de Mika… Il avait fait son fier devant lui, mais il savait très bien qu'à plusieurs contre un, il ne ferait pas le poids.

Rebelotte et dix de der ! La question à cent balles et impossible de faire appel à un ami. Un nouveau scénario s'élaborait dans sa tête.

« En admettant que j'agisse dans la journée, l'absence des occupants de l'immeuble étant, une détonation pourrait passer inaperçue. À l'inverse, le soir, la plupart d'entre eux auraient réintégré leur appartement et ça se remarquerait forcément. À moins… à moins que j'utilise quelque chose pour assourdir le bruit, comme… un coussin. Quel que soit le moment choisi, il ne faudrait pas que je croise la vieille dame, elle serait capable de dresser mon portrait-robot ».

Il devait aussi composer en fonction de ses horaires de boulot. Finalement il opta pour le soir, cela lui parut le moment le plus opportun. Il le suivrait, comme la fois précédente, afin de rentrer dans l'immeuble avec la certitude de le trouver chez lui.

Mika lui avait fixé l'ultimatum du samedi, il agirait le vendredi.

* * *

Posté sur le parking, il le vit sortir, à la minute même où sa montre affichait dix-huit heures. Même scénario, même procédure, qui les conduisit aux abords de l'immeuble.

Franck prit la précaution de se garer quelques dizaines de mètres avant, laissant Mika pénétrer dans le sous-sol. « S'il utilise sa place de garage, c'est qu'il ne doit pas ressortir ». Déduction assez logique, mais insuffisante.

Patientant une quinzaine de minutes, il lui laissa le temps de monter chez lui, puis entra dans l'immeuble, son revolver coincé à l'arrière de son pantalon. Au dernier moment, il pensa à se munir d'une paire de gants en latex. Parvenu sur le palier du troisième, il avança prudemment jusqu'à se trouver devant la porte de l'appartement.

Au moment où il s'apprêtait à appuyer sur le bouton de la sonnette, il perçut des voix à l'intérieur. Quelques secondes supplémentaires furent nécessaires à le convaincre. Mika n'était pas seul.

C'est avec rage qu'il fit demi-tour, remettant sa mission à un autre moment. Mais s'il voulait agir avant l'injonction, il ne lui restait plus que demain, samedi. Serait-il alors chez lui ?

* * *

Samedi 18 heures.

Copié-collé de la veille, jusqu'à ce qu'il se retrouve devant la porte palière. Il prêta l'oreille, cette fois, le silence lui répondit. Les mains moites, son revolver en main, il appuya sur la sonnette.

Lorsque Mika ouvrit la porte, ce fut la stupeur qui apparut sur son visage. Il voulut aussitôt refermer le battant, mais Franck, ayant pris la précaution de glisser son pied dans l'interstice, contrecarra la tentative.

Si la scène ne comportait pas un aspect dramatique, celle-ci aurait pu prêter à rire. D'un côté, Mika beaucoup plus vigoureux, poussant de toutes ses forces pour tenter de le repousser. De l'autre, Franck plus chétif, agissant de même pour parvenir à s'introduire dans la pièce.

Craignant que ce vacarme ne parvienne aux oreilles des voisins, Franck donna un violent coup d'épaule dans la porte, qui eut pour effet de déséquilibrer son adversaire, le faisant lourdement tomber à l'intérieur de la pièce. À peine venait-il de pénétrer dans l'appartement, refermant la porte d'un coup de pied, que Mika, refusant d'abandonner, se relevait et se ruait dans le même temps sur le tiroir de la commode. Avant qu'il n'ait eu le temps de faire quoi que soit, Franck le menaça.

– Je te le conseille pas, tu fais un pas de plus et je te colle une balle. J'ai pas digéré la gifle de l'autre jour, alors ça ne me gênerait pas de te la rendre sous une autre forme, beaucoup moins agréable. Pour commencer, tu vas t'asseoir par terre.

– Tu crois que tu vas t'en tirer comme ça… Je connais beaucoup de monde et il suffit que je lève le petit doigt pour que tu deviennes un gibier. Et qu'est-ce qu'on fait au gibier… on l'abat.

Son sourire sarcastique l'agaçait. Persuadé qu'il ne tirerait pas, il tentait de conserver le beau rôle.

– Tu vas commencer par fermer ta grande gueule ! Tu vas moins faire ton mariole dans peu de temps. On va d'abord discuter. Comme j'te l'ai dit, tu n'as pas le monopole de la drogue, il y a de la place pour tout le monde, les gros comme les petits. Donc, tu vas m'laisser continuer mon petit business et toi le tien de ton côté. J'ai décidé de voler de mes propres ailes, ça marche bien et j'demande rien à personne, moi !…

– Tu me dois du fric…

– J't'ai dit de la fermer ! Laisse-moi finir. Je ne te dois rien du tout. Je t'ai largement payé pendant plusieurs mois et je ne suis plus ton salarié.

Franck venait de repérer des coussins de décoration sur le canapé. Il en saisit un, mit son revolver dessus et s'approcha de Mika.

– Qu'est-ce que tu fais, t'es barge…

– T'es pas un mec bien, tu mérites pas tout ce qui t'arrive.

Mika se mit à hurler en s'écroulant. Franck venait de lui tirer une balle dans le genou ! Le coussin avait étouffé la détonation, mais pas les cris du blessé qui risquaient d'alerter tout l'immeuble. Il s'agenouilla près de lui.

– Ferme ta gueule, si tu cries encore une fois, je te bousille l'autre genou. Celle-là c'est juste pour la gifle.

Grimaçant de douleur, les deux mains enserrant sa rotule, des gouttes de sueur perlaient de son front et sa jambe baignait dans une mare de sang.

– C'est amusant quand on inverse les rôles, on se sent tout de suite mieux, tu trouves pas ?

– Je vais te crever !

– Ça, c'est pas très gentil. T'en as trouvé beaucoup des pigeons comme moi pour te payer ta superbe Audi ?

– C'est pas tes oignons.

– Non, c'est vrai, mais tu vois, j'peux pas repartir d'ici en te laissant comme ça. Dès que je vais avoir le dos tourné, tu vas appeler tes potes.

Il ne trouvait plus la plaisanterie très drôle. La balle dans le genou le faisait atrocement souffrir et les dernières paroles prononcées par Franck lui faisaient craindre le pire. Il se radoucit soudainement.

– Tu comptes faire quoi ?...

– J'hésite… Où te coller une deuxième balle dans l'autre genou pour te faire souffrir un peu plus, ou directement dans la tête, ça m'fera gagner du temps.

– T'es complètement dingue !

La peur se lisait maintenant sur son visage. Il ne prenait plus ces menaces à la légère.

– Écoute, on peut s'arranger. Je te propose de rentrer dans notre bande et tu pourras gagner encore plus d'argent.

– Tu m'prends pour un imbécile et dès que j'aurais le dos tourné tu m'abattras d'une balle dans le dos.

– Tu vas pas me tuer pour une simple petite gifle…

– Une simple petite gifle… t'en as déjà reçu de simple petite gifle comme celle-là !

Joignant le geste à la parole, il le gifla, mais avec une telle violence que sa tête heurta le sol.

– Tu vois, c'est pas agréable, ça fait mal et c'est vexant. Comme tu sembles me l'demander, je vais pas m'éterniser ici, il est temps d'en finir.

– Je t'en prie, ne fais pas ça, je ne te ferai pas de mal, je te le jure.

– C'est pas beau de mentir. Tu ne penses même pas ce que tu dis. Tu veux que je te dise ce à quoi tu penses… Tu es en train de te dire qu'il ne me reste plus longtemps à vivre. C'est ça, hein ?... C'est bien ça ?... Réponds ! Tu as raison, moi à ta place je ferais pareil.

– Non, je te jure que je ne ferai rien contre toi !

Saisissant un deuxième coussin, il le superposa au premier et les colla sur le visage de Mika. Celui-ci, effrayé, recula et voulut lui saisir les bras. Sentant que la situation allait lui échapper, Franck l'assomma d'un coup de revolver, lui occasionnant une plaie profonde dans le cuir chevelu. À moitié K.O., il n'eut pas le temps de réagir, le coup de feu venait de partir, faisant exploser sa cervelle à travers les coussins qui se maculèrent aussitôt du sang jaillissant de la blessure, éclaboussant la moquette.

– Fallait pas me chercher ! T'as le bonjour de Castro !

Avant de quitter le domicile, il se mit en quête de fouiller rapidement chaque pièce. Son butin lui réserva quelques surprises : des sachets de drogue, un beau paquet de billets ainsi qu'un revolver. Il s'empara aussi des papiers d'identité de sa victime, ainsi que le trousseau de clés, lui permettant de revenir plus tard pour fouiller un peu plus en profondeur tranquillement.

Avant de partir, il jeta un dernier regard vers l'homme étendu sur le sol, le visage caché par les coussins et eut l'idée de signer son crime.

Muni d'un feutre et d'une feuille de papier, il écrivit en lettres majuscules : CASTRO TE SALUE, inscription qu'il déposa bien en évidence sur le coussin.

Le constat

De retour dans son deux-pièces, Franck dut s'allonger, tellement cette épreuve meurtrière l'avait anéanti.

« Comment ai-je pu tuer cet homme ? Presque de sang-froid ! ».

Lui qui n'avait jamais bu d'alcool, excepté le soir où il avait dîné au restaurant avec Annie, il éprouva subitement le besoin de sentir ce breuvage s'introduire en lui.

Il se rendit au supermarché et acheta une bouteille de whisky. Peu lui importait la marque, il voulait se laver intérieurement. Incapable de savoir si cela lui ferait du bien, il lui fallait quelque chose qui l'endorme, l'anesthésie.

Au fur et à mesure que les verres se vidaient et que le contenu de la bouteille diminuait, son état d'ébriété progressait, l'enivrant, le plongeant petit à petit vers le néant… Avant de sombrer, il repensa à son père qui, chaque soir, se réfugiait dans son éthylisme. Il devait avoir une raison profonde pour se détruire ainsi.

* * *

Lorsqu'il reprit conscience le lendemain matin, il ne comprit pas tout de suite pourquoi, à moitié allongé sur son lit, il portait ses vêtements. Ce n'est que lorsqu'il aperçut la bouteille vide qu'il réalisa que l'alcool l'avait entraîné dans une spirale sans fin, transformant son ivresse en une amnésie volontaire. Mais plus encore, c'est surtout une céphalée carabinée qui lui rappela sa beuverie de la veille.

Autant la veille au soir, il ne regrettait pas son geste, autant ce matin, il pensait différemment. Il avait beau se persuader que ce personnage méritait grandement le sort qu'il lui avait réservé, il ne parvenait pas à admettre qu'il soit devenu un assassin.

Pour tenter de se déculpabiliser, il se mit à dialoguer avec sa conscience.

« Pour qui te prends-tu pour avoir décidé de son destin ? Ce n'était pas à toi de lui retirer la vie, tu n'en avais pas le droit, tu n'étais pas missionné pour ça. Pour une simple gifle… Non, il y avait aussi la menace. Rappelle-toi de Gabriel avec Manu, il l'avait juste menacé et cela a suffi pour qu'il récupère son argent. Oui, mais les dealers, il les a bien tués. C'est différent, il l'a fait pour sauver sa propre vie. Bien qu'il les ait menacés en premier, il se trouvait en état de légitime défense. Ouais, c'est discutable… Ce qui ne l'est pas c'est ce que tu viens de faire. Tu vas porter ce fardeau toute ta vie et tu ne pourras pas t'en débarrasser. Si tu veux fonder une famille, tu oseras dire à ta propre femme, à tes enfants, qu'un jour tu as tué un gars, simplement parce qu'il t'avait giflé ? Non, je ne crois pas. Mais il vendait de la drogue, lui aussi a peut-être tué des gens avec cette saloperie. Mais il ne le savait pas. Et toi aussi tu en as vendu, toi aussi tu as peut-être tué des gens ! Alors pourquoi, si tu dis ne pas avoir voulu le tuer, tu as signé ton crime ?... ».

Il se leva et regarda sa montre. Les aiguilles affichaient neuf heures, il devait commencer son boulot à sept heures ! Sans prendre le temps de se doucher ni de changer de vêtement, il se rendit au pas de course au supermarché, encore bercé par les vapeurs d'alcool. Ce fut son premier avertissement verbal.

* * *

Il regardait le trousseau de clés, posé sur son meuble, de manière presqu'interrogative. Il semblait l'attirer, lui laissant espérer de nouvelles découvertes. Mais, conscient des risques encourus, il préféra le faire disparaître au milieu de ses ordures.

Ce n'est qu'une dizaine de jours plus tard, qu'il apprit la nouvelle en regardant le journal télévisé. Le journaliste délivrait les informations suivantes.

« Nous sommes sur place, rue du parc Champollion et c'est là, dans cet immeuble, au troisième étage, que vient d'être découvert le cadavre d'un homme décédé dans son appartement, tué d'une balle dans la tête. Le décès remonterait à une dizaine de jours et c'est l'odeur de putréfaction ressentie par les voisins de palier qui a déclenché un appel aux pompiers. D'après les premiers éléments de l'enquête, il ne s'agirait pas d'un suicide, mais bien d'un règlement de compte. L'homme a été retrouvé la tête recouverte de deux coussins qui auraient servi à étouffer le bruit de la détonation. Une seconde blessure au genou laisse à penser qu'il aurait pu être torturé. Toutefois, l'absence d'une arme à feu permet encore d'imaginer toutes les hypothèses. Cet homme n'a, pour le moment, pas été identifié. Un indice toutefois, relevé sur son corps, intrigue les enquêteurs. Il s'agit d'une feuille de papier posée sur le cadavre, portant l'inscription « CASTRO TE SALUE ».

S'en suivait l'interview de plusieurs locataires, voisins de palier, le décrivant comme un homme tranquille, sans histoire.

L'indice, la signature, il se félicitait d'avoir eu cette idée au dernier moment. C'était sa marque de fabrique. On parlait de lui sans savoir qui il était. Une espèce de fierté l'envahit.

Si Gabriel regardait la télévision, là où il se trouvait, il ferait très vite le lien avec lui. Peut-être aurait-il alors envie de renouer avec son compagnon d'infortune.

Le consommateur

Le consommateur recherché demeurait désespérément introuvable. Ou bien il se méfiait et faisait le mort, ou bien il n'existait plus, ou bien il avait été appréhendé par la police. Pour le relancer, Franck fit apparaître une nouvelle annonce, plus alléchante que la première.

Mais le but recherché ne fut pas atteint. Plus les jours passaient, plus l'espoir de le retrouver s'amenuisait. Mais encore une fois, ce fut un synopsis à l'intrigue bien ficelée qui se déroula devant ses yeux. Au moment où l'acteur ne s'y attend plus, lorsque découragé il préférerait abandonner, qu'il n'a plus rien à espérer, que le miracle apparaît dans toute sa splendeur, comme toujours à la dernière minute. Un coup de baguette magiquc qui va changer la face du monde. Attention toutefois, à ne pas crier victoire trop tôt.

Vingt-trois heures trente

La messagerie Darknet lui délivra soudainement un message rempli d'espoir. Mais qui aurait-il face à lui ? Celui qu'il recherchait farouchement, ou un autre ?

Un peu tard pour lui fixer un rendez-vous le soir même, il lui proposa donc de se retrouver le lendemain à la même heure près d'un Abribus. Ce n'était pas trop loin de son domicile et cette proposition sembla convenir à l'inconnu. Il aimait bien cette idée d'Abribus, cela lui avait porté chance au pensionnat, alors pourquoi ne pas continuer à s'en servir.

* * *

Vingt-trois heures quinze, le lendemain

Emmitouflé dans son blouson, le col relevé, les mains dans les poches, il sentait contre son ventre la crosse de l'arme qu'il avait glissée dans son pantalon. Dix, quinze, vingt-cinq minutes sans voir personne…

Puis il aperçut, au loin, un homme vêtu d'une capuche qui paressait l'observer. Il resta un moment sans bouger. Ne pas l'affoler, le laisser venir tranquillement, pour qu'il se sente en sécurité. Il mit encore une dizaine de minutes avant d'arriver jusqu'à lui. Vêtu d'un jogging gris, une capuche dissimulait le haut de son visage. Premier point positif. La tenue vestimentaire correspondait.

– Bonsoir, je suis Cassis-51.

– Bonsoir, moi c'est Gab622.

– Vous avez ce que je vous ai demandé ?

– Oui, vous avez l'argent.

Franck sortit la came de sa poche et fit l'échange. Comptant les billets, il s'aperçut qu'il en manquait.

– Ce n'est pas ce que l'on avait convenu.

– Oui, mais j'ai l'habitude de faire ça avec les autres, c'est toujours trop cher et ils sont d'accord.

Culotté le gars ! Il sut à cet instant précis que sa proie venait de faire surface.

– Mais moi je ne le suis pas, dit Franck, braquant soudainement son revolver sur lui.

– Eh ! Pas de blague. Je vais vous payer.

Un revirement de situation bien étonnant. Sa volte-face instantanée le déstabilisa quelques instants. Mais bien vite il reprit ses esprits.

– Tu t'souviens d'un gars que t'as harcelé et menacé de mort pendant plusieurs semaines ?

– Non, je vois pas de quoi vous voulez parler.

– Moi j'vois très bien. File-moi ton portable.

Franck eut vite fait de trouver son numéro dans le répertoire de l'escroc.

– Et ça c'est quoi ?

– C'est vous qui me l'avez donné.

– Ça, c'est la meilleure.

– C'est moi qui t'ai donné mon numéro ?

– Ben oui, pour la transaction.

Culotté le bonhomme.

– Je t'ai jamais donné ce numéro ! Comment tu l'as eu ?

– Je ne me rappelle pas.

– Peu importe, tu vas me rendre le fric que tu m'as escroqué la première fois.

– Je ne vous ai jamais escroqué, je ne vous connais pas.

De mensonge en mensonge, il allait bientôt lui dire qu'il ne voulait pas acheter de drogue et qu'il se rendait à l'Abribus pour attendre… le bus !

– T'as mon numéro de téléphone et tu me connais pas… Je crois rêver.

– Maintenant, laissez-moi partir ou je crie.

Il reprenait du poil de la bête, l'arme ne semblait plus l'impressionner.

– J'garde ton téléphone, des fois qu'il te prendrait l'envie d'appeler un pote. Donne-moi tout le fric que t'as sur toi.

– J'ai juste de quoi payer la transaction de ce soir.

– Vide tes poches.

Il posa sur le banc l'intégralité de ce qui se trouvait dans les poches de son jogging. Effectivement il ne possédait pas plus d'argent.

– Et bien, on va aller chez toi.

– Il en est pas question.

C'était devenu une manie chez lui, dès que quelqu'un l'irritait, il le frappait avec son arme. Le canon du revolver s'abattit sur la joue de l'arnaqueur. Déséquilibré, celui-ci recula, trébucha et tomba lourdement sur son postérieur.

– Alors, on tient pas debout ?

– Vous m'avez blessé !

Sa joue, ouverte, laissait s'écouler un filet de sang, lui rappelant l'agression de l'épicier.

– Décidé maintenant à ce qu'on se rende chez toi ?

– Oui.

– C'est loin ?

– Non, environ un quart d'heure.

– T'es tout seul chez toi ?

– Oui.

– Si tu me racontes des craques, je te fume. Si tu essayes de faire quelque chose en chemin, je te colle une balle. J'suis pas connu, ici, moi je risque rien.

Ils ne rencontrèrent pas âme qui vive. À cette heure-ci de la nuit, la plupart des gens dormaient. À l'approche de son domicile, Franck réalisa qu'il vivait dans une cité. Un mauvais souvenir refit surface. L'attrapant par le bras, il l'obligea à s'arrêter.

– Il y a des loubards, ici, de la drogue ?

– Non.

– T'es sûr ?

– Non, je vous assure.

L'immeuble ne payait pas de mine. L'ascenseur vétuste, les peintures salies par les années, les noms des nombreux locataires se superposant sur les boîtes à lettres. Rien ne donnait envie d'y habiter.

Toujours sous la menace de l'arme, l'homme appuya sur le bouton du quatrième, forcé de s'y reprendre à plusieurs fois avant que les portes se décident à se refermer, déclenchant l'élévation de la cabine d'une lenteur exaspérante. La montée chaotique frisait la panne à tout moment. Enfin, parvenus à l'étage, les portes s'ouvrirent, les libérant de cette cage métallique à la progression hasardeuse.

C'est avec soulagement qu'il retrouva la terre ferme du palier.

– Si tu m'conduis dans un guet-apens, tu seras l'premier à payer.

La porte palière ouverte, Franck s'avança lentement, poussant l'individu devant lui, son revolver dans son dos.

– Allume la lumière et mets tes mains dans tes poches.

La première impression le conforta, il s'agissait bien d'un appartement de célibataire. Tout était vieillot, sale, des papiers et des canettes vides traînaient sur la table. Râpée par endroit, parsemée de taches et de brûlures de cigarettes, la moquette criait sa déchéance. Pour parfaire cette ambiance, la pièce dégageait une odeur de renfermé insupportable.

– Bon, vous pouvez me lâcher, je ne vais pas me sauver ni sauter par la fenêtre, on est au quatrième. Je vais chercher l'argent.

Une nouvelle fois, sa conscience le dictait.

« Première erreur. Ne pas faire confiance… Tu devrais le savoir pourtant Franck. Il est chez lui et tu ne sais pas ce dont il est capable ».

Bien que sa conscience l'ait prévenu et mis ses sens en alerte, il réagit beaucoup trop tard.

L'homme se rua dans une pièce et referma immédiatement la porte sur lui. Franck se précipita aussitôt, agitant la poignée plusieurs fois pour tenter d'ouvrir cette porte fermée à clé.

« Deuxième erreur. Ne pas rester derrière la porte. Il peut posséder une arme… Voilà, mets-toi de côté, oui comme ça, c'est mieux ».

À peine l'avait-il fait que des détonations retentirent, les balles traversant aussitôt la mince porte en bois.

– Enfoiré, tu crois pouvoir t'en tirer…

Réaction de l'assaillant en trois secondes et trois étapes : un, il tira dans la serrure; deux, donna un violent coup de pied dans la porte ; trois, se jeta sur le sol.

L'homme fit feu de nouveau plusieurs fois, des balles qui atterrirent dans le chambranle, à quelques centimètres de l'endroit où il se trouvait quelques secondes auparavant.

Au moment où il se couchait sur la moquette, il ne lui fallut qu'une fraction de seconde pour l'apercevoir debout près de son lit, l'arme pointée dans sa direction. Alors il tira lui aussi. Un seul projectile suffit à le faire vaciller, puis il s'écroula sur le lit. Toujours couché, prêt à tirer une seconde fois, il patienta quelques instants avant de se relever, avec d'infinies précautions. Lorsqu'il eut acquis la certitude qu'il ne risquait plus rien, il se dirigea vers lui. La balle l'avait frappé en plein cœur.

Il récupéra l'arme, mais ne prit pas le temps de fouiller l'appartement, les nombreux coups de feu ayant fait suffisamment de bruit. Ne voulant pas être en reste avec son premier meurtre, il déposa sa signature sur le cœur de l'homme abattu : CASTRO TE SALUE.

* * *

Après avoir rangé son revolver, il ouvrit prudemment la porte. Trop tard !

Sur le palier, plusieurs visages apparaissaient, tentant de comprendre ce qu'il venait de se passer. Il se dirigea aussitôt vers les escaliers et les descendit quatre à quatre. La scoumoune le mettait en mauvaise posture. Nombreux étaient ceux qui avaient eu le temps de distinguer son visage. La police n'allait pas tarder à arriver et il valait mieux ne pas moisir dans le quartier.

Il avait tout foiré ce soir. Il venait de tuer un homme, sans avoir pour autant récupéré son argent. Nouveau dialogue avec sa conscience.

« J'étais bien obligé de me défendre, il a failli me tuer. J'ai pas visé le cœur, c'est le pur hasard. Oui, mais il est mort. C'est lui qui a tiré le premier et il a bien essayé de te tuer. C'est vrai, mais je voulais pas le tuer ! Taratata, tu dis que tu voulais pas le tuer et pourtant tu l'as fait. Tu aurais pu viser la jambe ou le bras. Tu crois que c'est facile, quand on se retrouve en situation de danger, de prendre le temps de viser… Et tu as encore signé ! Pour quelqu'un qui veut que l'on prenne ça pour des accidents, tu te fais bien de la publicité ! Fous-moi la paix maintenant, j'ai besoin de me vider la tête ».

Désormais, deux morts hantaient sa conscience. De quoi retourner en taule pour un bon bout de temps. Assis au volant de sa voiture, il réfléchissait aux conséquences, lorsque lui apparut un détail d'une importance capitale. Une véritable catastrophe ! Il avait tout simplement oublié d'effacer les traces de son passage et celles-ci se trouvaient sur la poignée de porte qu'il avait secouée à plusieurs reprises pour tenter de l'ouvrir. Ses empreintes digitales apparaîtraient comme un nez au milieu de la figure. Castro allait bientôt parler.

Il sentit une bouffée de chaleur l'envahir et le malaise arriver. Il baissa la vitre et mit sa tête à la portière pour respirer l'air frais, le temps de retrouver ses esprits.

Il savait que ce serait un jeu d'enfant. En tant qu'ancien taulard, il était répertorié dans le fichier de T.A.J. (Traitement des Antécédents Judiciaires), rassemblant toutes les personnes soupçonnées de crime, de délit ou de contravention graves, ainsi que leurs victimes.

Une fois identifié, il était facile pour les flics de remonter jusqu'à lui. Son boulot, son adresse, sa voiture, tout le désignait.

La seule solution, partir. Où ? N'importe où, mais suffisamment loin pour tenter de se refaire une nouvelle vie avec de nouveaux papiers. Mais pour cela il lui fallait de l'argent.

Grâce à Darknet et ses forums d'entraide, il trouva rapidement une solution. La plateforme illégale lui permit de trouver un guichet automatique Bitcoin (Bitcoin A.T.M.), parmi les cinq milles distributeurs disponibles.

Ce distributeur Bitcoin autorisait, de façon anonyme, de transformer ses Bitcoins en argent et ainsi obtenir jusqu'à 2000 euros par semaine. Certes, il lui faudrait de nombreuses semaines avant de vider son compte, mais c'était la seule solution s'il voulait récupérer l'intégralité de son argent.

Malric, suite

Le lieutenant de police Malric avait tracé son chemin depuis cette dramatique affaire durant laquelle les deux jeunes avaient laissé des traces ineffaçables de leur passage en tuant trois dealers et un des leurs. Aujourd'hui, muté à Fontainebleau, il avait été promu au grade de capitaine.

L'histoire récente des deux meurtres au Raincy lui rappela cet évènement, sept ans plus tôt et la condamnation des deux adolescents. Il décida de consulter le sommier de la préfecture de police (fichier de police censé contenir toutes les condamnations pénales prononcées sur le territoire français) et se rendit compte qu'une des deux personnes condamnées avait été libérée depuis. En affinant ses recherches, il put lire qu'un des deux repris de justice, Franck Durieux, habitait Le Raincy. Pure coïncidence ou lien direct ?

Il décida de téléphoner à l'O.P.J. de Raincy en charge de cette nouvelle affaire.

– Bonjour, capitaine Malric, commissariat de Fontainebleau, pourriez-vous me passer l'O.P.J. s'il vous plaît.

– Oui, ne quittez pas.

– Bonjour, Malric à l'appareil, commissariat de Fontainebleau.

– Bonjour lieutenant Delattre, que puis-je faire pour vous ?

– C'est bien vous qui vous occupez des deux meurtres qui ont eu lieu dernièrement sur votre secteur ?

– Oui, tout à fait. Ça traîne un peu, car on a d'autres affaires plus urgentes sur les bras. Pourquoi me demandez-vous ça ?

– J'ai eu une affaire, il y a sept ans, avec deux ados qui ont abattu trois types dans une cité et pour finir, descendu un collègue. Il y en a un qui est sorti il y a quelques mois. Il était du Raincy. À cette époque, c'était le capitaine Coppo qui s'était chargé de l'affaire.

– Oui, je me souviens de cette affaire. Je l'ai bien connu, il est depuis parti en Bretagne. Et vous pensez qu'il pourrait y avoir un lien ?

– Je n'en sais rien. C'est possible. Vous avez relevé des empreintes ? Ça a donné quoi ?

– Elles sont en cours d'analyse. Comme l'un était dealer et l'autre, consommateur de drogue, on pare au plus urgent et on gère le reste après. Vous savez ce que c'est.

– J'ai fouillé dans le sommier, je vous fais parvenir le dossier de Franck Durieux. S'il est dans le coup, c'est le seul, car Gabriel Sérié, son copain de l'époque, est encore en prison, il avait pris dix ans. Tenez-moi au courant, ça m'intéresse de connaître la suite.

– Je vous informe dès qu'on a les résultats des analyses.

– Ça marche, merci, au revoir et bonne journée.

La province

Choisissant la province comme nouveau lieu de villégiature, Franck s'était empressé de quitter la région parisienne.

Tout s'était fait si rapidement que cette précipitation lui avait fait perdre pas mal d'argent. N'ayant guère d'autres choix, il ne prit pas le temps de démissionner de son travail ni de donner son préavis pour libérer son appartement. La fuite avait un coût.

Juste avant de partir, il réussit à obtenir de faux papiers, toujours grâce à Darknet. Il suffisait juste de pouvoir débourser la somme de 10 000 euros. Il s'appelait désormais Georges Marquis.

Camouflé sous une fausse identité, il se rendit à Lyon, une métropole qui lui offrait de nombreuses possibilités de cachettes. La principale difficulté, trouver rapidement un logement. Muni de ses feuilles de paye photocopiées, sur lesquelles il avait transformé son nom d'origine en celui qu'il venait de s'attribuer, il se rendit dans plusieurs agences immobilières.

Hélas pour lui, celles-ci désignaient le lieu de travail du Raincy. Il eut beau user de stratagème, dire qu'il était muté et qu'il prospectait en avance avant de déménager, rien n'y fit. Intraitables, les agents immobiliers contactés refusaient les uns après les autres de lui venir en aide.

Les premières nuits, il dut se résoudre à dormir dans sa voiture. C'est encore grâce au Darknet qu'il finit par trouver un endroit pour se loger. Une espèce de squat, occupé pour la plupart, par des dealers. Bien que ce compromis ne le satisfasse pas, il fit avec, le temps de trouver mieux.

Une nouvelle fois, il vivait comme un fugitif. Conscient que de longues semaines seraient nécessaires pour vider son compte Bitcoin, il avait déjà effectué un premier retrait limité, dans un distributeur A.T.M. La prochaine fois, il devrait parcourir de nombreux kilomètres afin de s'éloigner de la ville.

Les deux meurtres en cours d'élucidation, les journalistes ne délivraient que peu d'informations et ne faisaient pas état d'indices découverts. Cela ne voulait pas dire pour autant que les policiers, discrets dans leurs investigations, n'étaient pas déjà à sa recherche.

Il avait quitté son appartement en emportant le strict nécessaire vestimentaire, son sac à dos servant à transporter les sachets de drogue récupérés chez Mika, de l'argent liquide, ainsi que les deux revolvers.

Posséder une arme était un moyen dissuasif et efficace en cas d'agression, mais à l'inverse, face aux flics, cela rendait la situation périlleuse, sachant qu'ils n'hésiteraient pas à tirer s'ils se sentaient menacés. Gabriel avait eu beaucoup de chance. Il aurait pu avoir face à lui un jeune policier inexpérimenté ou un nerveux qui, voyant son collègue à terre, n'aurait pas hésité à l'abattre.

Possédant suffisamment d'argent pour vivre, il ne chercha pas à trouver un boulot. Les quelques sachets de drogue en sa possession, revendus, lui permirent de récupérer encore une confortable somme d'argent. De quoi tenir de nombreuses semaines.

Mais son moral n'était pas au beau fixe. Seul, face à l'adversité, il ne pouvait pas espérer grand-chose de l'avenir.

Le portrait-robot

C'est en passant devant un kiosque à journaux que Franck découvrit, horrifié, les unes de la presse quotidienne. La plupart des périodiques et publications en faisaient également état.

Rebondissement dans l'affaire des deux meurtres de Raincy : La police diffuse le portrait-robot du tueur présumé.

Sous le titre choc apparaissait son signalement, un portrait noir et blanc, très très ressemblant. Pourtant, il lui était encore possible de passer inaperçu. Depuis qu'il était arrivé à Lyon, il se laissait pousser barbe et moustache. Ajouté à cela une paire de lunettes grossissantes et il devenait beaucoup moins reconnaissable.

Afin de découvrir les derniers détails de l'enquête, il acheta un journal dont l'auteur de l'article fournissait des informations délivrées par les enquêteurs.

« Selon les sources policières, les empreintes relevées chez une des victimes concorderaient avec une scène de crime. D'après les informations obtenues, il s'agirait de celles prélevées sept ans auparavant sur un des adolescents, Franck Durieux, complice de la tuerie de la cité des Bosquets et de l'homicide d'un policier.

Il apparaît également que les balles, extraites des deux corps retrouvés au Raincy, tous deux consommateurs de drogue, proviennent de la même arme.

Toujours d'après ces mêmes sources, Franck Durieux, sorti de prison depuis quelques mois, après avoir purgé sa peine, serait revenu au Raincy. Son retour pourrait être lié à ces deux assassinats. La signature de Castro, découverte sur les corps des victimes, aurait-elle un rapport direct avec Franck Durieux ?

Les policiers auraient retrouvé sa trace dans une supérette, puis dans un supermarché, où il occupa par deux fois le poste de manutentionnaire. Son nom apparaîtrait également dans une agence immobilière qui lui aurait loué un appartement, ainsi que chez un vendeur de voitures, chez qui il aurait fait l'acquisition d'un véhicule d'occasion.

Depuis, les policiers auraient perdu sa trace, laissant à penser qu'il aurait quitté la région parisienne. »

La déduction hâtive du journaliste lui faisait conclure son article en écrivant que Castro n'était autre que Franck Durieux.

Il avait bien entendu, échangé la puce de son téléphone contre celle d'un jetable, astuce employée par Gabriel lors de leur cavale.

Il ressentit soudainement une profonde angoisse. Car bien que s'étant considérablement éloigné de l'endroit où il était recherché, l'ensemble des commissariats et gendarmeries de France devait être en alerte, car il était considéré comme un individu dangereux.

Il hésitait à quitter Lyon pour continuer sa route vers le sud, mais cela servirait-il à quelque chose… Reculer pour mieux sauter ?... Se rendre aurait été la meilleure solution, mais Castro lui interdisait de le faire. Alors ?... Attendre et voir venir.

Persuadé que tôt ou tard il retournerait en prison, il pensa à se donner la mort pour ne pas avoir à connaître cette désastreuse échéance, mais il n'en eut pas le courage. Il se marginalisait une nouvelle fois et s'enlisait dans une situation inextricable.

Il pensa à sa mère qu'il laissait sans nouvelle de lui et qui avait dû, depuis, lire les journaux. Et Annie... que devait-elle penser de lui... L'image de son corps nu passa furtivement devant ses yeux...

L'aléa

Quarante-huit heures après la parution de l'article dans les journaux, c'était sans compter sur un évènement imprévu qui allait bouleverser le cours de l'histoire. Dénommés les aléas, ces incidents imprévisibles ont bien souvent une importance capitale dans le déroulement des destins.

Fortement perturbé par la découverte de cette information le concernant et remettant en cause son mode de vie, Franck n'était plus aussi attentif à sa conduite.

Ce manque de vigilance n'aurait pas eu une grande importance pour un piéton se déplaçant sur le trottoir. Mais cette préoccupation n'allait pas de pair avec son comportement d'automobiliste, qui requiérait une attention toute particulière.

Trop absorbé par ses pensées, il ne vit pas la voiture venant de sa droite qui s'engageait en toute légitimité, abusant peut-être un peu trop de sa priorité. Le choc fut inévitable. Juste de la tôle, mais impossible d'échapper à un état des lieux, à moins de prendre la fuite, ce qui n'était pas vraiment la bonne solution dans les circonstances actuelles. Il était plutôt préférable de faire profil bas.

Les deux conducteurs sortirent aussitôt de leur véhicule et firent ce que font tous les automobilistes victimes d'un accrochage.

D'abord, ils constatèrent les dégâts causés à leur véhicule. Puis, après quelques échanges verbaux inévitables, quelques vociférations apparurent avant qu'un semblant de calme ne revienne.

Franck s'excusa et proposa aussitôt de régler le montant des réparations en liquide, suggérant même une somme rondelette. Il cherchait par tous les moyens à éviter la rédaction d'un constat amiable. C'était la seule façon de conserver son anonymat, car, mêmes'il était muni de faux papiers, l'immatriculation de son automobile correspondait à sa véritable identité. Hélas, le second conducteur ne l'entendait pas ainsi et pour cause.

La malchance, pour Franck, voulut qu'il soit confronté à un chauffeur propriétaire d'une voiture neuve. Il n'eut d'autre solution que se plier à l'établissement d'un constat. Mais plus encore que la trace papier qu'il allait laisser, c'était le comportement de cet homme qui commençait à l'irriter.

Ce dernier le dévisageait, comme si son visage lui rappelait quelqu'un. Franck se hâta de porter ses lunettes, modifiant ainsi légèrement sa physionomie et baissant la tête, s'empressa de rédiger le procès-verbal.

Le document complété, ce fut au tour du second conducteur d'inscrire ses coordonnées. Chacun muni d'un feuillet de l'imprimé dûment rédigé, ils se séparèrent et remontèrent dans leur véhiculc, fortement agacés, l'un comme l'autre.

* * *

Poursuivant sa route, le conducteur du véhicule accidenté grommelait tout seul dans son habitacle.

« Une voiture neuve ! Jamais eu d'accident en vingt ans et il a fallut que ça m'arrive avec une voiture neuve, à cause de cet abruti qui n'a pas respecté ma priorité. Il va voir de quel bois je me chauffe ».

Parvenu devant le commissariat de police, il pénétra à l'intérieur et s'adressa à l'accueil.

– Bonjour, je viens d'avoir un accident, pardon, un accrochage avec un autre conducteur.

– Bonjour monsieur. A-t-il pris la fuite ?

– Non, non, on a fait un constat.

– Je ne vois pas alors ce que nous pouvons faire pour vous monsieur, il faut vous adresser à votre compagnie d'assurance.

– Non, c'est pas ça, j'ai cru reconnaître l'homme qui est en photo sur le journal.

– Ah là, ça change tout. Patientez quelques instants, on va vous recevoir.

– Lieutenant Dewere, bonjour monsieur, que puis-je faire pour vous ?

– Comme je le disais à votre collègue, j'ai eu un accrochage cet après-midi avec un autre conducteur et en plus ma voiture est neuve, alors vous voyez ça me met plutôt en colère.

– Oui, ensuite ?

– J'y viens. J'ai cru reconnaître l'homme qui a sa photo dans le journal. Il portait une barbe et une moustache et pour remplir le constat il portait des lunettes, mais il y avait quelque chose de ressemblant dans son regard.

– Bien, allons dans mon bureau. Suivez-moi... Asseyez-vous. Je vais établir un procès-verbal. Veuillez s'il vous plaît décliner vote identité.

– Je m'appelle Gérard Migeon. J'habite 18 avenue Jean-Jaurès à Vénissieux.

– Donc vous venez d'être victime d'un accrochage et vous me dites avoir reconnu l'individu recherché. Je vais vous remontrer la photo pour que vous puissiez bien la visualiser.

– Je me souviens de l'avoir vu dans le journal il y a deux ou trois jours et on dirait bien que c'est lui.

L'homme fixa un long moment la photo en noir et blanc qu'il avait devant les yeux, avant de confirmer que, pour lui, il s'agissait bien du conducteur qui l'avait percuté.

Afin d'apporter une information supplémentaire, le policier eut alors une idée. Il demanda à un de ses collègues, portraitiste robot, de réaliser une caricature du tueur présumé à partir de la photo en leur possession et des nouveaux éléments communiqués par l'automobiliste. Celui-ci s'assit à côté du policier afin de l'aider dans la construction du personnage.

L'ordinateur suggéra différents types de barbes, moustaches, et lunettes et, par élimination, le portraitiste les assembla jusqu'à obtenir le résultat le plus approchant. À peine eut-il terminé que le conducteur se mit à crier.

– C'est lui, c'est bien lui !

Le policier nota les éléments inscrits sur le constat, en fit une copie, rédigea le procès-verbal et le fit signer au dépositaire de la plainte, avant de le laisser repartir.

Une recherche dans le fichier des immatriculations fournit aussitôt le résultat escompté : le véhicule en question, une Renault Mégane de couleur blanche, achetée dans un garage du Raincy, appartenait bien à Franck Durieux !

Mais ce qui ne collait pas, c'est la concordance entre les renseignements inscrits sur le constat au nom de Georges Marquis et le casier du récidiviste au nom de Franck Durieux.

Soit le véhicule était conduit par un autre individu et dans ce cas la personne qui venait de déposer plainte se trompait, soit il s'agissait bien de l'homme recherché, mais il avait changé d'identité en utilisant de faux papiers. Quant à l'artifice consistant à porter barbe et lunette, c'était un stratagème couramment utilisé.

Bien entendu l'adresse inscrite sur le constat ne correspondait à rien. Un avis de recherche du véhicule fut aussitôt lancé sur l'ensemble des commissariats et des postes de gendarmerie de la région lyonnaise, avec une mention toute particulière signalant un individu dangereux.

* * *

De retour au squat, Franck ne jugea pas utile d'informer sa compagnie d'assurance. Son regard fixé sur le document, il relisait en boucle le nom et l'adresse de celui qui possédait désormais ses coordonnées. Bien que ses faux papiers ne permettent pas aux policiers de remonter jusqu'à lui, à l'inverse l'immatriculation de son véhicule était une véritable signature.

Plus encore, sa paranoïa suggérait que l'inconnu l'ait reconnu. D'ailleurs, il l'avait longuement examiné, ce ne pouvait être une coïncidence.

Il fallait agir, vite, avant que ce dernier n'ait le temps de déposer plainte.

Il reprit le volant et décida de se rendre au domicile du quidam. Résidant dans une zone pavillonnaire de la proche banlieue lyonnaise, sa localisation fut épineuse.

Un modeste pavillon parmi tant d'autres. Dans l'impossibilité de savoir si l'automobiliste était revenu chez lui, il resta posté dans l'ombre jusqu'à la nuit tombée.

Personne ne se présenta au domicile, ce qui laissait à penser qu'il était déjà à l'intérieur de sa maison. Fermement décidé à ne pas laisser un témoin vivant, il sortit de son véhicule, traversa la rue et appuya sur la sonnette. Une femme se présenta.

– Bonsoir madame, excusez-moi de vous déranger, j'ai eu un petit accrochage avec votre mari cet après-midi, pourrai-je juste lui dire un mot ?

– Oui bien sûr, je l'appelle, « Gérard, tu peux venir ».

Comme il tardait à venir, en toute confiance, elle laissa temporairement le visiteur à la porte d'entrée.

– Je vais le chercher, il n'a pas dû m'entendre.

Dès que l'homme apparut, il le reconnut immédiatement et voulut refermer la porte sur lui, mais Franck ne lui laissa pas le temps d'agir. Trois détonations retentirent, suivies d'un hurlement, tandis que l'homme s'effondrait dans son entrée.

Franck s'enfuit aussi vite qu'il le put et démarra en trombe dans un crissement de pneus qui alertèrent des voisins.

Il n'avait pas eu le temps de signer son crime, car cette fois-ci il s'agissait bien d'un assassinat prémédité, il ne pouvait plus le nier. Petit à petit son esprit se métamorphosait, son sang, son corps, son âme, tout en lui se transformait. Franck disparaissait progressivement, Georges Marquis se trouvait balayé d'un revers de manche, seul Castro détenait le droit de vie et de mort.

Gérard

Sur son lit d'hôpital, Gérard Migeon dormait, sédaté par le puissant anesthésique employé lors de l'opération qui venait d'avoir lieu. Fort heureusement, les trois balles retirées ne s'étaient logées que dans son abdomen, ne causant que peu de dégâts.

Malgré l'heure tardive, assise chacune sur une chaise, un mouchoir à la main, une femme accompagnée d'une adolescente attendaient depuis plusieurs heures, dans la salle d'attente. Encore vêtu de sa blouse, le chirurgien poussa les portes battantes et se dirigea vers elles.

– Bonsoir mesdames, je viens vous donner des nouvelles de monsieur Migeon. Soyez rassurées l'opération s'est bien déroulée, votre mari est hors de danger. Il va rester quelques jours en soins intensifs et vous pourrez le voir dès demain. Ce soir, ce ne sera pas possible, il dort et ne reprendra pas conscience avant plusieurs heures.

– Ces blessures sont…

– Non. Aucun organe vital n'a été touché. Il lui faudra juste du repos, mais il n'aura pas de séquelles. Bonsoir et bon courage mesdames.

Étant intervenu sur le lieu du drame, le lieutenant Dewere avait sollicité l'épouse du blessé pour qu'elle se rende au commissariat.

Compte tenu de la dangerosité du criminel recherché et de cette tentative d'assassinat, il était nécessaire d'agir dans l'urgence.

* * *

Les deux femmes quittèrent l'hôpital à bord d'une voiture de patrouille, détachée du commissariat. Le lieutenant de police les attendait.

Lorsqu'elles pénétrèrent dans son bureau, la pendule affichait minuit vingt. Toutes deux, les yeux rougis par les larmes, le teint défait par la fatigue et l'angoisse, prirent place face à lui.

– Je suis désolé de vous imposer cette corvée supplémentaire, mais nous devons agir vite, c'est pourquoi j'ai voulu vous voir maintenant. Comment va votre mari ?

– Il a été opéré et le médecin est confiant. Mais nous n'avons pas pu le voir.

– Êtes-vous au courant de l'accrochage qui a eu lieu cet après-midi entre votre mari et un autre conducteur ?

– Oui, il m'a tout raconté. C'est pour cette raison que lorsque l'individu a sonné et qu'il m'a parlé de l'accident, je ne me suis pas méfiée. Je pensais qu'il avait un document à lui remettre.

– Votre mari vous a-t-il dit qu'il était venu déposer plainte ?

– Oui, ça aussi il me l'a dit.

– Je vais vous montrer deux photos. Vous allez me dire si vous reconnaissez quelqu'un.

La première montrait Franck tel qu'il était apparu dans le journal.

– On dirait bien que c'est la personne qui est venue chez moi, mais il portait une barbe et des lunettes.

– Voici la deuxième photo.

– C’est lui !!! C’est celui à qui j’ai ouvert. C’est ce salaud qui a voulu tuer mon mari. C’est lui, j’en suis sûr.

L’émotion, trop forte, l’envahit à nouveau et elle s’effondra en larmes, soutenue par sa fille.

– Je vous remercie madame. Nous avons tous les éléments pour l’arrêter. Je rédige le procès-verbal, vous le relisez, le signer si vous êtes d’accord et une voiture va vous raccompagner chez vous.

Le piège se refermait progressivement.

L'ultime tentative

Assis sur son lit, Franck n'arrivait pas à réaliser qu'il venait de tuer, de sang-froid, une troisième personne, presque sous les yeux de sa femme.

Castro l'avait envahi au point de lui retirer son enveloppe corporelle, lui laissant juste son empreinte génétique. Il ne se contrôlait plus. Ce maudit double le dirigeait, quand il en avait envie, comme il en avait envie, au moment où il le décrétait.

Il se rendait surtout compte que son chemin d'homme traqué allait bientôt se retrouver dans une impasse.

Il quitta le squat le soir même pour passer la nuit dans sa voiture. Afin d'être prêt à toute éventualité, il ne se coucha pas sur la banquette arrière, mais s'assis derrière son volant, les clés sur le contact. Enveloppé dans une couverture afin de pallier la fraîcheur ambiante. Bien que cette position ne soit pas très confortable, elle lui permettrait de fuir plus rapidement si le besoin s'en faisait sentir.

Mais il commit une nouvelle erreur. Assis sur le siège conducteur, il ne se remarquait que si l'on passait à côté de lui, le regard tourné dans sa direction. Peu probable qu'une personne agisse de la sorte. Par contre, son véhicule était un véritable informateur !

Une voiture de patrouille, occupée par trois hommes, remontait la rue lentement, inspectant aussi bien les pavillons que les véhicules stationnés. En passant devant la Mégane blanche, ils aperçurent une personne au volant. Respectant les consignes, ils ne s'arrêtèrent qu'une centaine de mètres plus loin.

– P.C. d'Oscar 18.

– Parlez Oscar 18.

– Nous venons de passer devant une Mégane blanche, il y a un individu assis au volant. Il se peut que ce soit le type recherché.

– Il est dangereux, surtout n'intervenez pas seuls. Communiquez-nous l'immat et on va la passer au S.I.V. (Système d'Immatriculation des Véhicules). Où vous trouvez-vous ?

– Nous sommes rue Jean Dalbion. Nous refaisons un passage pour relever le numéro.

Ayant fait le tour de l'îlot urbain, ils arrêtèrent leur voiture bien avant la Mégane, laissant une distance suffisante pour ne pas être repérés. Un des policiers descendit, la main sur son arme et avança discrètement jusqu'à ce qu'il puisse lire le numéro de la plaque minéralogique puis revint s'asseoir dans la voiture de patrouille.

– P.C. d'Oscar 18. Je vous communique le numéro : Roméo, Charlie, 8, 1, 2, Bravo, Zulu.

Il leur fallut quelques instants de patience avant d'obtenir la confirmation.

– Il s'agit bien du véhicule recherché. Restez en position et attendez les ordres.

– Ok, terminé.

Mais les trois hommes ne partageaient pas le même avis. Arrêter un dangereux criminel leur vaudrait les félicitations et de l'avancement. Peut-être aussi un bon savon pour ne pas avoir obéi aux ordres, mais ils pourraient toujours dire qu'ils étaient intervenus parce qu'il s'apprêtait à s'enfuir.

– Allez, on y va les gars. Jacques, fais le tour du pâté de maisons et repasse devant, on va bien voir si c'est lui.

Le plus jeune d'entre eux n'envisageait pas les choses de la même façon.

– Mais on nous a donné l'ordre de ne pas bouger.

– On est trois, si à nous trois on n'arrive pas à l'arrêter, alors il faut qu'on change de métier.

– Il est dangereux, il a déjà flingué trois personnes et si on rate notre coup, on va en prendre plein la figure.

– Il n'y a pas de raison qu'on rate. Il est en train de dormir. On le prend par surprise, il n'aura pas le temps de réagir.

Ils sortirent tous les trois de leur automobile en refermant les portes avec précaution et s'avancèrent prudemment en direction de la voiture blanche, leur arme à la main.

Franck dormait profondément lorsqu'un signal d'alerte, une espèce de sixième sens, une alarme interne se déclencha. Il ouvrit un œil et aperçut dans son rétroviseur deux hommes se déplaçant sur la chaussée, légèrement voûtés, avançant dans sa direction. Jetant un coup d'œil de l'autre côté, il vit un troisième individu progressant également sur le trottoir. Il ne pouvait s'agir que de policiers.

Ce déploiement de force inattendu se traduisit instantanément par un sentiment de peur. Il ressentit en même temps des picotements sur le haut de son crâne. Son instinct de survie le poussa immédiatement à réagir. Lentement, il déposa son revolver sur ses cuisses, dissimulé par la couverture et posa sa main sur la clé de contact.

Tout se passa alors très vite. Une lampe l'aveugla soudainement, éclairant l'habitacle, une arme pointée sur lui à travers la vitre, tandis que l'homme tentait d'ouvrir la portière verrouillée.

– Police, ne bougez plus, mains sur le volant !

Franck saisit d'emblée son revolver et tira sur le policier, faisant exploser la vitre. Les deux autres hommes se mirent aussitôt à l'abri. Aussi vite qu'il le put, il tourna la clé et démarra en trombe bousculant le policier blessé qui s'écroula sur le macadam.

Des détonations retentirent immédiatement. La lunette explosa et il ressentit dans le même temps une violente douleur dans le bas du dos. Son pied écrasait l'accélérateur, comme si un énorme poids le maintenait appuyé, sans qu'il puisse le contrôler.

Une balle venait de traverser le dossier et le faisait atrocement souffrir. Il voulut tourner à l'angle de la première rue qu'il rencontra, mais la vitesse excessive et sa vision devenue trouble lui firent perdre le contrôle de la situation. Il eut l'impression que la voiture stationnée se dirigeait vers lui à une vitesse vertigineuse. Un choc, violent, les cris des policiers lui intimant de lever les bras et il perdit connaissance…

Troisième Partie

Fleury

Allongé sur son lit dans la cellule de Fleury-Mérogis, Franck se remémorait son passé, ses meurtres, les dernières heures de sa cavale et… le trou noir. Ce film, il le connaissait par cœur.

Tout s'était passé très vite, ne lui laissant pas le temps de réfléchir. En l'espace de quelques secondes, il avait tiré sur le policier, démarré sa voiture et prit la fuite.

Seulement, les autres brigadiers avaient immédiatement riposté pour tenter de le stopper dans son échappée. Hélas pour lui, ils y étaient parvenus. Un des projectiles l'avait atteint, se logeant à quelques centimètres de sa colonne vertébrale, explosant son rein droit. La douleur intense et immédiate lui avait fait perdre connaissance et, de cause à effet, la perte de contrôle de son véhicule.

À son réveil, allongé sur un lit d'hôpital, il se rendit compte qu'il était sondé, perfusé et nauséeux. Sa mémoire lui revint peu à peu et avec elle les dernières minutes vécues dans la douleur.

L'intervention médicale d'urgence, d'une durée de plusieurs heures, lui avait sauvé la vie. Il vivait désormais avec un seul rein. Devant sa chambre, un policier en faction veillait sur lui ou plus exactement veillait à ce qu'il ne puisse ni s'échapper ni recevoir de visite, ce qui dans son état était plutôt une utopie.

Dès que le lieutenant de police put l'interroger, il le fit sans ménagement, l'informant avec amertume de la mort de leur collègue. Celui-ci décéda dans les heures qui suivirent l'agression des suites de ses blessures, causées d'une part par la balle tirée presque à bout portant, d'autre part par le véhicule l'ayant heurté avec violence.

Il se voyait donc accusé de trois meurtres, deux consommateurs de drogue et un policier ainsi que d'une tentative d'assassinat de l'automobiliste malchanceux, à qui l'on pouvait juste reprocher d'avoir abusé de sa priorité. Si la situation n'était pas aussi tragique, il en aurait presque ri. Il égalait Gabriel !

Bien sûr, ce n'était pas un concours. Il ne s'était jamais promis l'un et l'autre de jouer les surenchères. L'escalade de la violence ne faisait pas partie du programme. Tout ce qui arrivait n'était pas non plus dû aux fruits du hasard. La préméditation penchait plus dans la balance que l'imprévu.

Le juge

Lors de sa convocation devant le juge pour subir son interrogatoire, le magistrat fut troublé de découvrir sa double personnalité.

Son dossier faisait état d'une mauvaise éducation, de parents irresponsables, d'un comportement violent durant sa scolarité, de sa fugue du pensionnat et de sa complicité dans les meurtres qui eurent lieu lorsqu'il était âgé de seize ans. Il s'attacha plus particulièrement aux mobiles l'ayant fait agir une seconde fois.

Une question le préoccupait, celle de l'intention criminelle. Quelles motivations avaient bien pu pousser cet individu à se comporter ainsi ? Que s'était-il passé dans son esprit au moment des faits.

Franck fournit toutes les réponses aux questions posées et même bien plus. Il ressentait le besoin de parler de son enfance jusqu'à ces derniers crimes. L'homme qui se tenait face à lui l'écoutait et le laissait parler. Il voulait comprendre.

Plusieurs convocations chez le magistrat furent nécessaires, transformant l'instruction en thérapie bienfaisante.

Ses pulsions, sa violence, ses crimes commis sous le pseudonyme de Castro l'intriguaient. Après l'avoir écouté de nombreuses heures durant, le juge finit par ordonner une expertise psychiatrique afin d'obtenir des éclaircissements dans un domaine particulier qui ne relevait pas de sa compétence, celui de la psychologie.

L'unique entretien se déroula dans le cabinet d'un psychiatre au terme duquel l'expertise psychiatrique donna lieu à un rapport purement médical, portant sur le constat d'une pathologie. Franck ou plus exactement Castro au moment des faits, rentrait dans le cadre des individus atteints *d'anomalies mentales*.

Lors du délibéré, les magistrats et jurés chargés de voter sa culpabilité durent déterminer si Franck était coupable ou non coupable des faits qui lui étaient reprochés et répondre à la question par « oui » ou par « non ».

Les magistrats du siège durent inclure la notion de trouble de la personnalité, entraînant des mécanismes psychiques particuliers pouvant l'affecter. L'expertise psychiatrique portant essentiellement sur l'évaluation de la responsabilité pénale et de la dangerosité. Il fut alors question de conjoncture d'allègement diminuant la gravité du délit.

Malgré les circonstances atténuantes, la cour d'assises ne fut pas tendre avec lui. Compte tenu de sa récidive, le procureur demanda une peine exemplaire de vingt ans de prison.

Après en avoir délibéré, le considérant comme pénalement responsable, le jury le condamna à passer quinze années de sa vie derrière les barreaux.

La prison

Lui qui s'était juré de ne jamais remettre les pieds en prison, il avait vraiment tout fait pour y retourner. Lui ou bien son double ?

Parfois, il ne comprenait pas comment il avait pu en arriver là. Bien sûr, s'il analysait son parcours, les évènements qui s'étaient déroulés n'étaient qu'une suite logique et inévitable.

Il aurait pu rester auprès d'Annie, garder son boulot de chef d'équipe et s'en contenter. Aujourd'hui, il serait peut-être marié, père d'un ou plusieurs enfants. Ils auraient passé quelques dimanches chez sa mère qui n'aurait pas apprécié les cris des petits jouant dans le jardin…

« Mais non, tu sais que ce n'est pas possible, tu n'en voulais pas de cette vie. Alors, à quoi bon ruminer ? Tu n'as que ce que tu mérites ! ».

Ses premiers mois en prison ne ressemblèrent en rien à une sinécure. Tristesse, morosité, dépression, mitard, tentative de suicide. Il traversa tous les stades. S'il était encore en vie aujourd'hui, c'est grâce au gardien qui l'avait découvert baignant dans son sang après s'être entaillé les veines.

Il ne supportait pas cet enfermement, ce tunnel sans fin qu'il devrait parcourir centimètre par centimètre pour parvenir au bout où une toute petite lueur d'espoir brillait encore. Il refusait les sorties. Plusieurs jours sans manger le conduisirent à l'infirmerie. Il lui fallut des semaines pour renaître.

Et comme si cela ne suffisait pas, il y eut cette altercation dans les douches. Plusieurs détenus à la libido un peu trop développée tentèrent d'abuser de lui au moment des ablutions. Ce fut la provocation de trop. Castro sortit de ses gonds, sans même qu'il s'en rende compte. Ce fut sanglant. Résultat : condamnés tous les quatre à vingt jours de cellule disciplinaire !

Lorsqu'il sortit du mitard, il comprit qu'il ne s'en sortirait pas, que plus rien ne le rattachait à la vie. Quinze ans dans cet enfer, il ne le supporterait pas. Alors il fit ce qu'il avait déjà envisagé, il décida de mettre fin à ses jours.

Profitant d'un moment de solitude dans la cellule, il accomplit le geste fatal. Fort heureusement un gardien, peut-être un peu plus zélé qu'un autre, connaissant son état dépressif, le surveillait plus assidûment. Il le sauva, bien malgré lui.

Après ce passage à l'acte manqué, il demeura de nombreuses années plongé dans son isolement volontaire dû à une détresse psychologique. Ses compagnons de cellule respectaient son comportement de reclus. Il parlait peu. Juste les mots nécessaires aux rares échanges.

Ces journées, sans fin entre ces murs lui parurent interminables. Et pour cause, elles étaient sans fin.

Il avait beau se dire qu'il devait renouer avec d'autres personnes, instaurer un dialogue qui le sortirait de son mutisme, il s'en sentait incapable.

Ce fut encore une fois une aide extérieure qui vint à son secours. Entendez par extérieur, un individu incarcéré comme lui, mais basé dans une autre unité.

* * *

Depuis sa seconde incarcération, treize années venaient de s'écouler, quatre mille sept cent quarante-cinq jours, durant lesquels il avait eu maintes fois le temps de réfléchir sur sa vie de misère.

Cet individu plus fréquentable que d'autres, mais bien moins que le commun des mortels, l'aborda pendant qu'ils s'adonnaient à l'atelier menuiserie. Cette activité, pratiquée lors de sa première incarcération, fut sa planche de salut. Il s'accrochait à ces quelques bouts de bois façonnés qui, chaque jour, prenaient forme.

Il vint vers lui le plus discrètement possibles. Les échanges n'étant pas interdits, ils devaient simplement durer le moins longtemps possible.

– Bonjour, je m'appelle Gilles et toi ?

– Bonjour, moi c'est Franck.

– Tu es là depuis longtemps ?

– Ça fait treize ans. Et toi ?

– Deux ans. T'en as pris pour combien ?

– Quinze ans.

– C'est beaucoup, t'as fait quoi pour ça ?

– J'ai tué trois personnes, dont un flic et j'suis récidiviste. Et toi,

– J'ai tué aussi des gens.

Un coup dc sifflet les avertit qu'ils devaient se remettre au boulot chacun à leur place.

– On en reparlera plus tard.

Cet intermède de quelques minutes lui apporta une bouffée d'oxygène qui le revigora. Peu importe que cet individu soit comme lui, qu'il ait commis des meurtres ou d'autres exactions, ici, il n'y avait pas de place pour les bienveillants.

* * *

Depuis plusieurs semaines, ils se retrouvaient dans les mêmes conditions. Suivant l'humeur des gardiens, occupés à la surveillance, ils bénéficiaient parfois de quelques minutes supplémentaires dont ils tiraient profit pour converser davantage. Ce jour-là, Gilles lui fit une proposition.

– Pourquoi tu ne demanderais pas ton changement de cellule. Tu fais jouer ton côté dépressif en leur disant que tu as trouvé en moi la personne qui te fait du bien.

– Je vais y réfléchir.

Franck adressa un recours, invoquant les raisons citées par son nouveau copain. Il ne se faisait pas trop d'illusion. Sa tentative de suicide était tellement loin, que tout le monde, y compris le directeur de la prison, l'avait oubliée.

Quatre mois s'étaient écoulés depuis qu'il avait adressé sa requête. Il n'y croyait plus. Ce matin-là, le gardien-chef s'adressa à lui.

– Allez Durieux, tu fais tes bagages, tu changes de cellule.

Il n'en croyait pas ses oreilles. Non, il ne rêvait pas, sa doléance avait été entendue.

– Tu as de la chance, ce n'est pas donné à tout le monde. Ta bonne conduite y est pour quelque chose.

Il salua ses camarades avec un petit pincement au cœur et quitta cette pièce à l'intérieur de laquelle il avait vécu pendant ces treize années. Même s'ils se parlaient peu, une cohabitation de vingt-quatre heures sur vingt-quatre laisse forcément des traces.

Il espérait que « cette transhumance » allait le revitaliser. Partager la cellule avec Gilles ne pouvait que lui être bénéfique. Du moins, le pensait-il. Un troisième personnage, plus âgé, cohabitait.

* * *

Gilles l'avait métamorphosé. Grâce à lui, il avait réappris à vivre et entrevoyait l'avenir avec un peu plus d'optimisme. Mais une question existentielle l'obsédait. Qu'adviendrait-il de lui lorsque le moment de quitter la prison serait enfin arrivé ? Le monde extérieur ne correspondrait plus avec celui qu'il avait quitté. Et sa mère ? Et Annie, qu'étaient-elles devenues ? Et Gabriel, libéré depuis tellement longtemps ?…

Il n'avait pas osé questionner son camarade sur ses activités passées ni sur celles qui l'avaient conduites en prison. D'ailleurs, celui-ci ne lui en avait pas dit plus. Il n'osait pas le faire de peur d'être déçu. Alors, il se contentait de parler de choses et d'autres et laissait les jours s'écouler invariablement.

À deux mois de sa libération, il commença à ressentir de l'anxiété. D'ailleurs Gilles s'en aperçut rapidement.

– Qu'est-ce qui ne va pas ?

– J'ai peur de sortir.

– C'est normal, après tant d'années, ça fait peur à tout le monde. On ne sait pas ce que l'on va trouver dehors. Tu as quelqu'un chez qui aller ?

– Non, personne.

– Tu as de l'argent de côté ?

– Non, j'ai plus rien.

– Je comprends que ça te fasse peur. Du jour au lendemain, la porte s'ouvre. Tout ce qui était défendu redevient permis. Ton corps a vieilli, tes économies se sont envolées, tu n'as plus de famille et nulle part où aller. Il va te falloir réapprendre la vie du dehors. En langage pénitentiaire, on appelle cette libération brutale « une sortie sèche ». Je peux t'aider, mais il faut que tu en aies envie.

– Je sais pas trop, j'ai déjà eu de l'aide avec un collègue de travail et ça s'est fini en meurtre.

Cette fois, il osa le questionner.

– Tu faisais quoi avant ?

– J'étais sicaire ou si tu aimes mieux, mercenaire. Pendant des années, j'étais un combattant aux côtés de l'armée et je prenais part aux hostilités.

– Quelle différence avec un militaire ?

– Le salaire mon gars, le salaire. Je touchais une rémunération nettement supérieure à leur solde.

– Tu as voyagé dans beaucoup de pays ?

– Pas mal, oui. Tous les endroits où des conflits armés avaient lieu. Et puis un jour, j'en ai eu marre. Alors je me suis reconverti.

– En quoi ?

– Je ne sais pas si je dois te le dire, parce que c'est ce que j'aurais à te proposer si tu étais d'accord.

– Dis toujours, j'aurais le choix d'accepter ou pas.

– Je suis devenu tueur à gages !

– …

– Oui, je savais que ça allait te couper les pattes.

– Et tu tuais les gens pour… de l'argent ?

– Oui, suivant les contrats, ce pouvait être de grosses sommes d'argent. Lorsque tu vas sortir d'ici, tu vas pas pouvoir trouver de boulot ou alors des boulots de merde. Il va falloir que tu te loges, que tu manges, que tu vives quoi. Et si tu y arrives pas, tu vas replonger. Avec un boulot comme celui-là, tu travailles pas tous les jours et l'argent que tu gagnes te permet d'attendre. Moi, je t'oblige à rien, tu fais comme tu l'entends. Tu as encore deux mois pour réfléchir.

Franck fit un nouveau bond en arrière et se revit assis derrière une table au café lorsque Mika lui proposa de vendre de la drogue.

Ce soir-là, il éprouva beaucoup de difficultés à trouver le sommeil.

La sortie

Contrairement à sa première libération qui s'était faite sous la grisaille, le soleil brillait ce jour-là.

Il avait quitté Gilles non sans une certaine émotion et ce dernier lui avait glissé dans la main sa « lettre de recommandation ».

Confronté au dilemme moral dans la lutte du bien et du mal, Franck n'avait pas encore pris de décision. Deux directions s'offraient à lui. Soit il optait pour la probité et dans ce cas il prendrait un chemin caillouteux semé d'embûches. Soit il choisissait la fourberie et une belle route goudronnée lui tendait les bras. Dans ce cas, un point de chute l'attendait sous la forme d'une adresse et d'un nom.

Le bruit de la rue lui fit du bien, comme une musique apaisante. De longues heures durant, il marcha à la reconquête d'un monde nouveau. Il lui semblait avoir changé de siècle. Les gens ne s'habillaient plus pareil, les femmes s'exhibaient les cheveux courts ou colorés, les automobiles avaient changé de forme.

Ses yeux, devenus un appareil cinématographique, emmagasinaient des images jusqu'à saturation. L'envie lui prit de se rendre à Paris, comme un retour aux sources et c'est sur l'avenue des Champs-Élysées qu'il termina sa balade. Là, c'est à loisir qu'il profita de la vision des jolies femmes qui déambulaient sur les trottoirs. Il n'en avait jamais vu autant. Du moins c'est ce qu'il croyait.

Lorsque le soleil commença à décliner, il fallut envisager son hébergement. Où allait-il dormir ? Il n'osait pas se rendre chez sa mère, il avait honte. Quinze ans qu'il ne l'avait pas vue, qu'il ne lui avait pas écrit. Quinze ans sans nouvelles !

Aussi insensé que cela puisse paraître, il décida d'aller chez Annie. Il se souvint de leur sortie du restaurant, de leur premier baiser, de ces escaliers montés quatre à quatre et de cet appartement où ils avaient fait l'amour la première fois…

« Tu es complètement timbré mon pauvre garçon. Tu vas aller chez elle, alors que ça fait quinze ans que vous vous êtes quittés. Tu es sacrément culotté ! Si elle est encore là, ce qui m'étonnerait, tu crois qu'elle va te recevoir ? Peut-être même qu'elle va se jeter dans tes bras… Pauvre nigaud que tu es. Elle est partie depuis longtemps, elle a dû refaire sa vie avec quelqu'un de bien, pas un pauvre mec comme toi. Moi, je serai à sa place, je t'enverrai promener ».

Pourtant, faisant fi de sa conscience, il décida de se rendre à l'appartement.

* * *

Après avoir gravi les marches de l'escalier deux par deux, c'est essoufflé qu'il parvint au dernier étage. Il patienta quelques instants, le temps que les battements de son cœur se calment, mais s'il finit par retrouver son souffle, son cœur continuait de battre la chamade, à l'idée de la voir apparaître derrière la porte.

Son doigt appuya sur la sonnette presque machinalement. La porte s'ouvrit sur un enfant.

– Bonsoir.

– Bonsoir, est-ce qu'Annie est là ?

Le gamin s'enfuit aussitôt appelant son père.

– Bonsoir, que voulez-vous ?

– Bonsoir, excusez-moi de vous déranger, je pensais qu'Annie habitait toujours là.

– Non, il n'y a pas d'Annie ici.

– Ça fait longtemps que vous occupez l'appartement ?

– Douze ou treize ans. Pourquoi ?

– Vous ne l'avez pas connue ?

– Non, je vous l'ai dit il n'y a pas d'Annie. Bonsoir monsieur.

La porte se referma sèchement sur ce qui fut, l'espace de quelques instants, une pauvre chimère.

Alors, il ne lui restait plus qu'à se rendre au Raincy. Peut-être que sa mère accepterait de l'héberger pour la nuit.

Il faisait nuit lorsqu'il parvint au pavillon. Son état de délabrement, pire que tout, lui laissa peu d'espoir. Un pressentiment s'installa en lui. Aucune lumière ne brillait à l'intérieur. Il sonna, mais aucun son ne lui parvint. Il frappa à la porte, une fois, deux fois, trois fois. Attendit encore, pensant qu'elle pouvait s'être endormie.

Pas âme qui vive. Il eut peur. Il osa carillonner chez le voisin le plus proche. La dame qui répondit lui était inconnue.

– Excusez-moi, j'ai sonné chez les Durieux, mais personne ne m'a répondu, vous ne savez pas si la personne est là ?

– Je suis désolé monsieur mais nous n'habitons pas ici depuis très longtemps. Peut-être devriez-vous adresser à une autre personne. Je ne peux pas vous renseigner. Je suis désolée. Bonsoir monsieur.

– Merci, bonsoir madame.

Obtenant la même réponse quelques dizaines de mètres plus loin, il traversa la rue pour une dernière tentative. Cette fois, ce fut une dame âgée qui lui déclara ce qu'il n'aurait pas voulu entendre.

– Madame Durieux, mais elle est décédée monsieur.

Un flot de tristesse l'envahit.

– Cela fait longtemps ?

– Oh oui, il y a au moins trois ou quatre ans. Vous n'étiez pas au courant ? Mais… vous ne seriez pas Franck ?

Il ne sut pas quoi répondre. Juste un au revoir à peine perceptible, bouleversé par ce qu'il venait d'apprendre.

Alors il retourna au pavillon et tenta d'ouvrir la porte, mais celle-ci, verrouillée, résista. Résigné, il fit le tour de la maison. Des volets en bois occultaient les deux fenêtres de la façade arrière. Il essaya d'ouvrir le premier sans y parvenir. Le second, en plus mauvais état, finit par céder dans un craquement épouvantable. N'osant plus bouger, il patienta quelques secondes, le temps de vérifier que personne ne l'avait entendu puis, armé d'une pierre, il brisa un des carreaux.

Parvenu à l'intérieur, ses yeux habitués à l'obscurité, il constata que rien n'avait bougé, seule la poussière avait pris possession des lieux. Il monta au premier et découvrit avec émotion sa chambre, toujours intacte.

De retour au rez-de-chaussée, il découvrit une photo insérée dans un cadre en bois, posée sur le bahut. Il était près d'elle, dix-sept ans auparavant, le soir où il l'avait retrouvée. Des larmes glissèrent sur ses joues. Trop tard pour avoir des remords, il l'avait abandonnée. Que pouvait-il lui dire aujourd'hui qu'elle n'était plus… Pourtant, prenant la photo dans ses mains, il murmura «*Pardon maman*».

Le cimetière

Le lendemain matin, Franck se rendit à la mairie rencontrer un agent municipal, afin d'obtenir des renseignements sur le lieu d'inhumation de sa mère.

– Bonjour, j'aimerais savoir où ma mère a été inhumée, s'il vous plaît.

– Bonjour, cela s'est passé quand ?

– Je ne sais pas, je n'en ai pas été averti.

– Vous étiez donc absent lorsque le décès est survenu ?

– Oui.

– Et personne ne vous a prévenu ?

– Non.

– C'est étonnant. Sauf demande expresse de la défunte, je ne vois pas comment cela est possible. Est-ce indiscret de vous demander où vous vous trouviez ?

– … J'étais… en prison !

– Mais vous receviez du courrier ?

– Non, je n'ai eu de contact avec personne.

– Quand serait-elle décédée ?

– Je ne sais pas, deux ou trois ans d'après une voisine.

– Je peux faire des recherches, mais il me faut votre carte d'identité, le livret de famille et bien sûr je ne vous demande pas l'acte de décès, car vous ne le possédez pas.

– Je n'ai pas le livret de famille.

– C’est ennuyeux. Dans ce cas, je ne peux faire de recherche.

– Avec le nom de famille, vous pouvez au moins savoir où elle a été enterrée.

– Non, je n’ai pas le droit monsieur. Je ne doute pas de votre bonne foi, mais sans le livret de famille je ne peux rien faire.

– Mais vous avez ma carte d’identité.

– Ça ne suffit pas, je suis désolée. Avait-elle de la famille au Raincy ?

– Oui, ses parents.

– Où sont-ils enterrés ?

– Je ne sais pas, ma mère ne m’en a jamais parlé.

– Je pense qu’ils doivent être dans l’ancien cimetière. C’est peut-être là qu’elle est inhumée, avec eux.

– C’est où ?

– C’est au 85 boulevard de la République à Livry-Gargan.

– Merci madame je vais m’y rendre, au revoir.

* * *

Parmi les nombreuses sépultures civiles, une partie de l’ancien cimetière accueillait des tombes militaires de victimes de la première et seconde guerre mondiale, ainsi que des monuments commémoratifs.

Pour connaître l’emplacement de la concession familiale, Franck fut obligé de s’adresser au gardien. Celui-ci, absent de sa loge, il lui fallut une bonne dizaine de minutes avant de l'apercevoir occupé, à nettoyer des caveaux.

– Bonjour, je voudrais savoir où se situe la tombe des Durieux.

– Bonjour. Comme ça je ne peux pas vous répondre, il faut que nous allions à mon bureau.

Ils sillonnèrent à travers les allées où se mêlaient caveaux en marbre, tombes funéraires en pleine terre, tombes cinéraires, chapelles.

Parvenu dans la loge, le gardien sortit un registre sur lequel était répertorié l'ensemble des concessions ainsi que leur localisation.

– Vous m'avez dit les Durieux… Ah, mais il y en a plusieurs. Il y a trois familles de Durieux. Quels sont les prénoms ?

– Je ne les connais pas, je sais juste que ma mère a été inhumée il y a deux ou trois ans et je pense qu'elle est ici. Elle, c'est Monique.

– … Elle a été enterrée le douze avril. C'est l'allée 7C. Je vais vous y conduire.

Une pierre tombale, simple, munie d'une plaque marbrière sur laquelle étaient gravés en lettres or les noms de Durieux Marcel et Durieux Jeanne, portait une inscription plus récente, celle de Durieux Monique. Aucun article funéraire ne décorait la tombe.

– Voilà, c'est là, je vous laisse vous recueillir monsieur. Si vous avez besoin de quelque chose, je ne serai pas loin.

Franck resta un long moment devant le caveau sans prononcer une parole, accomplissant une méditation.

« Maman, je regrette vraiment de t'avoir laissée sans nouvelle. Je m'en veux, mais je sais que c'est trop tard. Je ne peux plus rien faire pour que tu me pardonnes. Ma vie n'a pas été une réussite, plutôt une déchéance, tu sais. Je me souviens de ce moment où je t'ai pris dans mes bras à ma sortie de prison… la première fois. J'étais heureux et sincère. J'aurais voulu que ce moment dure à tout jamais. J'ai payé cher toutes mes erreurs. Aujourd'hui, je ne sais pas ce que je vais faire de ma vie. Je t'ai aimée très tard et je t'aime encore aujourd'hui que tu n'es plus là… Si tu le peux, de là-haut, pardonne-moi, je voudrais tant que tu me considères comme ton fils et non comme un criminel. Je t'aime maman, repose en paix ! ».

Le tueur à gages

Franck squattait sa propre maison. Dépourvue d'eau et d'électricité, il ne pourrait y rester très longtemps. Ce refuge, qui lui avait servi de toit pour sa première nuit dehors, lui rappelait tant de souvenirs.

Bien qu'encore indécis, il se décida à affronter le commanditaire dont Gilles lui avait parlé. Pour le rencontrer, il dut se rendre au Chesnay. Logé dans un immeuble de grand standing, implanté dans une résidence verdoyante, il ne recevait les visiteurs que lorsque ceux-ci avaient montré patte blanche. C'est par l'intermédiaire d'un visiophone que se faisait cet échange visuel.

Son compagnon de cellule lui avait donné les directives.

« Tu te présenteras de la part de "Gilles de Fresnes" et pour qu'il ne pense pas que ce soit un piège, tu lui donneras le code "Granger de Limoges". C'est tout ce que tu as à savoir sur lui ».

La caméra activée, un visage lui apparut. Après avoir fourni les informations nécessaires, l'accès lui fut autorisé. La porte de l'appartement ouverte, un serviteur, plutôt homme de main que majordome, le fouilla avant de le laisser pénétrer dans le salon.

Il ne l'imaginait pas comme ça. Il ne l'imaginait pas du tout d'ailleurs. C'était un personnage plutôt âgé, bedonnant, pas très grand, cheveux blancs et lunettes à verres épais. Son appartement meublé sobrement regorgeait d'objets de luxe et de toiles de maître. Assis dans un large fauteuil club, vêtu d'un costume-cravate de couleur sombre, il le dévisagea quelques instants avant de s'adresser à lui.

– Alors comme ça vous connaissez Gilles ?

– Oui… monsieur, depuis plusieurs années. On a partagé la même cellule. Comment puis-je vous appeler ?

– Cela a-t-il de l'importance pour vous ?

– Oui, j'aime bien savoir à qui j'ai affaire.

– Ça, vous le savez déjà. Mais pour répondre à votre question, appelez-moi Paul. Et qu'avez-vous fait pour vous retrouver en prison ?

– J'ai tué trois personnes, dont un policier, et tenté d'en assassiner une quatrième.

– Un beau palmarès. Je suppose que si vous venez me voir, ce n'est pas seulement par politesse ?

– Non, je n'ai plus d'argent et je ne sais pas où aller. C'est Gilles qui m'a proposé cette… solution.

– Cette solution, comme vous dites, n'est pas un jeu d'enfant. Savez-vous tirer ?

– Oui, enfin… j'me débrouille.

– Ça suffit pas, il ne faut pas se débrouiller, il faut être professionnel. Vous n'avez pas droit à l'erreur. Je ne travaille qu'avec des professionnels en qui j'ai entièrement confiance. Il ne peut en être autrement. De quelle arme vous êtes-vous servie ?

– D'un revolver SIG-Sauer SP 2022 semi-automatique.

– Pas de fusil d'assaut ni d'AR-15 ?

– Non, je ne connais pas l'AR-15.

– C'est un fusil semi-automatique. Bien, je vais vous expliquer le fonctionnement de notre société. Asseyez-vous. Désirez-vous boire quelque chose ?

– Oui, je veux bien un café.

– Madi, veux-tu nous apporter deux cafés s'il te plaît.

Franck pensait qu'il vivait seul. Aucun bruit ne lui avait permis de penser, hormis le serviteur, qu'une autre personne occupait l'appartement.

– Si nous faisons affaire ensemble, vous deviendrez un tueur à gages et vous serez rémunéré pour assassiner d'autres personnes. C'est aussi simple et brutal que cela. Comme il n'y a aucun lien direct avec les victimes, vous êtes beaucoup plus difficile à identifier et il est pratiquement impossible de remonter jusqu'au commanditaire.

Une jeune femme métisse, âgée d'une trentaine d'années, fort jolie, vêtue d'un chemisier rose et d'une jupe très courte, pénétra dans la pièce et servit les cafés.

« Ce doit être sa maîtresse », se dit Franck.

– Plusieurs solutions s'offrent à nous pour éliminer une personne. Ce peut être au moyen d'une arme, par accident, par empoisonnement. Nos « soldats » sont, le plus souvent, recrutés chez d'anciens mercenaires ou d'anciens soldats des corps spéciaux et des corps d'élite. Vous connaissez le Dark web ?

– Non, mais j'ai utilisé le Darknet pour vendre de la drogue.

– C'est un peu la même chose. Ce volet d'Internet non référencé sur les moteurs de recherche classiques permet de trouver tout ce qui n'existe pas sur le web classique : drogues, armes, faux papiers, données bancaires et même tueurs à gages. Nous, nous ne fonctionnons pas de cette manière. Nous communiquons par téléphone. Les renseignements relatifs aux contrats sont remis en main propre. Les homicides sont commis dans les règles de l'art, c'est-à-dire proprement. Nous possédons notre propre laboratoire spécialisé dans la préparation de poisons mortels à base d'agents toxiques comme le sarin ou le cyanure liquide, le Nembutal et le Potassium. Mais il existe d'autres formes de toxines mortelles qui font passer l'assassinat pour une simple intoxication alimentaire.

– Et… ça peut rapporter combien ?

– Entre 1 800 et 45 000 euros suivant le type de contrat. Il va de soi qu'au début vous n'aurez que de petits contrats à exécuter. Quand vous aurez fait vos preuves, nous pourrons envisager de vous confier des missions plus difficiles. Nous sommes en lien avec les commanditaires et choisissons le tueur à gages le plus approprié pour réaliser le contrat. Voilà, vous en savez déjà beaucoup. Si vous acceptez nos conditions, il va falloir que vous appreniez à tirer monsieur…

– Franck, Franck Durieux.

– Donc, monsieur Durieux, si vous êtes d'accord, je vous mettrai entre les mains de nos professionnels du tir qui vous apprendront à vous servir d'une arme et surtout à atteindre vos objectifs. La plupart de nos instructeurs sont des snipers. Ce sont des soldats hautement qualifiés et spécialisés dans le tir sur cibles.

– C'est un vrai métier.

– Un vrai métier, oui, mais non reconnu. Avez-vous des sentiments ?

– Comment ça ?

– Lorsque vous avez tué, cela vous a-t-il fait culpabiliser ?

Sentant la question piège, Franck hésita avant de répondre.

– Sur le moment non, je devais le faire pour ma propre sécurité. Pourquoi cette question ?

– Un tueur à gages devra développer la capacité de dépersonnaliser ses victimes et de penser à eux simplement en tant que cible, plutôt qu'en tant qu'être humain. Lorsque les tueurs à gages ne parviennent pas à effacer leurs émotions, leur travail a tendance à ne pas se dérouler comme prévu. N'oubliez jamais, un contrat doit être honoré, quelles que soient les circonstances.

– Et s'il arrivait que je refuse ou ne puisse pas mener à bien la mission ?

– Je viens de vous le dire, monsieur Durieux, un contrat doit être honoré ! Nous ne pouvons tolérer la moindre défaillance. Tout manquement au devoir est sanctionné ! Une chose à savoir également, vous n'obtiendrez aucun renseignement sur la personne à liquider. Vous ne saurez jamais qui elle est, ce qu'elle fait ni la raison pour laquelle elle est appelée à disparaître. Une dernière chose, laissez-moi votre numéro de téléphone, je vous contacterai.

Au moins, ce personnage, plus ou moins énigmatique, n'utilisait pas la langue de bois. S'il s'engageait dans cette voie, il ne pourrait plus faire machine arrière. Il ne lui avait pas dit clairement ce qu'il pouvait advenir de lui en cas de refus, mais il ne fallait pas posséder un bac plus douze pour comprendre.

De quelle manière? Il ne se faisait pas trop d'illusions. Ces milieux ne font jamais de cadeaux. La seule façon de régler les litiges est la liquidation pure et simple de l'individu défaillant.

L’entraînement

Une semaine après avoir rencontré le boss, celui-ci reprit contact avec lui et le convoqua pour un deuxième entretien.

– Vous devez bien vous douter qu’après notre première entrevue, j’ai pris des renseignements vous concernant. Je sais que vous ne m’avez pas menti et que vous avez bien fréquenté Gilles durant votre séjour en prison. Ça me suffit pour vous faire confiance. À vous maintenant d’accepter nos conditions.

Franck confirma sa décision de devenir un tueur professionnel. Il fut aussitôt dirigé vers un centre d’entraînement, situé en pleine campagne dans la banlieue nantaise.

Dépourvu de garde-robe, il parvint au lieu stratégique les mains dans les poches. Le seul objet en sa possession, la photo sur laquelle il apparaissait aux côtés de sa mère.

Après avoir camouflé le carreau cassé au moyen d’un carton épais et consolidé le volet afin d’éviter toute nouvelle intrusion, il quitta sa maison le matin même, espérant que cette protection serait suffisante. Ce lieu, des plus anodins soit-il, ne présentait aucun intérêt pour un cambrioleur. Il ne tenait pas non plus à ce que des locataires illégaux se l’approprient.

Sa décision fut tout de même difficile à prendre. Bien que convaincu de sa résolution, son activité, entourée de véritables professionnels, le plongeait de nouveau dans l’illégalité. La peur d’une vie de misère d'un côté, l'appât du gain de l'autre. Le choix était pourtant vite fait. Le choix oui, mais pas la décision. Bien sûr, Castro l'incitait à accepter ce nouveau métier. Pour lui, il ne pouvait en être autrement.

* * *

Constitué de plusieurs bâtiments, le centre de formation proposait de petits studios destinés aux stagiaires, des salles de nettoyage pour les armes, une salle de cours ou de débriefing insonorisée, des toilettes, douches, vestiaires, bureaux.

À l'accueil, il remit à l'hôtesse une carte de visite définissant le type de formation dispensée. Ce centre proposait en toute légalité, la formation au tir de défense, la possibilité aux passionnés d'armes de s'entraîner en toute légitimité et de progresser, l'opportunité pour les novices d'apprendre les rudiments du maniement des armes.

Cet institut légal camouflait une activité parallèle qui, elle, fonctionnait de manière illicite.

Immédiatement pris en charge, il fut reçu par un personnage à l'allure et au comportement quasi militaire.

– Bonjour, je suis le colonel Kader. Mon nom, bien entendu, est un nom d'emprunt. Je ne vais pas vous refaire la leçon, vous savez pourquoi vous êtes ici ?

– Bien sûr.

– Votre formation va durer deux semaines durant lesquelles vous serez plongé en immersion totale.

Vous allez apprendre à vous servir d'une arme à feu, à l'entretenir, à en prendre soin, car ce sera également votre seul et unique moyen de défense si les choses venaient à mal tourner. Ce stage va se diviser en deux parties. D'abord, le tir d'initiation et de réflexe qui est l'apprentissage de la manipulation d'une arme de poing. Les différentes postures permettant de se déplacer et d'évoluer en toute sécurité. Vous serez testé sur votre capacité d'adaptation à une situation d'urgence, et votre réaction face à une agression. Dans un second temps, vous serez confronté au tir de combat et de riposte. Ce sera à vous de développer des qualités professionnelles de tireur expérimenté, d'acquérir le contrôle de l'agression dans des conditions extrêmes, afin de renforcer votre propre sécurité. Nous vous dispenserons également quelques cours théoriques. Dernière chose, vous allez être équipé d'un Taurus G2 24/7 9 mm, neuf coups. Cette arme vous suivra tout au long de votre parcours dans notre centre et vous repartirez avec afin de remplir votre première mission. Dernière chose, le respect des horaires est primordial. Nous n'acceptons aucun retard. C'est pour cette raison que vous séjournez sur place.

Les choses ne pouvaient être plus claires. Au moins, il était logé, nourri pendant une quinzaine de jours, c'était déjà ça.

* * *

Parvenu au terme de sa formation, il obtint un pourcentage de réussite très largement supérieur à la moyenne. Les formateurs, satisfaits de son implication, venaient de façonner un nouveau tueur professionnel. Comme convenu lors de l'entretien, il quitterait l'institut muni de son arme.

Le dernier jour, peu de temps avant son départ, il fut reçu par le colonel Kader.

– Je viens de lire le rapport de stage vous concernant, vos résultats sont très satisfaisants. Vous êtes sûrs de n'avoir jamais appris à tirer avant de venir ici ?

– Non, ça ne m'était d'ailleurs jamais venu à l'idée. Je ne pensais pas avoir à me servir d'une telle arme.

– Que retenez-vous de cette formation ?

– Je m'aperçois maintenant qu'elle était réellement nécessaire. Je me sens capable d'affronter mes missions et surtout de mener à bien mes objectifs.

Il se surprit à parler ainsi. Deux semaines avec des instructeurs l'avaient obligé à utiliser un langage un peu plus approprié.

– J'ai une question.

– Je vous écoute.

– Pourquoi nous avoir appris à nous servir de l'AR-15 ?

– Toutes les situations auxquelles vous allez être confrontées ne seront pas forcément du corps à corps. Entendez par là, que la victime ne sera pas nécessairement à vos côtés. Vous pourrez être amené à vous poster à une certaine distance et dans ce cas cette arme sera plus favorable. Dans aucun cas, vous ne devrez vous exposer imprudemment. Le faire, c'est mettre en danger l'association. Si la mission s'avère impossible, vous vous repliez et nous aviserons ensemble. Dans un cas extrême de danger immédiat, sachez que nous ne pourrons vous venir en aide. Vous seul êtes votre propre défenseur. Étudiez bien tous les éléments en votre faveur et ceux contraires, afin que votre mission soit avant même de l'avoir entreprise, une réussite totale.

Première mission

Au moment de son départ du centre, une enveloppe contenant les éléments nécessaires à son premier contrat lui fut remise.

« Ils ne perdent pas de temps ! ».

Le contenu succinct de celle-ci se résumait à peu de chose. La photo de la personne à éliminer, un homme, une feuille de papier A4 comportant son nom, son adresse. Aucun autre renseignement.

Autrement dit, comme le lui avait laissé entendre Paul, il ignorait la raison pour laquelle il devait abattre froidement cet individu. C'était peut-être mieux ainsi. Cela lui éviterait de se poser des questions et de ressentir une éventuelle émotion.

De retour en région parisienne, il commença par retourner à son domicile. Le peu d'argent qu'il avait récupéré en quittant la prison allait très vite s'épuiser et ce contrat serait le bienvenu. Dépourvu de véhicule, il allait devoir se déplacer en moyen de transport.

Une fois sur place, des planques s'avéreraient nécessaires afin d'étudier les habitudes de la cible. L'impossibilité de régler le problème en une seule journée, l'obligerait à faire des allers-retours Le Raincy-Châtenay-Malabry. Ce n'était pas la solution idéale.

Le lendemain matin, il quitta le pavillon pour se rendre à l'adresse indiquée. Le numéro de la rue le conduisit devant un pavillon en meulière entouré d'un parc, l'ensemble ceint d'une grille en fer forgé. Impossible de pénétrer à l'intérieur, des caméras de surveillance protégeant certainement l'accès.

Après avoir identifié les lieux, afin de s'en imprégner, il remarqua que la zone pavillonnaire, plutôt calme, permettait de circuler sans se faire repérer, à condition toutefois de rester vigilant.

Lorsqu'il vit le portail s'ouvrir, laissant passer une automobile de couleur verte et de marque Jaguar, avec à son bord une femme, sa montre affichait dix heures. Pas question de s'introduire à l'intérieur, il devait agir depuis la rue.

La station debout le fatiguait et les incessants allers-retours pouvaient finir par paraître suspects. Il décida donc de trouver un endroit propice pour se poser.

Ce n'est que deux heures plus tard qu'il vit revenir la voiture toujours pilotée par la conductrice. Il constata que les mouvements du portail s'exécutaient lentement. Cette mécanique paresseuse lui permettrait d'agir à ce moment-là.

Qu'allait-il faire l'après-midi? Pas moyen de s'asseoir quelque part, pas de café, pas de square, rien pour lui faciliter les choses. Il décida de se planquer en imaginant que sa cible occupait un emploi et ne serait de retour que vers dix-huit heures. Si ses suppositions s'avéraient exactes, il pourrait agir le jour même.

L'après-midi s'écoula avec une lenteur exaspérante. Las d'attendre, il n'entrevoyait pas accomplir sa tâche dans de bonnes dispositions. Un tueur professionnel ne doit agir qu'en excellente condition physique. Dans le contexte actuel, il ne l'était pas, mais, compte tenu de la difficulté à agir, il n'envisageait pas non plus de remettre son exécution à plus tard.

Il revint vers le pavillon aux alentours de dix-sept heures trente. Puis, à dix-huit heures quinze, inattentif, il fut perturbé par le déclenchement du portail. Bien qu'ayant effectué un repérage précis, il avait omis un détail important, l'ouverture télécommandée activée à distance. Il se précipita pour se trouver devant l'entrée au moment où une 3008 Peugeot, de couleur noire, s'engageait sur le bateau.

Sans qu'il ait besoin de le lui demander, Franck venait de revêtir la panoplie de Castro. Arborant un sourire commercial, il fit signe au conducteur, arrêté devant le portail en mouvement. Insouciant, celui-ci descendit sa vitre. Son visage eut à peine le temps d'afficher les stigmates de la peur, une balle en pleine tête venait de lui faire exploser la cervelle, éclaboussant l'intérieur de la voiture et les vêtements de Franck ! Ça non plus, il ne l'avait pas prévu.

Il s'enfuit aussi vite qu'il le put, se demandant comment il allait pouvoir cacher ses habits maculés de sang.

Un passant qui n'aurait pas dû se trouver là à cet instant précis se vit, sous la menace de son arme, dans l'obligation de lui donner son blouson. L'homme, affolé devant ce personnage ensanglanté, refusa de se dévêtir, ce qui lui valut de recevoir un coup de crosse qui le laissa inconscient.

Bien qu'un peu à l'étroit dans le vêtement à la carrure étriquée, il lui permit au moins de camoufler les traces de sang.

S'éloignant progressivement de l'endroit qu'il occupait quelques minutes auparavant, il songea à ces détails auxquels il n'avait pas pensé avant de commettre son crime.

Même si cette fois-ci tout s'était déroulé presque normalement, il avait peut-être agi un peu trop vite, ne prenant pas suffisamment de précautions.

Une fois prochaine, il n'aurait pas forcément la baraka de son côté. Il devrait être un peu mieux préparé. Il ne pouvait compter sur la chance. Le facteur de risques devait être évalué avec précision. Le hasard n'avait pas sa place, tout comme la probabilité et l'incertitude.

Seconde mission

Assis dans la pénombre, Franck éprouvait des difficultés à réaliser qu'il venait de commettre un nouveau meurtre de sang-froid. Il imagina la femme à la Jaguar, sans doute son épouse, le découvrant gisant dans son sang au volant de son automobile. Peut-être avaient-ils des enfants…

« Pas de sentiment Franck, c'est Castro qui te le dit, pas de sentiment, sinon tu ne vas pas t'en sortir. Paul te l'a bien dit d'ailleurs. T'es marrant toi, comment veux-tu que je ne pense pas à ça… Alors fallait pas accepter. Mais je fais quoi si je fais pas ce boulot ? Tu t'es un peu trop vite jeté dans la facilité, tu crois pas ? Fous-moi la paix, maintenant que j'ai commencé, je vais pas arrêter ! ».

Soudain il perçut un léger bruit provenant de la porte d'entrée. Méfiant, il sortit son arme et s'avança. Il ouvrit pour voir qui se trouvait à l'extérieur, mais ne vit personne. En baissant les yeux, il aperçut une enveloppe marron posée devant lui. Alors qu'il s'apprêtait à refermer la porte, il entendit une automobile démarrer.

L'enveloppe contenait 2000 euros, un téléphone jetable et un court message.

« La prochaine fois, évitez les témoins ».

Un numéro de téléphone apparaissait en dessous de la courte phrase.

Fatigué de sa journée, il décida de se coucher. Le numéro de téléphone, ce serait pour demain.

* * *

Sa nuit fut plutôt agitée, remplie de cauchemars. Même s'il n'avait pas complètement récupéré, il apprécia de voir le jour. Sur la table trônaient la liasse de billets et le téléphone.

Il composa le numéro et c'est un message enregistré qui lui répondit. La voix lui fixait un rendez-vous à dix heures trente, ce jour, au café « la Civette Nouvelle France », rue Pierre Chaulin au Chesnay L'informateur anonyme lui intimait de s'installer en terrasse. L'adresse mémorisée, il détruisit la puce et jeta le téléphone à la poubelle.

C'est de nouveau par les moyens de transport, qu'il se rendit à son rendez-vous. Surpris d'être contacté aussi rapidement, il ne s'attendait pourtant pas à recevoir de nouvelles informations.

Installé en terrasse, comme la source le lui avait demandé, il commanda un café. Contemplatif devant son arabica, il ne vit pas arriver « le facteur » qui déposa une enveloppe sur la table et repartit aussi vite qu'il était venu. Discrètement, il l'entrouvrit et aperçut à l'intérieur les mêmes éléments que la première fois, une photo et une feuille de papier.

Son café avalé, sa consommation réglée, il se leva et parcourut quelques mètres avant de sortir les documents à l'abri des regards. La photo représentait un homme, plus jeune cette fois. Quant à la feuille de papier, seule une adresse dactylographiée conduisant à Fontainebleau, fournissait l'unique information dont il avait besoin.

Dans l'incapacité de s'acheter un véhicule, il décida de louer une voiture pour la journée.

Au volant d'une Opel Corsa, il se rendit sur les lieux de son prochain homicide afin d'effectuer les premiers repérages. Cette fois, l'adresse correspondait à un immeuble luxueux à l'intérieur duquel on ne pouvait pénétrer qu'au moyen d'un code. Sachant que tout système de sécurité a ses faiblesses, il lui suffisait d'attendre que quelqu'un franchisse l'accès pour s'engouffrer à l'intérieur.

Posté sur le trottoir opposé, il prit le temps d'examiner le fonctionnement du système d'ouverture et remarqua que le laps de temps durant lequel la porte restait ouverte était extrêmement réduit. Ce fonctionnement expéditif ne lui laissait qu'une vingtaine de secondes pour opérer.

La chance ne favorisant pas sa faction, une heure lui fut nécessaire avant qu'un résidant compose le code. Il se précipita derrière ce dernier, pénétrant dans le hall en même temps que lui.

La consultation des boîtes aux lettres lui permit de découvrir le nom de la personne appelée à disparaître, ainsi que l'élément indispensable, l'étage.

L'ascenseur le déposa au dernier niveau. Seulement quatre appartements se partageaient le palier. Celui qui l'intéressait se situait face à la cage d'escalier. Un bon point pour quitter les lieux rapidement en cas de besoin. Il colla son oreille contre la porte, aucun bruit ne lui parvint.

La zone repérée, il emprunta l'escalier pour redescendre et prit place dans sa voiture. Il ne lui restait plus qu'à patienter. Au moins, cette fois, il espionnait dans une situation plus confortable.

Sauf que, stationné un peu trop loin de l'entrée, il ne pourrait réagir à l'arrivée de sa cible qu'en se mettant à courir, ce qui le rendait repérable.

N'ayant d'autre occupation que de somnoler en écoutant la radio, la journée lui parut inexorablement longue.

Les yeux fatigués d'avoir trop observé, il ne le vit pas arriver tout de suite. Le temps que son cerveau enregistre que l'individu en question n'était autre que sa victime et lui transmette les informations, il était déjà dans le hall. Bien qu'il se soit mis immédiatement à courir, il arriva trop tard, se heurtant à la porte refermée.

Il n'en savait pas suffisamment sur sa cible, pour sonner chez lui, en admettant qu'il puisse y parvenir. Peut-être était-il armé et méfiant. Alors, il décida de conserver la voiture, de retourner chez lui et de revenir le lendemain.

* * *

Ne jugeant pas opportun d'être sur place le matin, cette démarche ne présentant pas d'intérêt, il quitta Le Raincy vers dix-sept heures et se rendit de nouveau sur les lieux.

Hélas pour lui, la malchance penchait de son côté. La radio diffusa le flash d'infos de vingt et une heures sans que celui-ci se soit montré. La probabilité qu'il ait pu utiliser sa voiture n'était pas à écarter. En effet, depuis son poste de guet, sa surveillance lui avait permis de voir plusieurs véhicules s'engouffrer dans le parking souterrain.

Encore loin d'être devenu un professionnel du détail, il voulait aller trop vite et brûlait les étapes.

Non seulement cette euphorie jubilatoire risquait de lui faire prendre des risques inutiles, mais éternisait son contrat, rendant la situation plus délicate chaque jour.

Hélas, Ménélas, il dut se résoudre, une seconde fois, à abandonner. Au moment de repartir, une idée lui traversa l'esprit.

« Je vais dormir ici, me réveiller tôt et je le verrai forcément sortir de chez lui, soit à pied, soit en voiture ».

Cette fois, la chance lui montra son vrai visage, sous la forme d'une place de stationnement qui se libéra à cinq mètres de l'entrée de l'immeuble. Le réveil de son téléphone réglé sur six heures, il s'allongea sur la banquette arrière en espérant trouver le sommeil rapidement.

Le bip-bip émis par son portable eut du mal à le faire sortir de son sommeil. En fait, il n'avait pas beaucoup dormi. La position, le froid, le manque de confort, autant d'éléments qui n'avaient pas favorisé son repos.

Il réintégra sa place à l'avant et reprit sa veille lancinante. Persister dans ses choix, c'est favoriser la réussite de ses actions. À six heures quarante-cinq, un Discovery noir sortit du parking, conduit par l'individu nominé.

Supposant qu'il ne se passerait plus rien avant le soir, il se rendit à son domicile dans l'intention de dormir quelques heures afin de revenir dans de meilleures conditions.

* * *

Le Chesnay, dix-huit heures quarante-huit

Il exulta en voyant le Discovery s'engouffrer dans le parking. Avant que la porte basculante ne redescende, il s'engagea à pied dans la pente, le plus discrètement possible. Le parking ne comportait qu'un étage. Au loin, les feux-stops de la voiture encore allumés lui permirent de le situer.

Ce fut le bruit du claquement d'une portière et le clignotement des feux de signalisation qui lui indiquèrent que sa cible venait de quitter son véhicule.

Nonchalamment, il continua d'avancer vers lui. Parvenu à sa hauteur, il sortit son arme et tira à bout portant dans le flanc gauche. La détonation résonna comme dans une caverne. L'homme s'effondra en hurlant. Une deuxième balle lui traversa le cerveau.

Franck se précipita pour ressortir par le parking, mais l'ouverture ne pouvait se faire qu'avec une commande à distance. Il reprit sa course et emprunta les escaliers conduisant au rez-de-chaussée. À peine venait-il d'ouvrir la porte, qu'il se trouva nez à nez avec un couple s'apprêtant à pénétrer dans l'immeuble. Essoufflé, ennuyé d'être une nouvelle fois confronté à des témoins, il baissa la tête et ne prit pas la peine de répondre à leur bonsoir.

« Décidément, le sort s'acharne sur moi. Je n'allais tout de même pas les tuer. Ce sont des témoins Franck. Ce n'est tout de même pas de leur faute s'ils se sont trouvés au mauvais endroit au mauvais moment. Ce sont des témoins Franck. Tu m'ennuies Castro. Tu veux toujours le mal. Moi je remplis mes contrats, un point c'est tout. Essaye de me laisser un peu tranquille. Je suis grand maintenant, j'ai le droit de me débrouiller seul ! À ton aise ! ».

Le contrat à moto

Depuis trois ans, Franck enchaînait les missions, les contrats espacés les uns des autres sporadiquement.

Entre chaque prestation, bien souvent plusieurs semaines s'écoulaient, lui laissant le temps de profiter de ses rémunérations. Seule une disposition draconienne le « ficelait » à son commanditaire : il devait impérativement répondre au moindre appel téléphonique, quel que soit le moment du jour ou de la nuit.

Devenu un véritable sicaire, il se voyait confier des contrats à haut risque, beaucoup plus lucratifs qui l'entraînaient parfois jusqu'en province. Il n'avait jamais failli dans ses tâches, toujours mené à bien ses engagements et devenu un tireur hors pair. Sauf…

Ce jour-là, la cible portait sur la tête d'un truand notoire, difficile à approcher, très protégé et lourdement armé. Un contrat juteux, mais particulièrement risqué.

Après avoir longuement étudié son mode de vie, ses trajets et itinéraires, sa protection, il en tira la conclusion que le seul moyen de l'éliminer serait de le tuer à l'intérieur de son propre véhicule.

Pour des raisons de sécurité, les assassinats à moto, comme le montrent certaines scènes de films policiers, ne peuvent avoir lieu qu'avec un partenaire, rendant la fuite beaucoup plus rapide. Or Franck ne possédait pas de complice. Non seulement il était hors de question qu'il en réclame un à ses commanditaires, mais il se faisait une fierté d'agir seul. Il s'était rapidement fait un nom et imposait désormais son pseudo : *Castro !*

La cible se méfiait-elle, avait-elle reçu des menaces? Depuis peu, l'homme se déplaçait escorté d'un véhicule. En l'espace de quelques jours, les risques ainsi que la difficulté d'exécution s'étaient démultipliés.

Pour que l'assassinat réussisse, il devrait se trouver au plus près de la vitre arrière de son automobile. À l'intérieur, outre le chauffeur, son homme de main ne le quittait jamais. À quelques mètres en couverture, une deuxième voiture, identique, occupée par trois hommes armés, prêts à intervenir au moindre incident.

Il ne pourrait agir qu'une seule et unique fois et devrait l'abattre de plusieurs coups de feu afin d'avoir la certitude de le laisser pour mort. Cela signifiait un temps d'action d'une dizaine de secondes. C'était trop. Ce laps de temps permettait à ses hommes de réagir. Ces individus n'étaient pas des enfants de chœur, mais des tireurs chevronnés. Il pourrait peut-être en supprimer un ou deux, mais pas les cinq. Non seulement il n'éliminerait pas sa victime, mais y laisserait certainement sa peau.

Il décida d'entrer en contact avec son pourvoyeur et lui exposa la situation. C'était la première fois qu'il se retrouvait devant une telle conjoncture sans pouvoir la résoudre seul.

Le contrat fut mis en stand-by le temps nécessaire de trouver une solution fiable. L'élimination devait être une réussite totale. S'il échouait, il ne pourrait y avoir de deuxième tentative.

* * *

Lorsqu'il fut recontacté, la solution préconisée ne lui convint pas. La décision de lui adjoindre un acolyte fut purement et simplement refusée. Mais avait-il vraiment le choix ? Tout tueur à gages, aussi exceptionnel qu'il l'était, devait se plier aux ordres reçus. C'est finalement avec dépit qu'il se soumit à cette décision.

La mise en scène, le moment choisi, ne lui appartenait plus. On lui demandait juste d'être l'exécuteur, le reste n'était plus de son ressort. Il devrait être frais et dispo vingt-quatre heures sur vingt-quatre. Il savait qu'il pouvait être contacté à tout moment.

Il reçut un appel en pleine nuit, lui fixant l'heure du rendez-vous. Un véhicule missionné le prendrait en charge pour le conduire sur un lieu tenu secret.

Le matin même, une voiture stationnée devant chez lui le transporta jusqu'à cet endroit mystérieux, où l'attendait un homme casqué chevauchant une grosse moto. Sans un mot, l'homme lui tendit un casque et démarra. Franck avait pris la précaution de laisser son blouson entrouvert afin de saisir son arme le plus rapidement possible.

Après avoir roulé un bon quart d'heure à vive allure, il aperçut les deux Range Rover blancs en tout point identiques. Le pilote releva sa visière pour lui transmettre l'information essentielle.

– Il est dans la deuxième voiture.

Donc, il avait changé de tactique, laissant devant les hommes engagés pour assurer sa défense.

– Prêt ?

– Prêt !

Le motard accéléra jusqu'à se rapprocher de la voiture. Mais tout ne se passa pas comme il l'espérait. Le conducteur du second véhicule l'ayant aperçu dans le rétroviseur donna un brusque coup de volant sur la gauche destiné à percuter la moto. Le pilote pressentit la manœuvre vouée à le faire tomber et freina brusquement.

Les deux côtés de la chaussée séparés par un terre-plein central l'obligèrent à se déporter sur l'autre sens de circulation, affolant les automobilistes arrivant en sens inverse.

Habitué au danger, le conducteur de la moto combina deux actions. Après avoir freiné et s'être déplacé de l'autre côté, il donna un brusque coup d'accélérateur permettant à Franck parvenu au niveau du passager, de vider son chargeur sur l'homme à abattre. Après avoir fait exploser la vitre, ce furent huit balles qui vinrent se loger dans le corps du truand.

L'action accomplie, une forte accélération les éloigna rapidement du lieu de l'attentat. Au même moment, Franck ressentit une vive douleur dans l'épaule.

Tandis que la seconde voiture stoppait pour tenter de venir en aide à l'homme criblé de balles, la première automobile se lançait à la poursuite des deux fugitifs. Mais le conducteur dut rapidement se rendre à l'évidence, il ne réussirait pas à les rejoindre. Devant la virtuosité du motard qui se faufilait efficacement dans le flot des automobilistes, il lui fut impossible de les rattraper.

Lorsqu'il jugea être hors de danger, Franck tapa sur l'épaule du motard pour lui demander de stopper la machine. Découvrant sa blessure, il le conduisit aussitôt chez un médecin appartenant au groupe qui le prit en charge afin de lui administrer les soins nécessaires.

Ce fut la seule et unique fois où le plan d'action ne se déroula pas comme prévu.

Cet incident le laissa invalide et au chômage durant quelques semaines, le temps de se remettre de sa blessure.

Ella

Il tarde à entrer en contact. La pendule affiche vingt-trois heures dix. Décidément ce soir, il sent qu'il finira la nuit tout seul comme il a pris l'habitude de le faire depuis tellement longtemps…

– On va fermer.

La voix du barman vient de résonner, intimant la sortie générale. Les quelques noctambules encore attablés se lèvent pour se diriger vers la porte. Franck les imite. Il retrouve la rue, la nuit. Ella le suit et s'apprête à partir.

– Puis-je vous accompagner ?

Un long silence fait réponse à sa question.

– Pourquoi pas.

Ils marchèrent longtemps, les mains dans les poches, côte à côte sans échanger un mot. Il ne la connaît pas et pourtant, déjà, il croit la connaître…

Énigmatique, froide, réservée… tout comme lui.

– Je suis arrivée.

– Bonsoir.

– Vous montez ?

Nouveau silence, de sa part cette fois.

– Comme vous voulez.

Lui tournant le dos, elle franchit la porte cochère. Il la suit.

Un escalier en bois les conduit jusqu'au premier étage. La porte palière ouverte, l'interrupteur enclenché, ce sont de petites lampes disséminées par-ci, par-là qui diffusent une chaude ambiance et révèlent un appartement joliment décoré.

– Je vous sers quelque chose ?

– Un whisky.

Depuis le soir où il lui avait fallu ce breuvage pour oublier son premier meurtre, il avait pris goût au scotch.

– Mettez-vous à l'aise.

Qu'entendait-elle par là ? Elle disparut de la pièce durant quelques minutes, pour réapparaître dans un déshabillé vaporeux. La transparence du tissu laissait apparaître de jolis seins. Elle ne portait rien d'autre en dessous qu'un string mauve. Il comprit mieux alors la signification de « mettez-vous à l'aise ».

* * *

Ce n'est qu'au petit matin qu'elle découvrit, en se réveillant, l'arme posée sur la table de nuit. Au moment où elle voulut la saisir, Franck, qui semblait dormir, s'empara de son poignet.

– Je voulais juste la regarder.

Il retira le revolver de son étui et le lui tendit.

« Franck ! Jamais ça ! Tu ne dois en aucun cas donner ton arme à quelqu'un. Mais elle, ce n'est pas quelqu'un, je viens de passer la nuit avec elle, de faire l'amour avec elle. Tu la connais ? Non !... Alors tu vois bien que ce n'est pas raisonnable ».

Jugeant qu'elle l'avait suffisamment regardé, il reprit son revolver et le remit dans son étui.

Elle se redressa, provocante, la poitrine dénudée.

– Tu es flic ?

– Non.

– Alors, si tu n'es pas flic, t'es un truand ?

– Non.

– Garde du corps, tu escortes des hommes politiques, des gens riches ?

– Non.

– Alors, t'es quoi ?

– Je travaille pour un patron.

– Et tu tues des gens, c'est ça ?

– Peut-être.

– Tu ne parles pas beaucoup toi. Tu peux bien me le dire, tu sais, je ne vais pas m'amuser à le répéter. Tu viens de me baiser, alors j'ai le droit d'en savoir un peu plus sur toi.

– Disons que ce que tu viens de dire c'est un peu ça.

Comprenant qu'elle n'en saurait pas plus, elle n'insista pas. Elle sortit du lit et se tourna vers lui, nue et insolente.

– Je te fais un café ?

– Oui.

– Je suppose que tu vas partir ?

– Oui, mais j'aimerais bien te revoir.

– … Tu ne me trouves pas moche ?

– Non, bien au contraire.

– Et de t'avoir proposé de baiser comme ça, en l'espace d'un soir, ça ne te gêne pas ?

– Tu sais, on n'est plus à un âge où il nous faut l'autorisation des parents pour coucher ensemble.

Elle sourit. Prenant un morceau de papier, elle y inscrivit son numéro de téléphone.

– Je suppose que ce n'est pas toi qui vas me donner le tien ?

– Tu supposes bien.

Rhabillé, il s'apprêtait à partir lorsqu'elle s'approcha de lui et l'enlaça pour l'embrasser.

– Ne me laisse pas attendre trop longtemps, je risque de me lasser.

– Promis.

Marchant sur le trottoir, il souriait. Un rayon de soleil venait de pénétrer son univers.

Le contrat de trop

Ella et lui filaient le parfait amour. Dix mois qu'ils se fréquentaient, depuis cette soirée où sa rencontre dans un café l'avait conduit jusque chez elle. Ils continuaient d'habiter chacun de leur côté, lui permettant ainsi de gérer plus facilement ses activités.

Elle lui avait fait promettre de mettre un terme à « son travail ». Depuis qu'elle en savait un peu plus sur ce métier à risque, elle s'inquiétait pour sa vie. Mais il est toujours difficile de quitter ce genre de milieu. Si la confiance doit être mutuelle, le moment de prendre sa retraite n'est jamais vraiment défini.

Il venait de recevoir un appel sur son nouveau téléphone jetable. En fait, c'était plutôt un SMS sur lequel n'apparaissait qu'un numéro d'appel qu'il devait joindre aussitôt. C'est ce qu'il fit, obtenant en retour un rendez-vous à la terrasse de café du Chesnay, sa boîte aux lettres permanente.

Ce jour-là, il ne sut jamais pourquoi, un pressentiment le tenaillait. Incapable d'en définir la teneur ni la cause, une espèce de prémonition le mettait mal à l'aise.

Arrivé à son rendez-vous, il n'alla pas s'asseoir directement. Depuis le temps qu'il faisait ce métier, il avait appris à être soupçonneux. Il ne se sentait en sécurité nulle part. Pourtant personne n'avait encore attenté à sa vie. Ses contrats, exécutés proprement, ne lui avaient jamais attiré d'ennuis. Mais aujourd'hui, ce n'était pas pareil. Son sixième sens venait de se mettre en éveil.

Après être passé devant le café, marchant sur le trottoir opposé, aux aguets, il continua son chemin pendant quelques centaines de mètres, puis fit soudainement demi-tour. Rien d'anormal. Pas de véhicule insolite, pas de piéton bizarre. Il avait appris à les sentir, à les reconnaître. Cet « odorat » particulier, c'était son assurance vie.

Il revint lentement sur ses pas et traversa la rue pour s'installer à une table.

– Un café s'il vous plaît.

Il l'aperçut au loin, celui qui allait lui déposer une enveloppe… ou pas ! La main sous son blouson, prêt à sortir son arme, il savait que ce serait au plus rapide. Son immortalité se résumait à un morceau de cuivre de neuf millimètres.

Il avait appris, par des exercices respiratoires, à gérer le stress, à rester calme, à se concentrer sur sa cible, à ne pas trembler. Plus le « facteur » approchait, plus son calme habituel l'abandonnait.

Cinquante mètres… trente mètres… dix mètres… Il le vit sortir sa main sous sa veste… Lui avait presque sorti son revolver… L'enveloppe marron apparut ! L'homme la déposa, sans un signe apparent et continua son chemin, imperturbable. Il le suivit du regard un long moment, tout en surveillant les alentours. Personne d'autre. Il s'était inquiété pour rien.

Après avoir réglé sa consommation, il prit l'enveloppe et se dirigea vers sa voiture, un Tiguan, le seul luxe qu'il s'était offert depuis le début de ses activités criminelles.

Assis derrière son volant, sa portière verrouillée, son arme posée entre ses cuisses, il ouvrit l'enveloppe pour en extraire les deux seuls documents joints.

En découvrant la photo, son sang se figea !

Une vieille connaissance

Il n'en croyait pas ses yeux… La photo qu'il avait devant lui, le portrait de celui qu'il devait abattre apparaissait comme une malédiction. C'était donc ça son pressentiment… Il lut le court message sur lequel apparaissaient le nom et l'adresse du contrat.

Cette photo récente n'était autre que celle de… Gabriel !!!

« Dis-moi, conscience, dis-moi que ce n'est pas possible ! Tu voulais le retrouver, te voilà servi. Mais je voulais le retrouver pour parler du bon vieux temps, pas pour le tuer. Je te comprends, mais n'oublie pas que tu es lié avec des gens qui n'acceptent pas le renoncement. Tu ne peux pas démissionner maintenant. Avant de connaître ta victime, peut-être aurais-tu pu le faire, et encore, je ne suis pas sûr. Mais là, ce n'est plus possible. Alors je fais quoi moi ?... Je ne sais pas mon pauvre Franck. Demande à Castro ! ».

Complètement démoralisé, il rentra chez lui et s'allongea sur son lit afin de réfléchir.

« En parler à Ella ? C'est la mettre véritablement au courant de mes agissements. Moins elle en sait, mieux c'est. Mais elle peut aussi être d'un bon conseil. Elle voudrait que j'arrête, c'est peut-être le moment ».

Il se réveilla le lendemain matin avec, en tête, une idée bien arrêtée. La nuit lui avait porté conseil. Il ne le tuerait pas. Il n'honorerait pas son contrat, malgré les risques encourus. Il ne le pouvait pas. Il avait tellement espéré le revoir que cette aubaine inespérée ne pouvait se transformer en drame.

Il bénéficiait de quelques jours, le temps de mettre au point son plan d'action. Ces jours devaient lui servir à préparer sa fuite. Avec elle ?...

Mais s'il avait pris la décision de le laisser en vie, il avait également décidé de le revoir.

* * *

Il résidait à Magny en Vexin, une commune du Val d'Oise, forte de six mille habitants. En repérage sur place, il découvrit rapidement son lieu de vie. Une maison de maître du siècle dernier, un peu en dehors de la commune, plantée en plein milieu d'un immense parc, entouré de murs d'enceinte de deux mètres de haut. Un seul accès, délivré par un immense portail en bois. Impossible de distinguer quoi que ce soit à l'intérieur.

Après s'être garé sur un emplacement réservé à cet effet, il entreprit de faire le tour de la demeure. Rien ne permettait d'escalader le mur, tout le pourtour ayant été essarté et débarrassé d'éventuelles pierres. « Il doit certainement y avoir des caméras de surveillance ».

Déçu de ne pas en avoir appris plus, il revint sur ses pas et repéra une petite place pavée ornementée d'une fontaine. Il s'assit sur le muret et attendit.

La matinée s'écoula sans que rien ne se passe. Ce n'est qu'après déjeuner qu'un monospace Lexus franchit le portail. Les vitres teintées interdisaient toute vision de l'habitacle. Il eut le temps d'apercevoir une cour gravillonnée, ainsi que d'autres véhicules stationnés sur le côté et deux hommes vêtus de noir postés devant la demeure.

Ne possédant aucun moyen de l'approcher, il devrait se résoudre à… sonner à la porte.

Dès que la luxueuse voiture fut de retour, il se posta devant le visiophone. Un visage inconnu apparu à l'écran.

– Bonsoir, que voulez-vous ?

– Bonsoir, pourrais-je voir Gabriel ?

– … Il n'y a pas de Gabriel ici.

Il n'eut pas le temps d'ajouter de paroles supplémentaires, la communication fut aussitôt coupée et l'écran s'éteignit. Agacé de cette façon discourtoise de répondre, il réitéra son appel.

– N'insistez pas monsieur, il n'y a personne ici du nom que vous m'avez demandé.

– Je sais que si, dites-lui simplement que Castro désire le voir.

Aucun commentaire avant de voir l'écran s'éteindre de nouveau. Il lui sembla attendre une éternité, puis, comme par miracle, le portail s'ouvrit, laissant apparaître les deux hommes qu'il avait aperçus auparavant. Le premier le fit entrer et le fouilla. Le revolver trouvé sur lui le déconcerta. Le deuxième personnage avait aussitôt sorti son arme et le mettait en joue.

– Pourquoi portez-vous un pistolet ?

– Ça ne vous regarde pas. Je ne suis pas venu pour le tuer, je veux seulement le rencontrer.

L'homme n'apprécia pas sa réponse et le gifla. Castro sortit de ses gonds et le retour fut frappant, envoyant le personnage à terre. Le second voulut le frapper avec son arme, lorsqu'il une voix retentit venant du pavillon.

– Ça suffit, laissez-le !

Lorsqu'il se tourna vers celui qui venait de parler, Franck ne reconnut pas Gabriel. Il avait grossi et perdu une partie de ses cheveux. Vingt-cinq ans s'étaient écoulés depuis ce dernier instant qui les avait séparés à la prison de Fleury.

– Salut Franck… ou dois-je t'appeler Castro ? Viens me retrouver. Ne t'inquiète pas pour ton arme, ils te la rendront plus tard.

Franck s'avança, une boule dans la gorge. Il ne pensait pas être aussi ému de retrouver son compagnon d'infortune.

– Salut Gabriel, ça fait un sacré bail !

Ils s'étreignirent un long moment sans prononcer un seul mot, savourant le bonheur d'être de nouveau ensemble. Ils avaient tant de choses à se raconter…

Il le fit entrer dans une immense pièce, d'une hauteur de plafond démesurée, où deux énormes canapés en cuir, encadrant une table basse en fer forgé, se faisaient face. Assis en vis-à-vis, ils engagèrent la conversation.

– Alors Gabriel, t'es devenu un caïd ?

– Tu sais, après dix ans de taule, j'avais pas trop le choix. J'ai recommencé les conneries, les vols à la tire, les agressions, la drogue et petit à petit je me suis fait un nom dans le milieu.

– Et tes parents ?

– Ma mère est morte de chagrin et mon père ne veut plus me voir. Et toi ? Toi aussi tu es devenu un affranchi ?

– Comment tu sais ça ?

– Tu te doutes bien, quand on fréquente le milieu, tout finit par se savoir.

– Alors tu dois savoir aussi que j'ai fait quinze ans de placard avant de devenir un tueur.

– Oui, je l'ai appris par les journaux. Je me suis même dit que tu en avais flingué autant que moi. C'est quand ils ont retrouvé ta signature que j'ai su que c'était toi. Tu te souviens ce jour où on s'est barrés du pensionnat et que tu m'as expliqué pourquoi tu avais pris ce surnom… Putain, vingt-cinq piges !

– Tu sais qu'il y a un contrat sur toi ?

– Oui, je l'attends depuis longtemps. C'est toi je suppose, qui dois t'en charger ?

– Oui.

– Alors, vas-y, fait ton boulot…

– Tu sais très bien que je ne pourrai jamais te tuer.

– Ne pas exécuter un contrat, tu sais ce que ça coûte…

– Oui, c'est pour ça que je vais me tirer.

– Tu as une gonzesse ?

– Depuis quelques mois seulement.

– Tu vas l'emmener ?

– Si elle est d'accord. J'ai du fric, je vais me barrer à l'étranger.

– Essaye le Paraguay ou le Nicaragua, tu seras peinard. Que sont devenus tes parents ?

– Mon père est décédé pendant que j'étais en taule la première fois. Il ne s'était pas remis de ses blessures. Avec ma mère on s'est découvert quand je suis sorti de prison. J'ai même bossé dans un supermarché pendant un bon bout de temps et puis elle est morte quand je suis retourné en taule. Je ne l'ai même pas su. On ne s'est jamais écrit pendant quinze ans. Mais dis-moi pourquoi tu as cessé de correspondre avec moi ?

– Ça ne servait à rien. Je savais déjà, bien avant de sortir de Fleury, que je ne deviendrais pas quelqu'un de bien alors je ne voulais pas t'entraîner une nouvelle fois dans de mauvais coups.

– Tu m'as vraiment manqué, j'ai souvent pensé à toi. J'ai revu Annie.

– Ah oui, comment va-t-elle ?

– Il y a un bout, c'était avant de retourner en taule. Depuis, je n'ai plus de nouvelles. Tu vas te marrer, elle était tombée amoureuse de moi la première fois qu'elle m'a vu.

– Tu as couché avec elle ?

– Oui. On a eu une relation pendant quelques semaines et puis j'ai commencé à dealer et j'ai arrêté de la voir.

– Tu vas dîner avec moi, je vais te parler de mon boulot.

Au moment de passer à table, Franck fit la connaissance d'une Eurasienne prénommée Thuan, d'une beauté époustouflante. Deux enfants, un garçon et une fille, âgés respectivement de six et huit ans, prirent place autour de la table avec eux. Le repas lui permit de faire plus ample connaissance avec sa famille. Gabriel resta très évasif sur leur rencontre et seuls les moments les plus anodins furent évoqués.

Le dîner terminé, ils se retrouvèrent tous les deux dans le salon, pouvant tout à loisir parler de choses plus sérieuses.

Très tard dans la nuit, presque au petit matin, ils se quittèrent, non sans émotion. Ils savaient l'un et l'autre qu'ils ne se reverraient pas.

Franck n'honorerait pas son contrat, mais quelqu'un d'autre devrait le faire à sa place.

Gabriel, prévenu, saurait-il se préserver ? Le nouveau sbire réussirait-il sa mission ?

Le Nicaragua

Depuis un an, Franck résidait au Nicaragua en compagnie d'Ella. Lorsqu'il lui avait proposé de partir avec lui, elle avait tout de suite accepté.

Quitter la France, pour lui, c'était également quitter ses origines, dire adieu à ses activités lucratives de tueur à gages et ne plus avoir aucun contact avec ses commanditaires. Ce changement de situation radical ne lui faisait pas peur, bien au contraire, mais il savait qu'en devenant un affranchi, il prenait des risques vis-à-vis de ceux qui l'employaient. Il devait faire en sorte qu'aucun indice ne leur permette de le retrouver. Ce n'était pas une question de jours, ni de mois, mais bien d'années. Ces gens-là ne renonçaient jamais.

Il ne pouvait non plus se permettre de mettre la vie d'Ella en danger. Elle n'était pas véritablement au courant de ses activités, même s'il lui avait laissé entendre qu'il n'avait pas un travail comme tout le monde, il avait préféré ne pas la mettre dans la confidence. Moins elle en saurait mieux ce serait pour elle, au cas où.

* * *

Se refaire une nouvelle vie à l'étranger et mettre toutes les chances de leur côté impliquait qu'ils se procurent l'un et l'autre de nouvelles identités. Pour changer de nom et obtenir de nouveaux passeports, plusieurs solutions s'offraient à eux.

La première, la plus sérieuse, lui assurait de se procurer de « vrais » faux papiers. Dans ce cas, il devrait s'adresser à un fonctionnaire de l'État et le soudoyer en lui proposant une forte somme d'argent. Mais comment trouver la bonne personne qui préférerait le gain à la dénonciation ?

Il pouvait également s'adresser au milieu. Bien qu'il ait appartenu à un moment de sa vie à ce groupe social formé en majorité d'individus vivant de trafics illicites, il devait, là aussi, choisir quelqu'un de confiance afin que sa demande ne soit dévoilée et parvienne aux oreilles de ses commanditaires.

La dernière solution, et certainement la plus fiable, était de recourir à la jungle de Calais. Dans ces différents espaces de l'agglomération calaisienne, appelés officiellement « la Lande », habités depuis les années 1990 par les migrants tentant de passer en Angleterre, de nombreuses personnes malhonnêtes s'étaient installées pour faire de ce trafic de revente de documents illicites, leur business.

C'est donc vers cette dernière solution, beaucoup plus anonyme, qu'il préféra s'orienter. Une fois sur place, il lui fallut interroger de nombreuses personnes avant d'en trouver une qui veuille bien répondre à ces questions, moyennant une récompense.

Au moins deux mille personnes séjournaient dans des campements à l'intérieur et en dehors de la ville. Cette inhumanité invivable, régie par la loi de la jungle, formait un sombre chaos tyrannique.

Le seul qui consentit à bien vouloir l'aider, un adolescent certainement mineur, lui réclama 500 euros, une somme complètement déraisonnable en rapport avec la réponse fournie, mais qui représentait tellement pour ce jeune homme complètement démuni.

Franck réussit à négocier et à réduire la rétribution à 400 euros. Il préféra ne lui en donner que la moitié, lui promettant le reste lorsqu'il aurait obtenu satisfaction. La conversation étant des plus réduites, le jeune homme baragouinant un français approximatif.

Ils partirent à pied et s'engagèrent à l'intérieur de la ville. Une bonne demi-heure de marche leur fut nécessaire avant de parvenir devant un modeste pavillon au jardin mal entretenu. Le jeune homme lui montra la maison et tendit la main pour récupérer ce qu'on lui avait promis. Franck secoua la tête de gauche à droite, lui signifiant que cela ne suffisait pas et lui demanda de sonner à la porte. La peur apparut aussitôt sur le visage du pauvre garçon. Le plus discrètement possible, Franck retira le cran de sûreté de son arme, bien décidé à se défendre, s'il tombait dans un piège.

Pris entre deux feux, sachant qu'il n'obtiendrait le reste de sa récompense qu'à cette condition, l'adolescent finit par appuyer sur la sonnette. Un premier coup bref ne suffit pas à faire réagir quelqu'un. Le jeune migrant regarda Franck interrogatif. Après avoir compris qu'il devait réessayer, il le fit aussitôt plus insistant.

La porte s'entrouvrit finalement sur un homme barbu, les cheveux en bataille et vêtu de vêtements qui n'avaient pas vu de lave-linge depuis fort longtemps.

– Faux papiers ?

– Non, pas ici !

Au moment où celui-ci s'apprêtait à refermer la porte, Franck sortit quelques billets de sa poche. L'homme crasseux hésita longuement, puis ouvrit la porte en grand. Avant d'entrer, Franck remit les 200 euros restants au jeune homme qui ne prit pas la peine de le remercier et s'enfuit en courant.

En pénétrant les lieux, il eut l'impression d'entrer dans un bouge. Une odeur de renfermé le fit grimacer. Le couloir, étroit, sombre et crasseux, donnait envie de fuir. La cuisine ressemblait au reste, sale et désordonnée. Il ne prit pas le temps des présentations. Moins il passerait de temps ici, mieux ce sera. L'homme le regardait, sans dire un mot.

– J'ai besoin de deux passeports.

– Ça fera trois mille euros.

– Trop cher ! Je vous en donne deux mille.

– Non, trois mille ou rien.

– Alors ce sera rien.

Le bluff marchait la plupart du temps, il ne risquait rien à essayer… sauf ne rien obtenir ! Il fit demi-tour et se dirigea vers la porte. Aucune réaction. Il sortit de la maison sans refermer la porte et retraversa le jardin, regrettant de ne pas avoir accepté l'offre du faussaire. Au moment de franchir le portillon, il l'entendit l'interpeller.

– Attendez. Ok pour deux mille.

Si le ouf de soulagement ne s'entendit pas, il fut néanmoins le bienvenu.

– Vous avez des photos ?

Franck avait pris la précaution de se munir de photos d'identité d'Ella et lui, espérant bien obtenir ce qu'il était venu chercher.

– Oui, les voici.

– L'argent ?

– La moitié maintenant, le reste à la livraison. Quand ?

– Dans deux jours.

– Où ? Ici ?

– Oui.

Il prit soin de noter le nom de la rue et fit une photo du pavillon avec son téléphone, avant de partir à la recherche d'un hôtel pour y passer les deux nuits.

Trois jours plus tard, de retour chez lui, Franck Durieux était devenu Robert Foresti et Ella, Josiane Diamon. Bien qu'il jugeât cette tromperie insuffisante, ils n'envisagèrent ni l'un, ni l'autre une chirurgie esthétique leur permettant de changer de visage. Par contre, il prit la décision de se laisser pousser barbe et moustache, ce qui le rendait tout de même moins facilement reconnaissable.

* * *

Faisant suite à ses retrouvailles avec Gabriel, il s'empressa d'agir. Le temps de réunir son argent, de boucler une valise et d'acheter deux billets d'avion. Il n'hésita pas à tout abandonner.

Ayant renoncé à mener à bien son contrat, il devait quitter la France le plus rapidement possible. Le temps était compté.

Ella, de son côté, ne s'était pas posé beaucoup de questions. Partir à l'aventure faisait partie de ses rêves inavoués. Elle n'avait que peu d'attaches et les individus fréquentés ne risquaient pas de lui courir après.

Seize heures d'avion, entrecoupées d'une escale en Espagne, furent nécessaires pour se rendre en Amérique centrale et atterrir à l'aéroport international de Managua. Dix mille kilomètres les séparaient désormais de leurs racines.

Ce pays, fort d'une population de plus de six millions d'habitants, devrait lui permettre de vivre en parfaite sérénité. Quant à la métropole Managua, capitale du pays à forte densité de population, elle lui offrirait l'occasion de se fondre parmi son million d'habitants, du moins l'espérait-il.

Il allait devoir se résoudre à apprendre l'espagnol. Ella le parlait couramment, c'est déjà ça.

Il avait hésité avec le Paraguay, suivant les conseils de Gabriel. Entre les deux, il avait opté pour le Nicaragua, pays coincé entre le Honduras et le Costa Rica, présentant un taux de criminalité bien inférieur à ceux de ses voisins du nord et considéré comme l'un des pays les plus sûrs d'Amérique centrale.

Ils passèrent leur première nuit à l'hôtel Mozonte, dans le quartier central, entouré des universités et ambassades.

Le lendemain, ils se mirent en quête de trouver un logement pour y élire domicile. Leur choix se porta sur un quartier résidentiel de Managua, où ils louèrent une belle et moderne maison de six pièces. Le coût de la vie, inférieur d'un tiers par rapport à celui de la France, leur permit de s'offrir un peu de luxe.

Franck s'empressa d'ouvrir un compte à la banque Bac Credomatic près du supermarché La Unión à Léon, afin d'y déposer ses liquidités. Cette banque étant la plus recommandée, acceptant toutes cartes de crédit et bénéficiant d'un guichet automatique.

Sa priorité, en arrivant, fut d'acquérir un revolver. Il avait dû se séparer de son SIG-Sauer SP 2022 auquel il tenait particulièrement. Il savait que, même bien caché au fond de sa valise, il serait détecté au scanner lors du passage sous le portique de l'aéroport.

La seule solution fiable étant l'emploi de la valise diplomatique. Il avait appris cela lors de sa formation. L'article 27 de la Convention stipule que « la correspondance officielle de la mission est inviolable » et que « la valise diplomatique ne doit être ni ouverte ni retenue ». Mais personne dans ses relations ne possédait ce privilège.

Il n'était pas question pour lui de vivre ici sans arme. Pour en acquérir une, il se rendit à Ciudad Sandino, située à une douzaine de kilomètres de Managua. Cette commune, placée à l'écart, abrite des habitants en grande partie sinistrés de différentes catastrophes. Relégués, rejetés en limite de la ville, ils sont aussi considérés comme des marginaux puisqu'ils sont pauvres.

Il prit la précaution de se munir de son cran d'arrêt, un moyen de défense comme un autre, qu'il maniait aussi bien que les voyous des cités.

Sa quête fut assez compliquée, son faciès d'Européen n'inspirait pas confiance. Les premiers interrogés ne répondirent même pas. Plus il progressait à l'intérieur de la ville, plus les gens rencontrés semblaient devenir menaçants. Finalement, un groupe de jeunes accepta de l'écouter, mais ils se montrèrent rapidement hostiles, proférant des paroles agressives.

– Bonjour, je voudrais acheter une arme, vous pouvez m'aider ?

– No entendemos su idioma extranjero *(on comprend pas votre langue étranger).*

Franck imita une arme avec ses doigts et se frotta l'index et le majeur avec le pouce en signe de paiement.

– No vendemos armas *(nous, on ne vend pas d'arme).*

– Je ne comprends pas l'espagnol ! Je suis français.

Les trois jeunes se regardèrent en riant, à la limite de la moquerie.

– J'ai de quoi payer, dit-il en sortant de sa poche quelques billets.

La vue de l'argent leur fit rapidement changer de comportement. L'un d'eux, plus loquace que les autres, montra son intérêt.

– Me das quinientos cordobas *(tu me donnes cinq cents cordobas).*

– C'est trop cher. Trois cents !

– 500 córdobas, tómalo o déjalo *(500 cordobas, à prendre ou à laisser).*

– Bon d'accord. Et j'ai une arme ?

Franck imita le revolver avec ses doigts et fit signe au gamin qu'il pouvait lui donner.

– No, me das el dinero y te llevo a alguien *(non tu me donnes l'argent et je te conduis chez quelqu'un).*

Devant ces trois matons, il préféra afficher sa détermination.

– Comment je peux avoir confiance ?

Difficile, en utilisant la langue des signes, de décrire une situation. Il tenta pourtant de le faire.

Il pointa son torse avec son index, puis désigna le gamin et, agitant l'index et le majeur fit semblant de marcher. Il pointa à nouveau le garçon et imita un revolver braqué sur lui. De son index, il fit signe que non. Son explication sembla plausible, car le jeune se mit à rire.

– Tienes que confiar en mí, así es, de lo contrario estás en tu camino *(tu dois me faire confiance, c'est comme ça, sinon tu passes ton chemin).*

Résolu, il comprit qu'il n'avait d'autre solution que d'obéir.

– It's ok.

Le jeune nicaraguayen lui fit signe avec ses doigts, montrant qu'il devait lui donner l'argent.

– La moitié maintenant, la moitié après.

Il sortit cinq cents cordobas et fit mine de les couper en deux.

– Me das los 500 cordobas ahora o te vas *(tu me donnes les 500 cordobas maintenant ou tu dégages).*

– Pas question, la moitié ou rien !

Le gamin, déçu, se rassit à côté de ses copains. Comprenant qu'il devait montrer sa fermeté, Franck rangea les billets dans sa poche et fit demi-tour. Il n'avait pas parcouru une dizaine de mètres, qu'il entendit le maton l'interpeller.

– Señor por favor *(Monsieur s'il vous plaît).*

Franck se retourna et le vit lui demander de revenir d'un signe de la main. Pensant la partie gagnée, il ressortit la moitié des billets et les lui tendit.

Le jeune délinquant lui fit signe de le suivre et s'engouffra à l'intérieur de la ville. Il pensa aussitôt qu'il le conduisait vers un marchand d'armes clandestin.

Sans cesse sur ses gardes, il craignait, après avoir montré qu'il possédait de l'argent, être agressé par une bande et dans ce cas, il aurait bien des difficultés à s'en sortir.

Après avoir marché une bonne dizaine de minutes, ils parvinrent devant une boutique d'alimentation.

Le garçon l'ayant accompagné, discuta avec le propriétaire du magasin puis se tournant vers lui, lui réclama le reste de ce qui lui revenait. Il fit aussitôt demi-tour et s'enfuit en courant. Et si c'était un piège ? La main dans la poche, il serrait son cran d'arrêt, prêt à le sortir.

– Vous parlez français ou anglais ?

– Español, solo español *(espagnol, seulement espagnol).*

Le commerçant lui fit signe de le suivre et le fit entrer dans l'arrière-boutique.

Il souleva un rideau derrière lequel se tenait un placard fermé à clé. Une fois ouvert, celui-ci révéla de nombreuses armes de modèles et de tailles différents. Il choisit un PM Makarov, alimenté de huit cartouches et ajouta deux boîtes de munitions.

– Es 180 000 cordobas *(l'équivalent de 5 000 euros).*

Il tenta de négocier, mais la barrière de la langue devint rapidement un handicap. Sans un mot, l'homme reprit l'arme et les cartouches et s'apprêta à remettre le tout dans l'armoire.

– It's ok.

Toujours aussi muet, le commerçant reposa le pistolet et les munitions sur la table et l'affaire fut aussitôt conclue. L'argent disparut dans sa poche à la vitesse de l'éclair. Une poignée de main sans conviction cella l'achat et lui fit recouvrir la parole.

– Gracias

– Gracias, vaya con dios extraño *(merci, que dieu te protège étranger).*

Bien que se sentant plus en sécurité équipé d'une arme, il entreprit de ressortir de ce quartier le plus rapidement possible, empruntant les rues les moins fréquentées.

* * *

Depuis ce jour où il en avait fait l'acquisition, ce pistolet ne le quittait jamais. Il n'avait pas encore eu l'occasion de s'en servir et espérait bien ne devoir jamais le faire.

Les premiers temps, Ella et lui ne se déplaçaient qu'en taxi, la plupart du temps ensemble, afin d'apprivoiser le pays. Ils ne faisaient appel qu'à ceux munis de bandes rouges sur le haut et le bas de leur plaque d'immatriculation et affichant le logo circulaire de la « Cooperativa » sur leur portière. Ce qui peut paraître comme une contrainte est en fait une assurance sur la vie.

Il arrive que des enlèvements éclairs se produisent. Les ravisseurs demandent le paiement immédiat d'une petite rançon. Ils forcent leur victime à retirer des fonds d'un guichet automatique ou à prendre des dispositions pour que des proches paient la rançon. Ce stratagème est souvent utilisé par des chauffeurs de taxi criminels, qui font monter la victime à l'intérieur de leur véhicule, puis s'arrêtent plus loin pour prendre à leur bord des complices.

Au bout de quelques semaines, jugeant cela nécessaire, il décida d'acquérir une automobile. Son choix se porta sur un véhicule d'occasion, modèle Range Rover 4.4 SD V8 SE de cinquante-quatre mille kilomètres au compteur. Le confort et la puissance étant les deux points primordiaux. Le confort, car ils comptaient bien effectuer de nombreux kilomètres pour visiter les alentours et affronter les pistes. La puissance pour pouvoir se sortir d'une situation d'urgence si cela s'avérait nécessaire.

* * *

Même si depuis un an il vivait paisiblement, il se doutait bien qu'en France, sa tête était mise à prix. On ne plaisante pas avec ce genre d'organisation. Personne ne pouvait lui venir en aide. Il espérait juste que son émigration lui assurerait une protection suffisante.

Ella en savait le moins possible, mais il l'avait mise en garde.

« S'il devait m'arriver quelque chose, tu devras fuir le plus vite possible. La meilleure solution est que tu te rendes à l'ambassade. ».

Son compte en banque, bien garni, leur assurerait une vie aisée pendant de nombreuses années. Au moins, de ce côté-là, ils n'avaient pas de souci à se faire.

Lorsqu'il avait quitté Gabriel, Franck lui avait confié un numéro de téléphone, à n'utiliser qu'en dernier recours. Le mot de passe restait le même *« Castro »*. Mais il savait bien que, loin de lui, ce sésame ne lui serait d'aucune utilité.

N'ayant rien d'autre à faire que de profiter de leurs rentes, ils se rendaient régulièrement à la plage de San Diego, à une heure de Managua. Baignades, bains de soleil et plongée en apnée étaient au programme.

Leur soif d'excursion les avait conduits à León, deuxième plus grande ville du pays par sa population après Managua, la capitale, située à 90 km de leur domicile. Un séjour prolongé afin de profiter de la ville et des alentours.

C'est lors d'une excursion au Momotombo qu'il ressentit ses premières inquiétudes. Une présence inconnue parmi le groupe de marcheurs mit ses sens en alerte. Il avait appris à reconnaître ceux en qui on pouvait avoir confiance et les autres.

Celui-ci dénotait parmi les nombreux backpakers *(randonneurs)*. Il ne possédait pas l'équipement nécessaire et, bien au contraire, portait des chaussures de ville et un pantalon. Le teint basané de son visage laissait à penser à un autochtone. Difficile de se faire une véritable idée, son regard étant dissimulé par des lunettes de soleil.

Avec ses 1 300 mètres d'altitude, ce volcan, référence visuelle du paysage du León, est un site touristique très prisé puisqu'il est possible de monter à son sommet et même d'y passer la nuit.

Après avoir obtenu leur autorisation à Managua, ils se présentèrent à l'entrée du parc à 6 h et entamèrent une ascension qui devait durer une douzaine d'heures.

Lors de la progression, ils s'arrêtèrent pour laisser passer les meilleurs grimpeurs et firent en sorte que l'homme repéré les dépasse. La chaleur était telle que les randonneurs n'étaient vêtus que d'une chemisette ou d'un tee-shirt et d'un short. Franck reconnut aussitôt la protubérance faite derrière, sous la chemisette bleue qui lui collait à la peau. Il fit signe à Ella qui réalisa immédiatement ce qu'il désirait lui montrer.

On n'entame pas une telle escalade, mal chaussé et équipé d'une arme !

Parvenus au sommet sans encombre, ils se mêlèrent aux touristes réunis dans le réfectoire pour dîner. Le personnage inquiétant, assis à l'écart, dînait seul.

C'est recrus de fatigue qu'ils s'endormirent après avoir profité de la vue spectaculaire sur l'océan Pacifique, le complexe volcanique de Masaya, le lac Nicaragua et l'île d'Ometepe.

Au petit matin, lorsqu'ils rejoignirent le groupe autour des tables du petit déjeuner, l'homme repéré la veille avait disparu.

Églises, cathédrales, basiliques. Les lieux de cultes ne manquaient pas et Ella ne se privait pas de les explorer. Sans avoir de lien avec la religion, majoritairement catholique, c'est plus l'architecture qui l'intéressait.

Si Ella s'était inscrite dans un club de sport, au Dana's Fitness Club, Franck préférait les jeux d'argent. Deux soirées par semaine, il se rendait dans un bar, pour entamer des parties de Desmoche, jeu de cartes de rami populaire, en compagnie d'autres habitués. Lors de ces soirées, il était de mise de consommer le Macuá *(nom dû à un oiseau typique de la région)*, boisson à base de rhum blanc, jus de goyave, jus de citron, sucre et la glace.

S'il ne gagnait pas à chaque partie, un équilibre s'assurait entre les pertes et les gains. De nombreuses discussions s'en suivaient tout au long des parties, auxquelles il ne participait pas, ne possédant pas encore la maîtrise de la langue.

Ce soir-là, deux autochtones, un peu éméchés, s'étaient approchés de leur table de jeu, curieux et envieux de leurs enjeux, se permettant même des réflexions déplacées A un moment donné, un des joueurs, irrité de leur présence, leur signifia d'aller voir ailleurs.

– Vete a tomar algo a otro lado y déjanos en paz *(allez boire un verre ailleurs et laissez-nous tranquilles)*.

– Tenemos derecho a mirar *(on a le droit de regarder)*.

– Así que ciérralo ¡ *(alors, fermez-la !)*.

Cette réflexion déplut à l'un des deux hommes qui s'emporta aussitôt.

– ¿Quién te crees que me hablas así ? *(tu te prends pour qui pour me parlez comme ça ?)*.

Le joueur, perturbé par ce différend, se leva d'un bond, faisant basculer sa chaise.

– ¿Quieres pelear? *(tu veux te battre ?)*.

Cette intimation leur déplut au point de menacer les joueurs avec des couteaux. Franck se leva à son tour, prêt à les affronter, la main droite, sur le côté afin de saisir son arme si cela devenait vraiment nécessaire.

Le patron du bar, flanqué d'un videur intervint, leur demandant de quitter l'établissement avant qu'une altercation débute et dégénère. Les deux hommes, n'ayant d'autre choix que d'obéir, sortirent en lançant des regards haineux à leur entourage. !

Un homme de forte corpulence, assis au bar, ayant assisté à la scène sans intervenir, suivait des yeux la partie de cartes, reluquant plus précisément l'individu assis le plus à gauche, c'est-à-dire Franck.

La partie terminée, vers deux heures du matin, les joueurs se séparèrent, regagnant leur domicile chacun de leur côté.

Au moment où il s'apprêtait à franchir la porte, le consommateur du bar vint vers lui. Sur le qui-vive, Franck ressentit une appréhension. Son sixième sens venait de s'éveiller. Il n'avait plus ressenti ce sentiment depuis qu'il était arrivé, à part ce jour où ils firent l'excursion au Momotombo. En même temps, Castro sortait de sa léthargie pour lui venir en aide. L'individu s'adressa à lui en français avec un fort accent étranger.

– Bonjour, j'ai remarqué votre comportement lorsque les matons vous ont agressé verbalement. Vous me semblez être différents des autres dans votre comportement. Vous étiez prêt à vous battre. Les gens d'ici ne les affrontent pas, ils savent qu'ils sont armés et qu'ils n'hésiteront pas à recourir à la violence. Vous n'êtes pas un backpaker, je vous ai déjà remarqué ici d'autres fois. Vous êtes étranger, vous venez d'où ?

Toujours sur la défensive, Franck préféra rester évasif.

– Je viens d'Europe.

– D'où exactement ?

– D'Europe.

– Je ne suis pas un policier en train de vous interroger, je voulais juste faire connaissance. J'aime bien les gens comme vous, qui ont du cran. Je vous offre un verre ?

– Il est tard, je vais rentrer, je suis attendu. Merci.

– Comme vous voulez. Bonne fin de soirée.

Intrigué de cette entrevue, il préféra rester méfiant une fois dans la rue. Son arme à la main, il se dirigea vers sa voiture.

Le glissement de pas feutrés quasiment imperceptible, ressenti derrière lui, le fit se retourner pour se trouver face aux deux querelleurs intervenus dans la soirée. Réussissant à éviter le coup de couteau qui lui était destiné, il tira un coup de feu en l'air afin de les impressionner. La détonation, assourdissante dans le silence de la nuit, eut pour effet de les faire fuir, laissant derrière eux leur tentative d'agression.

Assis au volant de sa voiture, il ne savait quoi penser. Acte délibéré ou simple altercation pour lui subtiliser son argent ? Ils savaient qu'un joueur possède forcément des cordobas, à moins d'avoir tout perdu lors de la soirée. Il ne pouvait imaginer que cette atteinte lui soit particulièrement destinée. Pourtant, ils étaient quatre à quitter le bar en même temps. Les deux hommes s'en étaient pris à lui. Peut-être son faciès européen qui le différenciait des autres. À moins que…

Y avait-il un lien entre ces deux hommes et cet individu un peu trop curieux ? Et le marcheur du Momotombo ? Que venait-il faire ici ? Tous ces types se connaissaient-ils ou bien cette succession de circonstances était une simple coïncidence ?...

Bien que le Nicaragua offre une certaine sécurité, la criminalité demeure une réalité. Les touristes comme la population locale peuvent être victimes de crimes violents, de vols, d'attaques à main armée et d'agressions sexuelles. Les forces policières, limitées dans tout le pays, sont extrêmement rares à l'extérieur des grandes agglomérations urbaines. Il est d'ailleurs recommandé de redoubler de vigilance dans les secteurs touristiques comme

Granada, les Îles du Maïs, Managua et San Juan del Sur.

Sans avoir pu répondre à ses questions insidieuses, il démarra et fit le tour de quelques quartiers, histoire de voir s'il apercevait ces agresseurs. Il était facile de repérer quelqu'un dans les rues désertes. C'est perturbé qu'il rentra chez lui.

Bien que ne souhaitant pas l'inquiéter, il jugea plus prudent d'avertir Ella. Sur ses gardes, elle saurait réagir en cas de danger imminent.

* * *

Depuis cet évènement déstabilisant, rien ne s'était passé permettant d'envisager le pire. En éveil les premiers temps, il avait relâché sa méfiance, afin de retrouver une certaine quiétude.

Ne voulant en rien changer ses habitudes, il continua de fréquenter le bar et ses parties de cartes.

Ce n'est qu'une dizaine de jours plus tard qu'il aperçut l'homme qui l'avait accosté le soir de l'échauffourée. Il n'était pas là par hasard. Franck continua de jouer comme si de rien n'était.

Au moment de repartir, il ne mit pas longtemps à s'apercevoir que l'homme lui emboîtait le pas. Avant qu'il n'ait eu le temps de saisir son revolver, il l'entendit lui parler.

– Ce n'est pas la peine, vous ne craignez rien. Je veux juste vous parler.

– Je n'ai rien à vous dire.

– Détendez-vous, il ne se passera rien ce soir.

– Alors, dites-moi ce que vous voulez et finissons-en. Il est tard et je veux rentrer chez moi.

– Ça vous ennuie si je m'assois dans votre voiture pour discuter ?

– Oui ! Nous pouvons très bien le faire ici.

– Comme vous voudrez. Je m'appelle Juan Garcia. J'ai besoin de quelqu'un comme vous. Vous cherchez du boulot ?

– Non, pas vraiment.

– Je suis sûr que ça va vous intéresser.

– Ce n'est pas la peine d'insister, je ne travaillerai pas pour vous.

– Vous avez tort, ça vous rapporterait pas mal d'argent.

– Peut-être, mais c'est non. Je dois rentrer maintenant.

– C'est vraiment dommage, mais c'est vous qui voyez. Je vous laisse ma carte, si vous changez d'avis.

– Je ne pense pas. Bonsoir.

De retour chez lui, il ressortit la carte de visite de sa poche. Elle ne comportait qu'un minimum d'informations. Son nom et son numéro de téléphone. Ne sachant pas trop pourquoi il la mit tout de même de côté.

Ceci ne l'empêcha pas de retrouver les joueurs de cartes, mais il se garda bien de leur poser la moindre question pour tenter de connaître l'identité du personnage énigmatique qu'il avait rencontré. D'ailleurs, d'aucuns auraient certainement refusé de lui communiquer la plus petite information, par crainte de représailles.

À deux reprises, en pénétrant dans l'établissement, il aperçut l'homme assis au comptoir. Celui-ci le salua d'un signe de tête, mais à aucun moment il ne vint vers lui pour réitérer sa demande.

Des milliers d'individus circulaient dans ce pays. Comment était-il tombé sur lui ? Le hasard ? Il ne croyait pas au hasard. Alors ? S'ils avaient retrouvé sa trace, ils seraient déjà intervenus. Gabriel ? Il avait une totale confiance en lui. L'homme chez qui il avait acheté son arme l'aurait-il fait suivre ? Et pourquoi ? Il l'avait payé généreusement.

Bien que rien ne le laisse à penser, il était désormais persuadé que l'individu du bar appartenait à un groupe de mafieux et qu'il aurait aimé l'embaucher pour de basses besognes.

* * *

Chaque samedi matin, Franck et Ella se rendaient au marché municipal, le Mercado oriental, main dans la main, aussi bien pour flâner que faire des achats. Sa particularité n'était pas vraiment reluisante. Spécialisés dans la vente d'animaux issus de trafic illégal, des marchands peu scrupuleux proposaient de pauvres iguanes attachés vivants et bouche cousue, attendant enfermés dans des cages, qu'on leur tranche la tête pour en faire de la soupe !

Lors de ses bains de foule, il guettait tout ce qui pouvait lui sembler suspect, comme il avait appris à le faire lorsqu'il réalisait ses contrats. Il n'avait jamais été confronté à des filatures, il s'en serait aperçu.

Un homme s'arrêta devant lui.

– Tiene usted fuego, señor *(avez-vous du feu monsieur)*.

– Lo siento, no fumo *(désolé je ne fume pas)*.

Franck n'eut pas le temps de réagir. L'homme plongea la main dans sa poche, en sortit un revolver et lui tira une balle en plein cœur !

Au moment où Franck s'effondrait, Ella se mit à hurler, alertant les marcheurs. Bien vite, un rassemblement se forma autour d'eux, mais personne ne lui porta secours.

Allongé sur le sol, Franck convulsait, les yeux révulsés. Ella, couchée sur lui, sa main enserrant la sienne, eut juste le temps de l'entendre prononcer quelques mots, à peine audibles *« sauve-toi amour... »*.

Son téléphone, rangé dans sa poche, émit une sonnerie de messagerie. Ella, effondrée, ne voyait que Franck qui se vidait de son sang.

Elle ne voulut pas l'abandonner et resta à ses côtés

Lorsque les autorités policières alertées se rendirent sur place, une bonne trentaine de minutes plus tard, toute vie l'avait quitté depuis longtemps.

En fouillant son cadavre, ils découvrirent le revolver, la photo pliée et froissée de sa mère et lui et le téléphone. Ce dernier, activé, laissa apparaître le SMS comportant une simple et courte phrase *« Prends garde à toi Castro »*.

Le policier ne lisant pas le français demanda à Ella de lui traduire la phrase. Se souvenant des paroles que Franck avait prononcé qu'en cas de danger elle devait fuir le pays le plus rapidement possible, elle préféra donner une tout autre version au policier.

« Buenas vacaciones Castro (Bonnes vacances, Castro) ».

Remerciements

Un grand merci à mon ami Bruno, qui a su me guider, me conseiller, m'éclairer sur des sujets pour lesquels je ne possédais pas toutes les informations.

Des moments privilégiés durant lesquels, nos conversations autour d'un café, prenaient une dimension autre que celle du travail.

Nos errances et nos divagations nous conduisaient sur des chemins détournés où nos personnages fantasques semblaient s'animer devant nous.

Note à l'attention du lecteur

L'écriture a toujours fait partie de ma vie. Enfant, l'été venu, ce sont de longues lettres que je libellais à l'attention de mes parents, depuis la maison de vacances de mes grands-parents. Adolescent, j'entreprends des études en école d'imprimerie et m'immerge dans le métier du livre. Je rédige deux articles pour le journal « Potache » : « l'influence de la musique Pop » et « l'éclairage psychédélique ». Plus tard, ce seront des poèmes qui verront le jour. À l'aube des années 80, je débute l'écriture journalière de mes occupations. La cinquantaine survenue, je me consacre à la rédaction de mes souvenirs d'enfance, regroupés en quatre tomes.

En 1996, ce sera la rédaction de mon premier roman policier intitulé « le bouquet empoisonné », écrit dans un contexte particulier.

25 ans se sont écoulés entre cette année 1996 et le moment où je me suis remis à l'écriture.

Que s'est-il donc passé, quel évènement a fait que je retrouve cette envie d'écrire, que je reprenne goût à la littérature ?

Ce désir de remplir des pages blanches et de les noircir par des récits policiers a été suscité par une rencontre féminine fortuite.

Et pas n'importe laquelle. Contrairement à ce que certains pourraient penser, ce n'est pas Françoise, une des héroïnes de ce premier roman. Cette personne, qui a déclenché mon envie de replonger dans l'univers fascinant des auteurs, c'est Fabienne, de la maison d'édition « les éditions au pluriel ».

Sa gentillesse, son dynamisme, l'intérêt qu'elle a pris à lire cette histoire et sa décision finale de vouloir l'éditer, m'ont donné l'envie d'imaginer une nouvelle histoire, de créer de nouveaux personnages, d'échafauder une nouvelle intrigue. Fabienne a été le facteur déclencheur, mon imagination a fait le reste.

Ma prédilection, le roman policier, a perduré. Je suis attaché à ce genre littéraire. Le polar, c'est une ambiance particulière où se mêlent de l'action, une énigme, une enquête...

Que l'on soit auteur de roman d'aventures, autobiographique, historique, policier... l'écriture ne se résume pas à coucher des lignes de texte sur une feuille de papier. Il faut une trame, un scénario, des personnages, une intrigue. Écrire, c'est avoir une baguette magique au bout de son stylo. Écrire, c'est donner un peu de soi-même, c'est exprimer ses pensées, c'est vivre des émotions, c'est créer un univers qui nous appartient et que l'on fait évoluer suivant son bon vouloir. Écrire, c'est magique.

Au-delà de la rédaction, j'ai eu la chance de rencontrer une seconde personne, masculine cette fois, résidant également sur la commune des Vans.

Au fil du temps et de nos entrevues, celui que j'ai rapidement baptisé affectueusement « mon Bruno » est devenu un ami. Ce personnage aux multiples qualités, à la gentillesse démesurée, passionné de sport, m'a beaucoup apporté lors de l'écriture de ce roman.

Retraité, tout comme moi, mais beaucoup plus jeune, il a terminé son activité en tant que commandant d'une C.R.S de haute montagne, qui effectuait du secours et assistait les personnes en détresse. Je l'ai beaucoup sollicité dans le domaine de l'enquête policière. Novice en la matière, je ne voulais pas écrire n'importe quoi et encore moins des inepties.

Au fil des semaines, bien souvent autour d'un café, il répondait à mes attentes et m'apportait les renseignements dont j'avais besoin pour crédibiliser mes histoires et mes enquêtes.

Sans lui, je n'aurais pu être aussi précis lors de ces auditions, que j'ai décrites comme si j'étais l'auteur présumé des faits reprochés.

Et puis, je ne saurais oublier une éventuelle influence et pas des moindres. Celle de mon père qui effectua sa carrière dans la police nationale et termina sa carrière en tant que commandant.

C'est avec beaucoup de plaisir que je leur dédie ce deuxième roman.

Table des matières

Couverture : Florence Vandenbrouck
Photo de Daniel Veaux : Séverine Baur
Police de caractères : Times New Roman
Mise en pages : Atelier Pluriel, 07140 Les Vans

www.leseditionsaupluriel.com

LES ÉDITIONS AU PLURIEL

COLLECTION **ULTRA-VIOLET**

ISSN : 3076-2960

L'assassin habite aux Vans
Annie Laurent

Le bouquet empoisonné
Daniel Veaux

On n'aurait jamais dû lui ouvrir la porte
Romuald Olb

Fucking Melody
Noël Sisinni

Meurtre entre les voûtes
Bruno Vincent

Mon double maudit
Daniel Veaux

Imprimé en France par CPI Firmin-Didot
en juin 2025
N° d'impression : 184501
Dépôt légal : juin 2025

